Amanda Frost

Secret Circle

Gefährliche Sehnsucht

Teil 2: Brandon & Cassandra

W0249312

Buch:

Diese Männer sind reich, mächtig und haben sich zusammengetan, um die Welt zu beherrschen. Kein Außenstehender darf jemals von ihrer Existenz erfahren. Aber was, wenn man sich plötzlich zwischen Liebe und Pflichterfüllung entscheiden muss?

Seitdem der einflussreiche Medienmogul, Brandon Quest, dem Secret Circle angehört, sind seine Pressemitteilungen noch spektakulärer als zuvor. Immerhin verfügt er jetzt über Informationsquellen, von denen die Konkurrenz nur träumen kann - eine Tatsache, die auch dem FBI nicht entgeht.

Als er Cassandra Andrews kennenlernt, ahnt er nicht, dass sie undercover gegen ihn ermittelt. Doch nicht nur er ist von der hochintelligenten, belesenen Frau beeindruckt, auch Cassandra verfällt in einen Taumel aus Leidenschaft und Gefahr.

Ehe die beiden noch richtig begreifen, was geschieht, sind sie auch schon ins Fadenkreuz des Circle und des FBI geraten. Und im Endeffekt stellt sich ihnen die alles entscheidende Frage: Sein oder Nichtsein?

Autorin:

Anfang 2013 startete Amanda Frost die erfolgreiche Sternen-Trilogie, die es prompt in die Bestsellerlisten schaffte. Zuvor war Amanda viele Jahre international im Marketing und der Logistik großer Unternehmen tätig und lebte lange in der Schweiz, bevor es sie nach München zog. Als Tochter eines Rennfahrers liebt sie schnelle Autos und Motorräder genauso sehr wie Reisen in ferne Länder.

Mit „Secret Circle – Gefährliche Sehnsucht“ erschien im August 2019 ihr achtzehntes Buch. In ihren Geschichten geht es grundsätzlich um die große Liebe, gewürzt mit einem guten Schuss Erotik.

Secret Circle

Gefährliche Sehnsucht

von

Amanda Frost

Roman

Kapitel 1

Cassandra

„So langsam geht mir das echt auf die Nerven." Ich löse den Blick von der Tageszeitung, die aufgeschlagen vor mir liegt, und betrachte herausfordernd meine drei männlichen Kollegen, die zusammen mit mir an dem runden Besprechungstisch sitzen. „Woher nimmt dieser Quest bloß seine Informationen?"

Joey, der blonde Agent zu meiner Rechten, zuckt belanglos mit den Schultern. „Zufall?"

Vehement schüttle ich den Kopf. „Nie im Leben! So viele Zufälle gibt es nicht."

„Das sehe ich genauso", mischt sich mein Boss ein, der wie üblich in einem maßgeschneiderten dunklen Anzug steckt und darin völlig overdressed wirkt. Doch das ist nun mal seine Art, beim Senior Management des FBI Eindruck zu schinden. „Cassandra, gehe ich recht in der Annahme, dass du Lust auf einen kleinen Shopping-Trip in den Big Apple hättest?"

Unterdrückt schmunzelnd lehne ich mich zurück. „Liebend gerne! Es ist höchste Zeit, sich diesen Typen einmal vorzuknöpfen."

Joey lacht leise. „Aber sei vorsichtig, sein Ruf als Playboy eilt ihm weit voraus. Du wärst nicht die Erste, die sich in einen Verdächtigen verguckt."

Ich ziehe die Augenbrauen hoch und bedenke meinen Kollegen mit einem Killerblick. „Ich bitte dich. Glaubst du im Ernst, ich wäre so dämlich, mir einmal mehr das Herz brechen zu lassen?"

Joey winkt lässig ab. „Sag hinterher nicht, ich hätte dich nicht gewarnt.“

Ich vermeide es, den dunkelhaarigen Agenten zu meiner Linken anzuschauen. Denn er ist derjenige, der mir den erneuten Beweis geliefert hat, dass man als Frau besser ohne das starke Geschlecht zurechtkommt.

Stattdessen widme ich meine Aufmerksamkeit wieder meinem Vorgesetzten. „Okay, Graham, was genau erwartest du von mir?“

„Du beobachtest diesen Quest jetzt seit Monaten. Gib uns vorab einen kurzen Abriss über seinen Werdegang.“

Ich nicke. Unterlagen benötige ich keine, da ich über ein fotografisches Gedächtnis verfüge. Informationen, die ich mir einmal eingeprägt habe, kann ich jederzeit wieder abrufen. Einer der Gründe, warum es mit mir und den Männern nicht klappt. Wer will schon ein wandelndes Lexikon als Frau, das zudem nicht die geringste Schandtat vergisst?

Nachdem ich mich geräuspert habe, lege ich los: „Brandon Arthur Quest, geboren 1986 in New York City als Sohn reicher Unternehmer. Eine ältere Schwester: Emily. Sie ist Schauspielerin und ein aufsteigender Stern am Theaterhimmel. Die Tageszeitung, der New York Observer, wurde vor ca. 80 Jahren von seinem Großvater gegründet; das Pressehaus befindet sich seitdem im Familienbesitz. Nach einem mit Bravour abgeschlossenen Studium der Journalistik stieg Brandon ebenfalls in das Presse- und Verlagswesen ein. Er kann einen ausgesprochen hohen IQ vorweisen, spricht mehrere Sprachen fließend und interessiert sich für anspruchsvolle Literatur. Früher war er zudem als Eishockeyspieler recht erfolgreich, doch mittlerweile hat er sich aus dem Sport zurückgezogen."

Ich pausiere sekundenlang, um meinen Kollegen Zeit zu geben, sich diese Flut an Informationen zu verinnerlichen. Im Lauf der Jahre habe ich gelernt, dass nicht jeder dem Tempo meiner Gedankengänge folgen kann.

„Sein Vater starb überraschend vor drei Jahren, woraufhin Brandon die Geschäftsführung des Observer übernahm", setze ich schließlich wieder an. „Er ist single und scheint rund um die Uhr zu arbeiten, was erklären könnte, warum sein Verlagshaus der Konkurrenz immer einen Schritt voraus ist. Ab und an wird ihm ein Verhältnis mit einer Schauspielerin, einem Model oder einer Journalistin nachgesagt. Doch bezüglich seines Privatlebens schweigt er beharrlich. Seine Macht und sein Imperium wachsen von Tag zu Tag. Inzwischen gehören ihm obendrein mehrere Fernsehsender und Agenturen."

Ich befeuchte meine ausgetrockneten Lippen mit der Zunge. *Verdammte Klimaanlage!* „In letzter Zeit macht er allerdings vorwiegend durch die Berichterstattung des Observer Schlagzeilen. Auch wenn es abwegig klingt, scheint Brandon Quest bereits über wichtige Ereignisse im Bilde zu sein, ehe sie überhaupt geschehen. Sei es auf wirtschaftlicher, politischer oder internationaler Ebene. Am Anfang wurde das noch als Zufall abgetan, doch inzwischen machen Spekulationen die Runde, er habe irgendeinen mächtigen Informanten an der Hand, der entweder in der Regierung oder der Wirtschaft beheimatet sei. Daher nahm das FBI die Ermittlungen auf. Wir gehen von Betrug, politischen Gefälligkeiten und Insiderhandel aus."

Mein Boss nickt wohlwollend. „Danke für diese kompetente Zusammenfassung. Will heißen, wir müssen mit äußerster Vorsicht an die Sache herangehen, da seine Informationsquelle sich sogar im Weißen Haus befinden könnte."

Ich nicke. „Der Gedanke kam mir auch schon. Also, welche Vorgehensweise schlägst du vor?"

Mein Chef wendet sich Liam zu, meinem Ex. Ein Mann, der sich hervorragend in die Riege meiner Verflossenen eingereiht hat, da er nicht mit Frauen umgehen kann, die intelligenter und zudem erfolgreicher sind als er.

„Liam, du bist der Profi, Undercover-Einsätze betreffend. Was meinst du?"

Liam wirft mir einen intensiven Blick aus seinen dunklen Augen zu, der mein Herz zum Rasen bringt.

Verflucht, ich sollte längst über diesen Kerl hinweg sein. Was hat er bloß an sich, dass es mir so schwerfällt, ihn zu vergessen?

„Also ich denke, Braini … äh Cassie, ist mehr als geeignet für einen derartigen Einsatz." Ein spöttisches Grinsen zuckt um seine Mundwinkel, was mir verdeutlicht, dass dieser Versprecher mit purer Absicht geschah.

Liam nannte mich früher häufig Braini – eine Ableitung des Wortes Gehirn. Dabei bin ich gar nicht altklug, auch wenn meine Mitmenschen das oft annehmen. Mein Kopf platzt einzig vor Informationen, die gelegentlich ungewollt nach außen drängen.

„Dieser Quest ist hochintelligent und liebt anspruchsvolle Literatur", knüpft er nach kurzer Bedenkzeit wieder an. „Da haben wir doch einen hervorragenden Ansatzpunkt. Unsere Cassie mit ihren britischen Wurzeln ist belesen und spricht obendrein ein astreines Oxfordenglisch. Warum verkaufen wir sie unserem Pressefuzzi nicht als englische Journalistin mit Literaturstudium? Das sollte sein Interesse wecken."

Erzürnt starre ich ihn an. „Erstklassige Idee, Liam, es gibt da bloß das winzige Problem, dass ich nicht einmal annähernd genug Ahnung von hoher Literatur habe. Daher wird das nicht funktionieren."

Er neigt den Kopf provozierend zur Seite. „Ach, Cassie, die gesammelten Werke von Shakespeare lernst du doch über Nacht auswendig, oder?"

„Klar, dass ein Kerl aus Minnesota einzig Shakespeare kennt!", fauche ich zurück. „Aber was ist mit Dickens, Austen, Woolf, Brontë, Wilde und all den anderen?"

„Immerhin scheinst du die meisten Schriftsteller zu kennen, damit bist du uns bereits um Welten voraus", mischt sich mein Boss ein und führt mir meinen Fehler vor Augen.

Wie bereits erwähnt, das ist keine Angabe, sondern lediglich zu viel Wissen im Kopf.

„Schon", murmle ich, „aber wie soll ich dadurch an Brandon Quest herankommen?"

Liam verzieht das Gesicht. „Ach, Cassie, nichts leichter als das. Er wird auf dich zukommen."

Ich verdrehe die Augen. „Aber sicher doch! Weiß er das schon?"

Mein Ex schmunzelt. „Wir nutzen unsere FBI-Kontakte und platzieren eine Eilmeldung in einer der führenden Tageszeitungen. So wie ich diesen Quest einschätze, wird er vor Wut kochen, da jemand dem

Observer voraus ist, und alle Hebel in Bewegung setzen, um den verantwortlichen Journalisten ausfindig zu machen. Entweder um denjenigen zu vernichten oder um ihn für sein Pressehaus zu gewinnen. Und wenn du ihm dann noch erzählst, dass du dich für Literatur interessierst, solltest du ihn am Haken haben. Du bist dazu prädestiniert, glaube mir."

Mein Chef nickt zufrieden. „Hervorragende Idee. Wir verkünden den Wechsel eines hochrangigen Managers in die Politik, vorzugsweise einer aus der Rüstungsindustrie, so etwas sorgt immer für Wirbel. Es gibt da nämlich jemanden, der schuldet mir noch einen Gefallen und ist zudem stets an Medienpräsenz interessiert. Und sobald wir den Fall gelöst haben, widerrufen wir es einfach, so dürfte niemandem Schaden zugefügt werden. Was denkst du, Cassie?"

Nachdenklich beiße ich mir auf der Unterlippe herum. „Ich weiß nicht. Soll ich den Einsatz unter einem Decknamen durchführen?"

„Das liegt ganz bei dir", ergreift Liam rasch wieder das Wort. „Ich würde dir jedoch vorschlagen, bei deinem richtigen Namen zu bleiben, so läufst du schon nicht Gefahr, in dieser Hinsicht einen Fehler zu begehen. Außerdem gibt es den Namen Cassandra Andrews derart häufig, dass ihn überhaupt niemand mit der FBI-Agentin in Verbindung bringen würde."

„Damit könntest du richtig liegen", gebe ich widerwillig zu.

Mein Chef schlägt mit der flachen Hand auf den Tisch. „Perfekt, ich leite alles in die Wege. Da wir nicht wissen, über welche Kontakte dieser Quest verfügt, werde ich dir vorsichtshalber eine neue Identität in unseren Systemen anlegen lassen." Ein Grinsen zuckt um seine Mundwinkel, während er nach meinem Blick sucht. „Und in der Zwischenzeit plünderst du die städtische Bibliothek.“

Seufzend erhebe ich mich.

Auf was habe ich mich da bloß eingelassen?

Kapitel 2

Brandon

Ich lehne mich in dem bequemen Sessel des abgedunkelten Separees zurück, nippe an dem eisgekühlten Gin Tonic in meiner Hand und beobachte das Schauspiel, das sich mir bietet.

Hinter einer Glasscheibe, die auf der gegenüberliegenden Seite verspiegelt ist, befinden sich drei Personen. Die zwei gut gebauten Kerle haben die hübsche Blondine mittlerweile komplett entkleidet. Nun schlüpfen auch die Männer aus ihren Hosen und tragen jetzt nur mehr knappe Strings am Leib.

Die junge Frau sinkt vor einem der Typen auf die Knie und zieht ihm mit sinnlicher Langsamkeit den String herab. Sein bereits halbsteifer Schwanz federt ihr entgegen. Rasch lässt sie ihre Zunge über die Spitze seines Penis gleiten, bevor sie diesen verführerisch in ihren Mund saugt. Wobei sie derart gekonnt vorgeht, dass der Kerl binnen kürzester Zeit mit einem mächtigen Ständer gesegnet ist.

Und auch in meinem Schritt regt sich jetzt etwas. Ich stelle meinen Drink beiseite, öffne den Reißverschluss meiner Anzugshose und umfasse mit der rechten Hand meine anwachsende Erektion. Sanft streiche ich daran auf und ab.

Während die junge Frau nun dem zweiten Kerl einen bläst, kniet sich der andere hinter sie, zieht ihr Becken hoch und dringt mit einem kräftigen Stoß in sie ein.

Die Kleine stöhnt lustvoll auf, und auch mir entfährt ein Keuchen. Die Bewegungen meiner Finger werden schneller, mein Schwanz härter. Und während das Mädchen abwechselnd von den beiden Männern hergenommen wird, steigt unbändige Lust in mir auf.

Ich kann den Blick kaum mehr von dieser Ménage-à-trois abwenden. Kleine Schweißperlen überziehen jetzt die Körper der Akteure. Ihre lustverzerrten Mienen und das heisere Stöhnen fachen meine Erregung um ein Weiteres an.

Es dauert nicht lange, bis sich ein Ziehen in meiner Lendengegend breitmacht, das den nahenden Orgasmus ankündigt. Ein raues Stöhnen stiehlt sich aus meiner Kehle, als ich letztendlich in meiner Hand komme. Rasch greife ich nach den bereitgestellten Tissues und säubere mich.

Das war mal wieder dringend nötig.

Viel zu lange habe ich meinem bevorzugten Club in Brooklyn keinen Besuch abgestattet, da ich mich während der letzten Wochen um die Übernahme eines großen Verlagshauses gekümmert habe und rund um die Uhr beschäftigt war.

Der Club trägt den Namen Marquess und ist von außen kaum als solcher erkennbar, da er sich in einer der alten Lagerhallen befindet, die noch nicht dem Modernisierungswahnsinn zum Opfer gefallen sind. Einzig durch Empfehlungen erfährt man von seiner Existenz, zudem handelt es sich um ein Etablissement, dessen Jahresbeitrag sich bloß gut betuchte Zeitgenossen leisten können. Dafür wird Diskretion hier großgeschrieben und kein Wunsch einem versagt, was bei mir relativ problemlos ist, denn ich stehe in erster Linie aufs Zusehen. Gelegentlich habe ich dabei zwar auch Sex, doch heute wollte ich einfach nur das Treiben anderer Personen auf mich wirken lassen.

Mir ist bewusst, dass meine Neigungen in dieser Hinsicht ein wenig schräg sind, aber c´est la vie. Jeder Mensch hat seine ganz speziellen Vorlieben und sollte sich nicht dafür schämen, sondern offen dazu stehen.

Ich schließe meine Hose und leere den Gin Tonic in einem Zug. Nachdem ich mir noch an einem kleinen Waschbecken die Hände gewaschen habe, verlasse ich durch eine Hintertür das Gebäude. Eine der schwarzen Limousinen des Clubs steht bereits parat, um mich in mein trendiges Loft in Manhattans Meatpacking District zu kutschieren, in dem ich seit gut fünf Jahren wohne. Das zweistöckige Apartment wurde damals meinen Wünschen entsprechend erbaut, sodass ich mich darin rundum wohlfühle.

Entspannt sinke ich in die ledernen Sitze der Limousine, schließe die Augen und lehne mich zurück. Leise Hintergrundmusik berieselt mich und entlockt mir ein zufriedenes Seufzen.

Als der Wagen nach einiger Zeit vor meiner Haustür zum Stillstand kommt, verspüre ich ein leichtes Hungergefühl. Mit einem großzügigen Trinkgeld verabschiede ich mich von dem Fahrer und marschiere auf einen kleinen Imbiss zu, an dem ich ein Stück Pizza ergattere, das ich voller Genuss auf dem Weg zu meiner Wohnung verschlinge.

Ach, das Leben kann so schön sein!

Am nächsten Morgen studiere ich wie üblich an meinem Computer die neuesten Pressemitteilungen und Börsennachrichten. Momentan ereignet sich nichts

Weltbewegendes. Durch den Circle weiß ich jedoch, dass das die Ruhe vor dem Sturm ist. In der Automobilbranche bahnt sich die Fusion zweier großer Firmen an, genau genommen ist es sogar eine feindliche Übernahme, was für heftige Turbulenzen am Aktienmarkt sorgen wird.

Doch noch wäre es verfrüht, darüber zu berichten. Ich will ja kein Aufsehen erregen. Dennoch wird meine überregionale Tageszeitung, der Observer, die Nachricht vor allen anderen Blättern publizieren und damit sicher erneut Rekordumsätze einfahren.

Versonnen lehne ich mich in meinem Bürosessel zurück und blicke aus dem Fenster. Nach dem Tod meines Vaters habe ich das Headquarter des Verlagshauses ebenfalls in den Meatpacking District verlegt. Die Büroräume grenzen an meine Wohnung an und ersparen mir dadurch den tagtäglichen Verkehrsstau durch Manhattan.

Einige Meter entfernt verläuft der High Line Park, eine stillgelegte Güterzugtrasse, die zum Naherholungsgebiet umgebaut wurde und mittlerweile das Interesse von Millionen Touristen erweckt. Obwohl es noch früh am Morgen ist, flanieren bereits die ersten über die erhöhte mit Pflanzen und Blumen bestückte Bahnstrecke und beäugen interessiert die außergewöhnlichen Gebäude, die hier in den letzten Jahren errichtet wurden. Die gepflasterten Straßen dieses quirligen Stadtviertels sind mit angesagten Restaurants und Clubs gespickt, die sich in den Hallen der ehemaligen Schlachthöfe befinden. Ein schillerndes Nachtleben ist entstanden, in das ich mich häufig nach getaner Arbeit stürze.

Für den Moment könnte ich mir kein inspirierenderes Umfeld vorstellen, und wenngleich mein Job stressig ist, bin ich mit meinem Dasein in jeder Hinsicht mehr als zufrieden. Nicht zuletzt, da mein Freund Eric mich vor einigen Monaten in den Secret Circle aufgenommen hat.

Selbstverständlich fordert diese Verbindung auch Gegenleistungen, doch das stellt kein Problem für mich dar. Nichts leichter, als hin und wieder einen vernichtenden Artikel in meiner Zeitung zu platzieren, oder irgendetwas über den grünen Klee zu loben. Diese Geheimloge, in der sich seit Jahrzehnten die mächtigsten Personen der Vereinigten Staaten tummeln, ist schlicht und ergreifend allererste Sahne.

Eine Hand wäscht die andere, ist ihr Motto.

Und das kommt meinem Imperium, bestehend aus mehreren Pressehäusern, Verlagen und Fernsehsendern zugute. Momentan arbeite ich nämlich daran, ein paar renommierte europäische und asiatische Nachrichtenblätter zu übernehmen, die von meiner zeitnahen Berichterstattung überrollt werden und nicht länger konkurrenzfähig sind. Ohne den Circle hätte sich mir diese Möglichkeit niemals aufgetan, daher werde ich Eric zu ewigem Dank verpflichtet sein.

Nachdem ich noch ein paar Minuten lang die Touristen in Augenschein genommen habe, die von dem angenehm warmen Herbstwetter profitieren, wende ich mich den Unterlagen auf meinem Schreibtisch zu. Die Einladungskarte zu einem Presseball fällt mir in die Hände.

Mist, den hatte ich völlig vergessen! Er findet ja bereits an diesem Wochenende statt.

Ich mag derartige Benefiz-Veranstaltungen, bei

denen man neben Journalisten auch interessante Autoren und Regisseure antrifft, denn ich vergöttere anspruchsvolle Literatur. Zugegeben hin und wieder lese ich auch mal einen stinknormalen Krimi oder Liebesroman, einfach um mir einen Überblick über die aktuellen Bestseller zu verschaffen. Aber im Grunde genommen hängt mein Herz an den Klassikern der Weltgeschichte.

Höchstwahrscheinlich ist diese Neigung vererbt; schon mein Großvater war als Schriftsteller tätig, bevor er den Observer gründete. Texte in unterschiedlichen Sprachen zu verfassen oder zu korrigieren, liegt mir einfach im Blut und ist meiner Ansicht nach ein Muss für den Vorsitzenden eines weltweit agierenden Medienkonzerns.

Wie in jeder Branche gibt es natürlich auch hier Kollegen, die dumm sind wie Stroh. Manche haben die Vereinigten Staaten niemals verlassen, veröffentlichen jedoch internationale Bücher oder Zeitungen. Aber nicht mehr lange, denn dann werde ich sie überrannt haben.

Macht ist nämlich etwas, das ich genauso schätze wie gute Bücher, den Broadway und das Theater. Keine Ahnung, woher dieser Geltungsdrang kommt. Mein Vater legte häufig eine ziemlich herabwürdigende Art und Weise an den Tag. Womöglich bereitet es mir ja deswegen Genugtuung, geschäftlichen Erfolg vorweisen zu können.

Zu schade, dass er den Aufstieg des Observer nicht mehr mit eigenen Augen miterleben kann. Als er noch lebte, arbeitete ich zwar bereits als Journalist für sein Pressehaus, legte mich aber niemals sonderlich ins Zeug. Erst seitdem ich die Leitung übernommen habe, ist mein Ehrgeiz erwacht.

Von klein auf besuchten meine Eltern mit mir Broadwayshows, und auch heute noch sind Musicals, Opern oder Theaterstücke nicht mehr aus meinem Leben wegzudenken. Die Illusionen, die dort vermittelt werden, haben seit jeher mein tiefstes Inneres berührt. Alles ist echt, nichts verfälscht. Kein Playback, kein Photoshop, keine geschnittenen Szenen.

Schizophren, ich weiß, denn ich gaukle den Lesern in meinen Zeitschriften und Reportagen durchaus Dinge vor, die nicht unbedingt der Realität entsprechen. Aber oft genug habe ich den Eindruck, die Menschheit will für blöd verkauft werden. Und dass heutzutage keiner mehr in der Lage ist, zwischen den Zeilen zu lesen, ist sicher nicht mein Problem.

Gedankenverloren drehe ich die Einladungskarte zu dem Presseball in meinen Fingern und entscheide, zuzusagen. Allerdings bräuchte ich eine Begleitperson, um die holde Weiblichkeit von mir fernzuhalten, an einer Beziehung hege ich nämlich nicht das geringste Interesse. Ich liebe es unabhängig zu sein, meinen Neigungen nachgehen zu können, wann immer mir danach ist, und niemandem Rechenschaft ablegen zu müssen. Und so soll es auch bleiben.

Doch welche Lady könnte ich jetzt so kurzfristig als Begleiterin engagieren?

Auf Anhieb fällt mir da bloß eine einzige Person ein.

Ich greife nach dem Telefon und wähle die Nummer meiner Schwester.

Sogleich meldet Emily sich. „Hi, Junior, wo brennt es denn?“

Sie kennt mich einfach zu gut. Vielleicht ist es

auch schäbig, dass ich meistens dann anrufe, wenn ich ihre Hilfe benötige. Aber sie ist und bleibt meine große Schwester, die stets für mich da ist.

Seitdem ihr Ehemann vor einigen Jahren bei einem schrecklichen Autounfall starb, fühlt sie sich noch stärker zu mir hingezogen. Irgendwie verständlich, denn außer unserer Mum und mir besitzt sie jetzt keinen weiteren Verwandten mehr. In letzter Zeit ließ sie sich zwar auf ein paar flüchtige Affären ein, doch kein Mann konnte jemals wieder richtig zu ihr durchdringen. Emily ist einer der wichtigsten Menschen in meinem Leben und ich wünsche ihr von ganzem Herzen, dass sie irgendwann noch einmal die wahre Liebe finden wird.

„Lust auf einen Presseball?", erkundige ich mich.

„Aber immer doch. Als was, deine Schwester oder eine deiner geheimnisvollen Geliebten?"

„Ich denke, Schwester wäre dieses Mal okay."

„Zu schade, wo ich mir doch eine brandneue Perücke habe anfertigen lassen."

„Überzeugt, du bist meine derzeitige Geliebte. Ich oute dich als Tracy, ein Filmsternchen aus Charlotte."

Sie lacht herzhaft. „Deine Kreativität möchte ich haben."

„Ach, Süße, die hast du doch längst. Wir sehen uns."

Schmunzelnd lege ich auf und beabsichtige, mich der Überarbeitung eines Verlagsprogrammes zu widmen, als eine Eilmeldung am unteren Bildschirmrand meines Computers erscheint.

Geschäftsführer aus der Rüstungsindustrie steht offenbar kurz vor Wechsel in ein hohes politisches

Amt. Wird der als Waffennarr bekannte Manager seinen Einfluss dort geltend machen können? Und welche Auswirkungen könnte das auf bestehende oder zukünftige Gesetze haben?

Ungläubig schüttle ich den Kopf. Na, das hätte uns jetzt gerade noch gefehlt, wo wir doch im Circle mit aller Macht versuchen, die Waffengesetze zu verschärfen. Aber wie kann so eine Information überhaupt an die Öffentlichkeit dringen, ohne dass der Circle darüber im Bilde ist?

Ich greife erneut nach meinem Handy und rufe meinen besten Freund, Eric Carpenter, den Vorsitzenden des Secret Circle, an.

Schon nach kurzer Zeit meldet er sich. „Brandon, wo brennt es denn?“

„Schalte bitte mal die Nachrichten an!“

„Das glaube ich jetzt nicht“, murmelt Eric Sekunden später. „Warum sind wir nicht benachrichtigt worden? Sollte das der Wahrheit entsprechen, müssen wir alles daransetzen, um diesen Wechsel zu verhindern. Die Staaten benötigen keine weiteren schießwütigen Politiker. Die Macht der Waffenlobby ist ohnehin schon viel zu groß.“

„Du weißt also auch nichts davon?“

„Natürlich nicht. Diese Info hätte ich dir doch rechtzeitig zugespielt.“ Er atmet zischend aus. „Puh, das passt mir jetzt gar nicht ins Konzept, wo wir den Gesetzesentwurf zur Reduzierung von Schusswaffen schon so gut wie durch hatten. Ich berufe in den nächsten Tagen eine außerplanmäßige Sitzung ein. Halte du bitte derweil die Füße still!“

„Geht klar.“

Was ich selbstverständlich nicht tue.

Stattdessen klemme ich mich abermals ans Telefon und spreche ein paar meiner Kontakte in der Industrie und bei Nachrichtensendern an, komme jedoch kein Stück voran. Niemand hat auch nur den Hauch einer Ahnung, worauf diese Information basieren könnte, selbst die großen Rüstungskonzerne scheinen überrascht zu sein. Eifrig suche ich daraufhin im Internet nach detaillierten Hinweisen, werde aber nicht fündig.

In der Zwischenzeit klingelt unablässig mein Telefon und mein E-Mail-Postfach quillt über. Natürlich wollen all meine Journalisten und Redakteure wissen, ob sie über diese Neuigkeit berichten sollen.

Doch was sollen wir bekannt geben?

Es könnte sich um eine Falschmeldung oder reine Spekulation handeln. Daher erteile ich die Anweisung, sich vorerst einmal in Zurückhaltung zu üben.

Am späten Nachmittag erscheint dann endlich ein etwas ausführlicher Artikel. Offenbar hat die Waffenlobby den Wechsel dieses Managers angestoßen, um ihren Einfluss in der Politik stärker geltend zu machen. Das hilft mir allerdings kein Stück weiter, zumal es sich dabei nicht einmal ansatzweise um eine Neuigkeit handelt.

Was mich für den Moment viel mehr interessiert, ist, wer diesen Artikel veröffentlicht hat.

Cassandra Andrews, freie Journalistin, finde ich heraus.

Natürlich kenne ich alle einflussreichen Reporter der Staaten, doch der Name dieser Dame ist mir niemals zuvor zu Ohren gekommen. Auch der Versuch, sie zu googeln, bleibt relativ erfolglos. Ich erfahre einzig, dass sie Literatur und Journalismus studiert haben soll. Noch nicht einmal ein Bild ist im Internet hinterlegt.

Das ist doch zum Haare raufen.

Kapitel 3

Brandon

Als ich ein paar Tage später im geheimen Besprechungsraum des Circle auftauche, der sich gut verborgen unter einer Kirche inmitten Manhattans befindet, bin ich natürlich der Erste. Zu groß war die Ungeduld. Doch kurz darauf erscheinen glücklicherweise Eric, mit seiner Frau Ava, Dr. Catwick, der frühere Vorsitzende, sowie weitere Unternehmer aus New York.

Bezüglich dieser Pressemitteilungen herrscht nach wie vor Unverständnis, daher warten wir auf die Kollegen aus Arlington, Langley und Washington, die vielleicht Licht ins Dunkel bringen können.

Doch selbst das Verteidigungsministerium, die CIA und das FBI sind ratlos. Bisher konnte noch nicht einmal herausgefunden werden, um welchen Manager und politischen Rang es sich handelt. Einzig diese Journalistin könnte uns momentan weiterhelfen. Einer oberflächlichen Überprüfung wurde sie bereits unterzogen. Sie ist ledig, 31 Jahre alt, wohnt in Washington und hat englische Wurzeln. Keinerlei Vorstrafen oder sonstige Auffälligkeiten. Ob ein ausführlicher Backgroundcheck erfolgen soll, werden wir heute entscheiden. Für den Moment deutet jedoch alles darauf hin, dass Cassandra Andrews eine völlig unbekannte Reporterin zu sein scheint.

Uns bleibt nichts anderes übrig, als herauszufinden, ob diese Frau des Wahnsinns fette Beute ist, oder über bessere Quellen verfügt als wir. Was an und für sich ein Ding der Unmöglichkeit sein dürfte.

„Ich nehme die Sache in die Hand“, verkünde ich rasch. Sollte die Lady tatsächlich derartige Kontakte besitzen, will ich sie nicht mundtot machen, sondern für den Observer gewinnen.

„Dann aber zügig!“, äußert Gordon, der Verteidigungsminister. „Ich muss wissen, was da im Hintergrund abläuft, in das ich nicht involviert bin. So etwas kann ich unter gar keinen Umständen dulden.“

Ja, ja, schon klar, das würde dein immenses Ego nicht verkraften.

Ich nicke. „Zufälligerweise findet am Wochenende ein Presseball statt. Ich werde Cassandra Andrews einladen. Keine unbekannte Journalistin würde sich eine solche Chance entgehen lassen. Womöglich finde ich ja heraus, was Sache ist.“

„Wir könnten sie natürlich auch unter irgendeinem Vorwand wegsperren, bis wir weitere Details über sie in Erfahrung gebracht haben“, äußert Rick, der Chef des FBI und nickt seinem Kollegen von der CIA auffordernd zu.

Eric verzieht das Gesicht. Wie üblich ist sein kurzes schwarzes Haar leicht zerzaust. Nichtsdestotrotz stellt er in seinem schicken Anzug den Inbegriff des Millionärs und Topmanagers dar. „Nun macht mal halb lang! Wir sind doch hier nicht in Guantanamo. Ich finde Brandons Idee gut. Unser Womanizer“, er blickt in meine Richtung, „sollte der perfekte Kandidat sein, um sich ihr unauffällig zu nähern. Falls er scheitert, sehen wir weiter, einverstanden?“

Ein paar der älteren Mitglieder zögern, die Mehrheit nickt jedoch zustimmend.

Von Eric weiß ich, dass der Circle früher wesentlich skrupelloser vorging. Doch seitdem mein Kumpel die Leitung innehat, steht das nicht mehr zur Diskussion. Probleme werden mittlerweile unblutig, und ohne jemandem größeren Schaden zuzufügen, aus der Welt geschafft.

Eric ist der beste Vorsitzende, den man sich vorstellen kann. Er ist erfolgreicher Geschäftsmann, steinreich, und obendrein in der Lage, jeden Computer zu hacken. Zusammen mit seiner Frau Ava, die seine Privatbank leitet, führt er sein Wirtschaftsimperium mit unglaublicher Routine und dem nötigen Unternehmergeist. Die beiden arbeiten rund um die Uhr, nicht, weil sie das müssten, sondern weil es wahre Workaholics sind.

Eric und ich sind in New York aufgewachsen, kennengelernt haben wir uns jedoch an der Harvard University, wo wir den einen oder anderen Kurs zusammen belegten. Danach siedelte Eric leider nach San Francisco um und gründete eine Computerfirma, dennoch haben wir uns über die Jahre hinweg niemals aus den Augen verloren.

Früher waren mir sein Arbeitseifer und Ehrgeiz ein Rätsel. Ich genoss mein Leben in vollen Zügen, lehnte jegliche Verantwortung ab und gönnte mir als Sohn vom Chef auch hin und wieder eine Auszeit, in der ich die Welt bereiste. Was meinem Vater stets ein Dorn im Auge war, mich jedoch nicht davon abhielt.

Und wäre mein Dad nicht in verhältnismäßig jungen Jahren an Krebs gestorben, hätte meine Zukunft sicher anders ausgesehen. Doch ich konnte nicht zulassen, dass unser alteingesessenes Verlagshaus in fremde Hände gelangt, daher habe ich nach seinem Tod den Vorsitz übernommen. Was mich seitdem rund um die Uhr einspannt und mich zwang, eines meiner liebsten Hobbys, das Eishockeyspielen, aufzugeben.

Vor Kurzem bin ich zudem in den Bereich der digitalen Medien eingestiegen, denn einzig mit Büchern und Zeitungen kann man heutzutage nicht mehr überleben. Um es auf den Punkt zu bringen, mein Imperium wächst unablässig, auch dank des Circle, der mir Tür und Tor in die amerikanische Wirtschaft und Politik öffnet, was für ein Verlagshaus das Wichtigste überhaupt ist.

Folglich habe ich es bislang keine Sekunde bereut, mein Leben dieser Verbindung verschrieben zu haben, denn auszutreten ist so gut wie unmöglich. Das Eintrittsgelübde, das man ablegt, verlangt obendrein ewiges Stillschweigen. Außer dem Ehepartner darf niemand über das Bestehen des Circle Bescheid wissen. Ein Verstoß gegen diese Statuten kann schlimmstenfalls mit dem Tod geahndet werden.

Eine Tatsache, die mir kein Kopfzerbrechen bereitet, da ich seit jeher ein recht verschwiegener Zeitgenosse bin. Einzig Emily gegenüber gerate ich hin und wieder in Erklärungsnot, denn sie ist eine der wenigen Personen, vor denen ich normalerweise keine Geheimnisse habe.

Während ich noch meinen Gedanken nachgehe, nutzt Eric die Gelegenheit, um weitere aktuelle Themen anzusprechen. Die Finanzierung der anstehenden Wahlkämpfe ist ein hochbrisanter Punkt. Indem wir unsere Wunschkandidaten unterstützen, stellen wir sicher, dass die politische Situation in den Staaten nicht völlig außer Kontrolle gerät.

Leider ist in dieser Hinsicht einiges missglückt, bevor Eric die Leitung des Circle übernahm, da sich die meisten Mitglieder aus Altersgründen zurückgezogen hatten.

Um für den Wahlkampf weitere Gelder zur Verfügung stellen zu können, entscheiden wir den geplanten Start eines Space Shuttle zu verschieben, der grundsätzlich mehrere Millionen verschlingt. Zwar ist der Vorsitzende des NASA-Beratungsausschusses nicht gerade angetan von dieser Idee, doch er wird überstimmt.

Rasch zücke ich mein Smartphone und teile diese Information meinem Chefredakteur mit. Der Observer wird einmal mehr mit einer Eilnachricht glänzen, die noch keiner anderen Zeitung vorliegt. Natürlich werden die Bürger die wahre Ursache des Aufschubs niemals erfahren, vielmehr wird über einen technischen Defekt berichtet werden. Aber die Steuerzahler haben ja auch keinen blassen Schimmer, welche Unsummen ein solcher Raketenstart kostet, denn die NASA hält die genauen Zahlen wohlweislich geheim.

Danach wird das unerschöpfliche Thema Ein- und Ausfuhrzölle angesprochen, was mich dazu veranlasst, bloß noch mit halbem Ohr zuzuhören. Lieber lege ich mir im Geiste bereits eine Strategie zurecht, wie ich Cassandra Andrews kontaktieren könnte. Ihre Telefonnummer konnte Eric leider nicht in Erfahrung bringen, doch wir verfügen über ihre Mail-Adresse und Anschrift. Bei genauerer Betrachtung ist es allerdings schon zu spät, um ihr auf dem Postweg eine Einladung zukommen zu lassen.

Zuhause sinke ich daher vor meinen Rechner und schreibe eine Mail:

Sehr geehrte Ms. Andrews,
gestatten Sie mir, auf diesem Wege mit Ihnen in Kontakt zu treten. Mein Name ist Brandon Quest, ich bin der Besitzer des New York Observer und würde Sie gerne zu einem Presseball am Samstag im Plaza Hotel einladen. Mir ist bewusst, das kommt ein wenig kurzfristig, doch ich hoffe, Sie werden mir das nachsehen. Bitte nehmen Sie meine Einladung an, denn mir liegt viel daran, Ihre Bekanntschaft zu machen und über eine eventuelle zukünftige Zusammenarbeit mit Ihnen zu sprechen.
Mit Interesse sehe ich Ihrer Antwort entgegen.
Brandon Quest.

Zufrieden lehne ich mich zurück. Mit diesem Schreiben sollte ich ihr Interesse geweckt haben. Folglich rechne ich recht zügig mit einer Reaktion, als ich jedoch am nächsten Tag immer noch nichts von der Dame gehört habe, erfasst mich Unruhe.

Ja, Geduld ist leider keine meiner Stärken.

Auch will ich auf gar keinen Fall riskieren, dass das FBI sich in die Angelegenheit einmischt, denn wenn diese Journalistin für mich arbeiten soll, benötige ich sie unvoreingenommen.

Aber was ist das nur mit dieser Frau?

Normalerweise können es Journalisten kaum erwarten, mit mir in Kontakt zu treten.

Auch wenn mir dieses demütigende Vorgehen widerstrebt, verfasse ich eine weitere Mail:

Liebe Ms. Andrews,
vielleicht habe ich es nicht ausdrücklich betont,

aber der Ball findet übermorgen statt. Bitte lassen Sie mich wissen, ob Sie mich begleiten werden.
Ihr Brandon Quest.

Erst am folgenden Abend erreicht mich ihre Antwort:

Sehr geehrter Mr. Quest,
wie arm sind die, die nicht Geduld besitzen.
Wir sehen uns auf dem Presseball.
Ihre Cassandra.

Ich schlucke und weiß im Moment nicht, ob ich lachen oder verärgert sein soll. Nicht allein, dass die Dame mich quasi tadelt, nein, sie zitiert obendrein Shakespeare.

Muss ich mir das wirklich von einer dahergelaufenen Reporterin gefallen lassen?

Doch einverstanden, wenn sie spielen will, gehe ich jetzt einfach mal darauf ein. Ich sinniere sekundenlang, bevor ich ihr ein Zitat von Oscar Wilde sende:

Liebe Cassandra,
verzeihen Sie mir meine Ungeduld: Nicht die Vollkommenen, sondern die Unvollkommenen brauchen unsere Liebe.
Ich kann es kaum erwarten, Sie kennenzulernen.
Ihr Brandon.

Zu meiner Überraschung erscheint dieses Mal bereits Sekunden später eine Antwort:

Machen Sie sich keine Gedanken. Es gibt Augen-

blicke, in denen man nicht nur sehen, sondern ein Auge zudrücken muss.

Puh, die Dame scheint nicht bloß in Literatur bewandert zu sein, denn dieses Zitat stammt von dem früheren amerikanischen Präsidenten Benjamin Franklin.

Schon setze ich an, um zu kontern, halte mich dann jedoch zurück. Ich könnte dieses Spiel die ganze Nacht über fortsetzen.

Doch welchen Eindruck würde das machen?

Als hätte ich nichts Sinnvolleres zu tun. Ich, der große Medienmogul, der Distanz zu unbekannten Reportern wahren sollte.

Eine letzte Frage, wie erkenne ich Sie?, tippe ich daher kurz und bündig ein.

Nur wer nicht sucht, ist vor Irrtum sicher, kontert sie prompt.

Albert Einstein! Ein Schmunzeln zuckt um meine Lippen, nun hat sie mein Interesse endgültig geweckt.

Als ich am darauf folgenden Abend mit meiner Schwester am Arm den Grand Ballroom des Plaza Hotel betrete, perlt Neugier durch meinen Körper ähnlich einem erlesenen Champagner. Demzufolge bin ich heilfroh, Emily an meiner Seite zu haben, denn ohne sie würde es einen echt schrägen Eindruck machen, mit welcher Intensität ich jede Frau mustere.

Emilys Wandlungsfähigkeit verdanke ich es, dass bisher kaum jemand realisiert hat, dass es sich bei meiner Begleiterin häufig um dieselbe Lady handelt. Die Presse hält mich für einen Sonnyboy. Sollen sie doch, ich habe kein Problem damit.

Heute trägt Emily eine knallrote Perücke zu einem grünen figurbetonten Kleid und sieht darin atemberaubend aus. Mit natürlicher Anmut bewegt sie sich durch den Saal, schwebt über das Parkett, als wäre sie eine Königin. Diese Frau ist zur Schauspielerin geboren und wird es sicher noch weit bringen. Ihr liegen bereits einige Angebote aus Hollywood vor, doch noch bevorzugt sie den Broadway. Aber ich bin mir sicher, irgendwann wird eine Herausforderung kommen, die sie umstimmt.

Suchend schaue ich mich abermals um. Mein Blick schweift über die Säulen, die dem Raum etwas Majestätisches verleihen – genau wie der riesige Kronleuchter an der Decke. Blumengestecke, festlich gedeckte Tische sowie Kerzen vermitteln ein feierliches Ambiente. Der Duft von teurem Parfum liegt in der Luft und vermischt sich mit einem köstlichen Essensgeruch.

Journalisten, Autoren und Schauspieler sind anwesend. Bei jeder Dame, die unseren Weg kreuzt, frage ich mich nach eingehender Begutachtung derjenigen, wie zur Hölle ich Cassandra Andrews erkennen soll.

Für gewöhnlich hat man ja ein bestimmtes Bild von einer unbekannten Person im Kopf, doch momentan ist das leider nicht der Fall. Ich kann diese Reporterin kein Stück einschätzen. Sie ist viel zu gebildet und belesen für ihr Alter. Hinzu kommen ihre vermeintlichen Kontakte in höchste Management- oder Regierungskreise. Irgendwie passt das alles nicht zusammen.

In diesem Moment entdecke ich eine junge Frau, die sich an eine der Säulen gelehnt hat und mich unverhohlen betrachtet: Eine Blondine, die mit beeindruckenden blauen Augen gesegnet ist. Sie ist attraktiv, auch wenn ich sie nicht als klassische Schönheit bezeichnen würde, doch die Entschlossenheit in ihrem Blick zieht meine Aufmerksamkeit unwillkürlich an. Gekleidet ist sie in ein eng anliegendes schwarzes Kleid. Nichts Auffälliges, doch es unterstreicht ihren schlanken Körper, wobei der Kontrast zu ihrem hellen Haar seine Wirkung nicht verfehlt.

Entweder ist die Lady auf der Suche nach einem Abenteuer oder ich habe soeben Cassandra Andrews entdeckt.

Nur wer nicht sucht, ist vor Irrtum sicher, geht mir der Satz durch den Kopf. Wie treffend bemerkt.

„Entschuldigst du mich bitte kurz?", äußere ich zu Emily gewandt.

Sie starrt mich verwundert an. „Echt jetzt? Ich dachte, du legst Wert auf meine Begleitung."

„Inzwischen haben sich die Begebenheiten geändert, daher wäre es mir sehr recht, wenn du dich heute doch als meine Schwester ausgeben würdest."

Sie rollt mit den Augen. „Manchmal treibst du mich wirklich in den Wahnsinn. Aber einverstanden, ich hoffe nur, sie ist es wert."

„Ich versichere dir, es ist nicht das, wonach es aussieht."

Ich schnappe mir zwei Gläser Champagner von einem vorbeikommenden Tablett und schlendere auf die blonde Dame zu.

Kapitel 4

Cassandra

Gott, ist dieser Mann heiß!, ist das Erste, was mir durch den Kopf schießt, als Brandon Quest mich ansteuert. Ich hätte ihn nicht derart anstarren sollen, dann wäre ich in den Genuss gekommen, ihn weiterhin unbemerkt observieren zu können. Doch ich konnte meine Augen einfach nicht mehr von ihm abwenden. Natürlich habe ich während meiner ausgiebigen Recherche Unmengen Fotos von ihm gesehen, aber all diese Aufnahmen werden ihm nicht gerecht.

Die aufrechte Kopf- und Körperhaltung, der dynamische Gang und diese beeindruckende Ausstrahlung in dem schwarzen Smoking, lassen diesen Mann wirken wie einen Gott. Brandon Quest liebt das Theater und es wirkt, als hätte er soeben seine ganz persönliche Bühne betreten.

Mit dem frech geschnittenen dunkelblonden Haar und der gebräunten Haut könnte ich ihn mir ebenso gut in Jeans und Lederjacke vorstellen. Er verfügt über breite Schultern und schmale Hüften, und in meinem Geiste formiert sich blitzschnell ein Bild, wie er mit lässiger Eleganz auf Schlittschuhen übers Eis jagt.

Eine Armlänge von mir entfernt, bleibt er stehen und sucht nach meinem Blick.

Meinen hohen Stilettos zum Trotz überragt er mich annähernd um Haupteslänge, daher lege ich den Kopf in den Nacken und schaue zu ihm auf. Prompt versinke ich in einem Paar faszinierender grüner

Augen.

Du liebe Güte, darauf war ich beim besten Willen nicht vorbereitet!

„Ihnen ist sicher bewusst, dass die Rüstungsindustrie eine der größten Gefährdungen der Menschheit ist“, äußert mein Gegenüber nach ein paar langen Sekunden, in denen wir uns lediglich angestarrt haben.

Für jeden anderen Menschen würde sich dieser Einstieg seltsam anhören, doch nicht für mich. „Albert Einstein“, perlen die Worte wie automatisch über meine Lippen.

Um Brandons Mundwinkel tanzt augenblicklich ein Schmunzeln. „Hallo, Cassandra, es ist mir eine Freude, Ihre Bekanntschaft zu machen.“ Er reicht mir ein Glas Champagner.

Ich greife danach, nehme einen winzigen Schluck und gebe mir alle Mühe, mich zu sammeln. Brandons raue dunkle Stimme in Verbindung mit den ausgeprägten Umgangsformen schleicht sich ganz tief in mein Inneres und lässt meinen Körper prickeln. Niemals zuvor ist es jemandem gelungen, meinen Namen auszusprechen, als wäre er etwas Kostbares, doch Brandon Quest hat das soeben hinbekommen. „Die Freude ist ganz meinerseits. Danke für die Einladung. Aber womit habe ich das verdient?“

Der Schalk blitzt in seinen Augen auf. Und in dieser Sekunde weiß ich, dieser Mann ist ein Draufgänger. Ein Spieler, der Menschen schätzt, die ihn herausfordern. „Als ob Sie das nicht wüssten.“

„Nun, ganz sicher bin ich mir nicht. Möchten Sie herausfinden, woher meine Informationen stammen, oder wollen Sie mir doch eher einen Job anbieten?“

Er grinst lausbubenhaft. „Beides."

„Verstehe." Ich nippe erneut an meinem Champagner. „Wieso denken Sie, ich wäre daran interessiert, für Sie zu arbeiten?"

Er zieht überrascht die Augenbrauen hoch. „Wären Sie sonst hier?"

„Vielleicht war ich einfach nur neugierig auf den Mann, der aus dem Stegreif Oscar Wilde zitiert."

„Dafür hätte ich natürlich Verständnis", scherzt er. „Denn mich hat die Frau beeindruckt, die trotz ihres eher jugendlichen Alters Worte von Benjamin Franklin verwendet. Offensichtlich haben wir beide ein Faible für Literatur."

Dieser Mann bringt mich zum Lächeln.

Wann konnte ich mich zum letzten Mal auf diesem Niveau mit jemandem unterhalten?

Ich nicke. „Gebildete Menschen und beeindruckende Schriftsteller haben es mir angetan."

„Sehen Sie, ich sage doch, wir haben so einiges gemein." Er legt den Kopf schief. „Aber jetzt sind wir völlig vom Thema abgekommen, woher haben Sie die Information bezüglich der Rüstungsindustrie?"

„Dass ich ausgerechnet dem legendären Brandon Quest einen Schritt voraus sein soll, ist kaum vorstellbar", provoziere ich ihn. „Ich dachte immer, es gibt keine Neuigkeit, die Sie noch nicht kennen."

„Im Normalfall ist das auch so, mit dieser Story haben Sie mich jedoch eiskalt erwischt."

Immerhin ist er ehrlich, das imponiert mir. „Verraten Sie mir zuerst, wieso Sie grundsätzlich derart zeitnah über Ereignisse berichten können?", falle ich einfach mit der Tür ins Haus. Mit einem Fünkchen

Glück funktioniert es ja und ich muss gar nicht tiefer in die Trickkiste greifen.

„Mit der Zeit habe ich mir ein gut funktionierendes Netzwerk an Informanten aufgebaut. Das zahlt sich aus.“

„Aber darauf können andere Nachrichtensender doch ebenfalls zugreifen, und dennoch sind Sie ihnen stets um eine Nasenlänge voraus.“

„Man streitet mir eine gewisse Intelligenz nicht ab, das kann durchaus von Vorteil sein. Aber zurück zu Ihnen, Cassandra. Ich bewundere Ihre Bildung. Es ist Ihnen tatsächlich gelungen, mir zu imponieren.“

Auch wenn mir seine Worte schmeicheln, ist mir keineswegs entgangen, wie geschickt er das Thema gewechselt hat.

„Manchmal ist mir das sogar unangenehm.“ Ich zucke mit den Schultern. „Doch ich kann es nun mal nicht ändern, sobald ich etwas gelesen habe, vergesse ich es im Normalfall nicht.“

Brandon runzelt die Stirn. „Warum sollte Ihnen das unangenehm sein?“

„Die Menschen halten mich für altklug und besserwisserisch.“

Er lacht leise. „Ein weiser Journalist sagte einmal: Der Vorteil der Klugheit besteht darin, dass man sich dumm stellen kann. Das Gegenteil ist schon schwieriger. Weswegen handhaben Sie es nicht ähnlich, Cassandra?“

Du liebe Güte, mit jedem Satz wird dieser Mann anziehender.

„Tucholsky“, hauche ich. „Sie haben recht, ich sollte das wirklich versuchen. Doch häufig bin ich zu spontan. Das Wissen sprudelt oft gänzlich ungewollt aus mir heraus."

„Perfekt, dann erzählen Sie mir doch mehr über die Neuausrichtung dieses Managers. Vor allem interessiert mich, woher Sie diese Information haben."

„Tut mir leid, aber das kann ich nicht. Ich versprach, meine Quelle nicht preiszugeben."

Er verzieht das Gesicht. „Ach kommen Sie, nennen Sie mir einfach Ihren Preis."

Hat er mich soeben noch fasziniert, finde ich diese herablassende Art enttäuschend. Brandon Quest ist gerade massiv in meiner Gunst gesunken.

Ich straffe die Schultern und wappne mich für einen verbalen Gegenschlag. „Wie sagte doch Benjamin Franklin: Wer der Meinung ist, dass man für Geld alles haben kann, gerät leicht in den Verdacht, dass er für Geld alles zu tun bereit ist."

Brandons Miene verschließt sich. Dieser Mann ist es gewohnt, zu bekommen, was er will.

Aber nicht mit mir, mein Lieber!

Er beugt sich verschwörerisch zu mir nach vorne, sodass mich der Duft seines herben Rasierwassers umhüllt. Für den Bruchteil einer Sekunde raubt mir seine Nähe den Atem.

„Cassandra, ist Ihnen eigentlich bewusst, dass Sie sich durch diesen Artikel in Gefahr begeben haben?", raunt er mir mit dunkler Stimme zu, die mir einen Schauer über den Rücken jagt.

Ach was? Erzähl mir etwas Neues!

„Dass mein Dasein kein Ponyhof mehr sein würde, war mir bereits klar, als ich mich entschied, Journalismus zu studieren." Ich suche nach seinem Blick, wobei mir eine kleine Narbe an seinem Kinn auffällt, die seine perfekten Gesichtszüge herrlich unvollkommen wirken lässt. „Lassen Sie mich Ihnen einen Vorschlag unterbreiten: Ich möchte einen Artikel über Ihr Leben und den Observer schreiben, dazu benötige ich Informationen. Danach würde ich Ihnen vielleicht mehr verraten."

Er holt vernehmlich Luft. „Ihr Mut und Ihre Intelligenz beeindrucken mich über die Maßen, aber so läuft das in meiner Welt nicht. Gegenvorschlag: Sie veröffentlichen exklusiv für den Observer einen detaillierten Artikel über diesen Manager und seine Intentionen. Und danach können Sie alles über mich erfahren, was Sie wollen."

Ich zögere einen Augenblick, dann kommt mir eine Idee. „Einverstanden, doch ich sage Ihnen gleich, dass mir nicht viele weitere Details vorliegen."

Brandon lächelt, das Lächeln eines Siegers. Er ist es gewohnt, alle Welt nach seiner Pfeife tanzen zu lassen.

Wenn er sich da mal nicht täuscht!

„Gut, dann hätten wir das ja auch geklärt. Also, wer ist Ihr Informant und wann erhalte ich den Artikel?"

Ich spähe mit gespieltem Argwohn über meine Schulter, als wollte ich mich vergewissern, dass uns niemand belauscht. „Den Bericht bekommen Sie spätestens morgen Abend, aber wir können den Informanten unmöglich preisgeben."

„Überlassen Sie diese Entscheidung doch bitte mir."

Jetzt beuge *ich* mich zu ihm nach vorne und inhaliere erneut voller Genuss den Duft seines Rasierwassers. „Das FBI", hauche ich ihm vertraulich ins Ohr. „Begreifen Sie jetzt, dass das keiner wissen darf."

Kurz überkommt mich der Eindruck, er würde sich versteifen.

Ha, damit hat er wohl nicht gerechnet! Nun wird er einsehen, dass wir nicht tiefer ins Detail gehen können.

Er nickt. „Verstehe, gehe ich recht in der Annahme, dass ein Bekannter von Ihnen dort beschäftigt ist?"

„Mein Ex-Freund, aber den Namen werde ich auf gar keinen Fall verraten. Und jetzt bin ich mit meinen Fragen an der Reihe." Ich schaue zu der hübschen rothaarigen Lady hinüber, mit der Brandon erschienen ist. „Die Frau, ist das Ihre Freundin?"

„Und wenn es so wäre?"

„Dann hätte ich Verständnis dafür, dass sie uns unablässig beobachtet."

„Ach, tut sie das?" Er wendet sich von mir ab und richtet sein Augenmerk nun ebenfalls auf den Rotschopf.

„Allerdings."

„Sie ist meine ältere Schwester und stets um mich besorgt. Aber Sie haben recht, ich sollte sie nicht länger warten lassen, das gehört sich nicht."

Seine Schwester! Damit hätte ich nicht einmal ansatzweise gerechnet.

Er schaut wieder in meine Richtung und schenkt mir einen intensiven Blick aus seinen grünen Augen, der mich unter Strom zu setzen scheint. „Wir hätten alles geklärt, oder?"

„Ich denke schon. Sie bekommen den Artikel rechtzeitig. Und wann können wir das Interview führen?"

„Ich habe niemals von einem Interview gesprochen."

„Aber Sie sagten doch …"

„Ich weiß, was ich gesagt habe. Wenn Sie mehr über mich erfahren wollen, dann begleiten Sie mich nächste Woche ins Theater."

Im ersten Moment bin ich überrascht. Keine Sekunde später macht sich jedoch Genugtuung in mir breit. Am liebsten würde ich jetzt eine Siegerfaust in die Luft recken, reiße mich aber zusammen.

Strike! Ich habe Brandon Quest an der Angel. Alles andere sollte nun ein Kinderspiel sein.

Ich schenke ihm ein strahlendes Lächeln. „Liebend gerne!"

Kapitel 5

Brandon

„Eric, du wirst es nicht für möglich halten, doch falls unsere kleine Reporterin die Wahrheit sagt, hat sie die Information über diesen Manager vom FBI."

Erics raues Lachen schlägt mir durch das Telefon entgegen. „Das gefällt mir, wenn ich diesem arroganten Pack einmal eine reinwürgen kann. Diejenigen, die immer mit Fingern auf andere deuten, scheinen einen Maulwurf in den eigenen Reihen zu haben. Herrlich!"

Ich kann seine Schadenfreude für den Moment jedoch nicht teilen, denn mich plagen andere Sorgen. „Denkst du, Cassandra Andrews schwebt in Gefahr?"

Er sinniert eine Weile. „Falls das FBI den Verräter nicht ausmachen kann, eventuell schon."

Nachdenklich reibe ich mir über die Narbe am Kinn, die ich mir als Jugendlicher beim Eishockey zugezogen habe. „Hm."

„Was soll mir dieses *Hm* sagen?"

„Die Kleine ist nett. Ich möchte nicht, dass ihr etwas geschieht.

Er lacht erneut. „Oh, oh, Nachtigall, ich hör dir trapsen."

„Nein, Eric, ich will sie nicht in meinem Bett haben, vielmehr in einem meiner Büros. Sie ist hochintelligent und auf ihre Art außergewöhnlich. Als Reporterin muss sie eine Wucht sein."

„Verstehe. Ich werde den Jungs vom FBI sagen, sie sollen die Finger von ihr lassen. Aber wie du selbst weißt, kochen sie häufig ihr eigenes Süppchen.

Cassandra sollte in nächster Zeit am besten keine weiteren Artikel veröffentlichen, die solches Aufsehen erregen."

„Schon klar, leider konnte ich bislang nicht herausfinden, was sie dazu bewogen hat. Doch ich sehe sie nächste Woche wieder und werde ihr einmal kräftig auf den Zahn fühlen."

„Wenn ich eins in meinem Leben gelernt habe, dann, dass die Motive mancher Menschen unergründlich sind. Ich muss da bloß an meinen Vater denken. Ach, und, Brandon, danke für deine Hilfe. Das hast du echt gut hinbekommen."

„Nicht der Rede wert." Ich lege auf, lehne mich in meinem Sessel zurück und blicke einmal mehr gedankenverloren aus dem Fenster. Da heute die Sonne unablässig vom Himmel lacht, drängeln sich die Touristen auf dem High Line Park ähnlich einer Viehherde.

Idioten! Als ob es nicht auch andere interessante Plätze in New York gäbe.

Erics Worte hallen in meinem Kopf wider und verdeutlichen mir, dass er nach wie vor mit dem Verhalten seines Vaters hadert. Dieser hatte über viele Jahre den Vorsitz des Secret Circle inne, die damaligen Statuten verbaten ihm allerdings, seine Familie zu involvieren. Und da er nebenbei noch mehrere Firmen leitete, blieben seine Frau und sein Sohn auf der Strecke.

Erst nach Pauls Tod hat Eric den wahren Grund erfahren. Ein Schock, den er offenbar immer noch nicht verarbeitet hat. Demzufolge hat mein Kumpel durchgesetzt, die stringenten Vorgaben des Circle ein wenig zu lockern. Mittlerweile dürfen die Ehepartner informiert werden, obendrein wurde auch Frauen der Zutritt zum Circle geöffnet.

Meine Gedanken wandern zurück zu Cassandra Andrews, die mir einfach nicht aus dem Sinn geht. Normalerweise verfüge ich über eine gute Menschenkenntnis, doch diese Frau gibt mir Rätsel auf. Die meisten Journalisten wären völlig aus dem Häuschen, wenn sie für mich arbeiten dürften, aber nicht so Cassandra.

Ob sie mit ihrer Zurückhaltung einzig ihren Wert hochtreiben will, oder hat sie tatsächlich kein Interesse am Observer? Ich kann es für den Moment nicht einschätzen.

Doch das werde ich zu gegebener Zeit schon noch aus ihr herauskitzeln. Die Dame hat mein Interesse entfacht und so schnell werde ich sie nicht vom Haken lassen, denn ich habe den Eindruck, dass sie etwas Grundlegendes vor mir verheimlicht.

Um es mit Shakespeares Worten zu sagen: Etwas ist faul im Staate Dänemark.

„Das Theaterstück war atemberaubend“, schwärmt Cassandra, die mir in einem kleinen italienischen Restaurant, nahe des Broadway, gegenübersitzt. „Danke, dass Sie mir das ermöglicht haben. Ihre Schwester ist wirklich eine erstklassige Schauspielerin.“ Sie spießt die letzten Nudeln, die sich auf ihrem Teller befinden, auf die Gabel und schiebt sie sich voller Genuss in den Mund.

Ich beobachte sie unterdrückt schmunzelnd. Mit italienischen Speisen kann man wohl ausnahmslos jede Frau um den Finger wickeln. Aber auch ich bin ein Fan dieser Gerichte und lasse für eine leckere

Pizza oder eine Portion Spaghetti Bolognese jedes Gourmetmenü stehen.

„Allerdings, Theater liegt uns einfach im Blut, auch wenn ich mich lieber aufs Zusehen beschränke."

Cassandra lächelt glückselig und hat nicht den Hauch einer Ahnung von der Zweideutigkeit meiner Worte. Ich hätte rein gar nichts dagegen, diese süße Reporterin einmal mit ins Marquess zu nehmen, wo wir uns gemeinsam eine Liveshow ansehen könnten. Schon häufiger haben mich Frauen dorthin begleitet. Die meisten törnt das Zusehen ebenfalls an, nur wenige empfinden es als unangenehm.

„Ich finde das bewundernswert, welches Imperium Sie sich aufgebaut haben", reißt Cassandra mich aus meinen nicht mehr ganz jugendfreien Gedanken. „Verraten Sie mir das Geheimnis Ihres Erfolges?"

„Das Lob gebührt meinem Großvater, der das Verlagshaus gründete. Ich übernahm es, als mein Vater vor gut drei Jahren starb. Danach ergab sich vieles von selbst. Ich habe glücklicherweise ein Gefühl für gute Berichterstattung und das perfekte Timing. Obendrein kann ich einschätzen, was bei den Menschen ankommt. Auch verfüge ich über ein paar einflussreiche Freunde, die mich hin und wieder unterstützen."

Sie lehnt sich zu mir nach vorne und zum ersten Mal entdecke ich die Sommersprossen, die sich auf ihrer Nase tummeln. Dieser kleine Makel passt zu ihr, verleiht ihr einen durch und durch natürlichen Touch und lässt sie umso vorwitziger erscheinen. Automatisch schießt mir die Frage durch den Kopf, ob ihr ganzer Körper mit diesen niedlichen Flecken übersät sein mag. Vielleicht werde ich es ja irgendwann in Erfahrung bringen.

„Verraten Sie mir, wer Ihre Freunde sind?“, holt sie mich in die Realität zurück.

Ich unterdrücke ein Schmunzeln.

Ganz die Reporterin, stets auf der Suche nach einer guten Story.

Mit betonter Lässigkeit lehne ich mich nach hinten und betrachte Cassandra ausgiebig. Wir spielen hier ein perfektes politisches Spiel. Jeder wirft dem anderen ein Häppchen hin, um ihn anzufüttern, baut dann aber sofort wieder eine undurchdringliche Mauer um sich herum auf. „Oh, da gibt es so einige: aus der Wirtschaft, von Verlagen, sogar aus Hollywood“, antworte ich lapidar.

„Wow! Nennen Sie mir Namen!“

Nein, Süße, deine gespielte Einfältigkeit kaufe ich dir nicht ab!

„Eric Carpenter, zum Beispiel, wir kennen uns seit einer Ewigkeit“, versorge ich sie mit dem nächsten Häppchen, das ihren Appetit zwar weiter anregen, aber keinerlei Sättigungsgefühl in ihr auslösen wird.

Prompt verzieht sie enttäuscht das Gesicht, was mir abermals um ein Haar ein Grinsen entlockt. „Okay, das ist jetzt fürwahr kein großes Geheimnis. Man muss einzig ins Internet schauen, um herauszufinden, dass sie seit dem College die besten Freunde sind. Er ist der Inhaber der Carpenter-Bank, richtig?“

Ich nicke. „Korrekt. Obendrein gehören ihm eine der größten Computerfirmen der Welt sowie einige Öl- und Lebensmittelkonzerne. Da kann man ab und an schon interessante Informationen erhalten. Ach, Sie dürfen sich das gerne notieren, wenn Sie möchten.“

Sie schüttelt den Kopf. „Danke, aber das ist nicht nötig, was ich einmal gehört habe, vergesse ich nicht. Außerdem kann man das wirklich überall nachlesen.“

„Ein ausgeprägtes Gedächtnis ist die perfekte Voraussetzung für eine Journalistin“, ignoriere ich ihren offensichtlichen Vorwurf. „Ich fand den Bericht, den Sie mir über diesen waffenverrückten Manager zukommen ließen, übrigens recht nichtssagend, denn im Grunde genommen habe ich kaum etwas Neues erfahren. Seine Hobbys interessieren mich nämlich genauso wenig wie die Namen seiner Hunde. Was ich benötige, sind weitere Fakten.“ Ich suche nach ihrem Blick und halte ihn fest „Was muss ich tun, damit Sie für mich arbeiten?“

„Brandon, Ihr Interesse schmeichelt mir, doch ich möchte unabhängig bleiben.“

„Kein Problem, als Freelancer.“

„Tut mir leid, aber das wird nicht funktionieren, ich bin an Washington gebunden.“

Ich zucke mit den Schultern. „Nun, das ist ja keine Weltreise. Was legt Sie an die Leine? Mann? Freund? Kinder?“

„Verraten Sie mir doch lieber, woher Sie gestern schon von dieser feindlichen Übernahme in der Automobilbranche wussten, wo es doch heute erst offiziell wurde.“

„Das sagte ich bereits: Beziehungen. Obendrein arbeite ich manchmal Tag und Nacht, dadurch bin ich anderen Pressehäusern oft um ein paar entscheidende Stunden voraus.“

„Aber Sie verfügen über Infos, die Sie nicht haben dürften“, beharrt sie.

„Da haben wir schon wieder etwas gemein. Vielleicht habe ich ja ebenfalls einen guten Bekannten beim FBI.“

Sie starrt mich sekundenlang ungläubig an. Aus irgendeinem Grund hat dieses Appetithäppchen sie aus der Reserve gelockt.

„Erzählen Sie mir von den Frauen in Ihrem Leben!“, lenkt sie rasch ab.

Innerlich schüttle ich den Kopf.

Verflucht, so kommen wir keinen Schritt weiter!

Offensichtlich haben wir beide ein Geheimnis, das wir nicht preisgeben wollen.

Ich taxiere Cassandra erneut mit Blicken. Meine Augen heften sich auf das schicke rote Kleid, in das sie heute gehüllt ist. Unablässig zupft sie an dem Kragen herum, was mir verdeutlicht, wie unwohl sie sich darin fühlt. Außer einer schmalen goldenen Uhr trägt sie einzig unscheinbare dreieckige Ohrringe. Keinerlei Ringe oder Ketten. Ungewöhnlich, wie die ganze Frau.

Was verschweigst du mir, Süße?

Ich zucke mit den Schultern. „Da gibt es nicht viel zu erzählen. Ich bin eingefleischter Single, da mir die Frau, die das ändern könnte, bislang nicht begegnet ist.“

„Es existiert doch sicher eine Jugendliebe, oder?“

Treffer versenkt! Aber darüber möchte ich jetzt partout nicht reden.

„Ach, das ist eine Ewigkeit her, ich kann mich kaum mehr daran erinnern“, improvisiere ich rasch mit einer wegwerfenden Handbewegung. „Und Sie? Wie ist es um die Männer in Ihrem Leben bestellt?“

„Wer will schon mit einem wandelnden Lexikon

liiert sein? Ja, es gab da ein paar Typen, aber im Endeffekt hat es leider mit keinem funktioniert."

„Ich hätte damit kein Problem, mich nervt eher die Dummheit mancher Menschen."

Überrascht reißt sie diese wundervollen blauen Augen auf. „Im Ernst?"

„So wahr ich hier sitze. Erzählen Sie mir von Ihrem Ex-Freund!"

Abermals zupft sie an dem Kragen ihres Kleides herum. „Ich bin intelligenter und erfolgreicher als er, damit konnte er nicht umgehen."

„Das heißt, er ist gar kein so hohes Tier beim FBI?"

Sie schüttelt den Kopf.

Ich greife über den Tisch hinweg nach ihrer Hand, was sie zusammenzucken lässt, lehne mich nach vorne und schaue ihr eindringlich in die Augen. „Cassandra, was genau verbergen Sie vor mir?"

Ich hatte das nicht beabsichtigt, doch unsere Blicke versinken ineinander. Das Restaurant tritt in den Hintergrund und verwandelt sich in nebensächliche Schemen. Die Geräuschkulisse um uns herum ist plötzlich nicht mehr existent, alle Gespräche scheinen schlagartig versiegt zu sein. Nichts hat mehr Bedeutung außer der Frau mir gegenüber.

Ihre strahlend blauen Augen besitzen eine Tiefe, die ich schon lange bei keiner Person mehr gesehen habe. Diese Augen geben mir Rätsel auf, erwecken in mir den Drang, ihre Geheimnisse zu lüften und vermitteln mir zudem das Gefühl, ich könnte mich darin verlieren.

Ohne den Blick auch bloß eine Sekunde abzuwenden, verstärkt Cassandra den Druck auf meine

Hand. „Also gut“, murmelt sie, während mir nicht verborgen bleibt, dass ihre Unterlippe leicht zittert. „Aber bitte verraten Sie mich nicht. Es lag überhaupt nicht in meiner Absicht, diesen Bericht zu veröffentlichen.“ Sie holt vernehmlich Luft. „Ich wurde dazu gezwungen. Es geht dabei um sehr viel Geld und könnte gefährlich für mich werden, wenn die Wahrheit ans Licht kommt. Vielleicht verstehen Sie meine Situation ja jetzt ein wenig besser.“

Kapitel 6

Cassandra

Ich beobachte Brandons Reaktion auf meine Worte haargenau, doch er verzieht keine Miene. Folglich kann ich nicht einschätzen, ob er mir die Geschichte abkauft. Inzwischen habe ich begriffen, dass ich auf die herkömmliche Art und Weise bei diesem Mann nicht weiterkomme. Brandon ist zu gewieft, um mir ins Netz zu gehen. Er wird sich nicht in irreführende Aussagen verstricken, die mir helfen könnten, ihn zu überführen. Ich muss andere Geschütze gegen ihn auffahren.

Im Prinzip hat er mir ja schon gestanden, wo er seine Informationen erhält. Nur, dass es kein Verbrechen ist, prominente Freunde zu besitzen.

Er mustert mich sekundenlang stillschweigend, scannt mich geradezu mit seinen Augen und tritt damit eine verhaltene Nervosität in mir los.

Rasch entziehe ich ihm meine Hand, die er immer noch festhält. Um meine Finger zu beschäftigen, zupfe ich am Kragen meines Kleides herum, der viel zu eng sitzt. Ich habe es schon lange nicht mehr getragen, da ich bei der Bearbeitung meiner Fälle eher in Unternehmen lande und nicht im Theater oder auf einem Presseball. Folglich ist mein Kleiderschrank zwar mit einigen Kostümen bestückt, Abend- und Cocktailkleider findet man darin jedoch nur vereinzelt. Und da ich während der letzten Monate viel trainiert und Muskeln aufgebaut habe, sitzt das Kleid mittlerweile zu eng. Bei nächster Gelegenheit werde ich es einer Hilfsorganisation spenden.

„Sagen Sie mir, wie ich Ihnen helfen kann?“, äußert Brandon schließlich zu meiner Überraschung.

Ist das jetzt die Sensationsgier oder der Beschützerinstinkt, der aus ihm spricht?

Trotz meiner ausgeprägten Menschenkenntnis kann ich für den Moment kein Urteil darüber fällen.

„Gar nicht. Wenn ich rede, bin ich tot“, übertreibe ich maßlos.

„Cassandra, ich habe Ihnen doch erzählt, dass ich über einflussreiche Freunde verfüge. Warum schenken Sie mir nicht Ihr Vertrauen. Geht es um Ihren Ex-Freund?“

Ich nicke.

„Wie ist sein Name?“

„Das kann ich Ihnen nicht sagen.“ Flugs schnappe ich meine Handtasche. „Ich denke, ich sollte jetzt gehen. Ich habe schon viel zu viel verraten. Es tut mir leid, dass ich Sie mit meinen Problemen belästigt habe.“ Mit diesen Worten springe ich auf und rausche zur Tür des Restaurants hinaus. Wenn ich Brandon richtig einschätze, sollte ich sein Interesse mit diesem spektakulären Abgang endgültig geweckt haben.

„Mensch, Cassie!“, fährt Liam mich an. „Du bist eine hübsche und intelligente Frau, du wirst doch in der Lage sein, diesem Schreibtischhengst weitere Informationen zu entlocken.“

Um über meine Erfahrungen mit Brandon zu berichten, bin ich nach Washington zurückgekehrt. Wir befinden uns einmal mehr in einem der ungemütlichen Besprechungszimmer des FBI-Headquarters. Beinahe alle dieser Räume sind grau in grau gehalten und wirken völlig steril. Daran ändert auch das Bäumchen nichts, das irgendein Psychologe oder Innenausstatter in einer Ecke platziert hat.

Die Klimaanlage bläst kühle Luft herein, was mich in meinem Shirt frösteln lässt und mir eine Gänsehaut beschert. Da wir vorwiegend im Innendienst beschäftigt sind, will heißen, die meiste Zeit vor unseren Computern recherchieren, trage ich wie viele meiner Kollegen für gewöhnlich Jeans und Shirts. Die wenigsten FBI-Agenten gehören dieser Anzug- oder Kostümfraktion an, die man häufig im Fernsehen sieht. Einzig mein Chef führt aus Respekt vor der Hierarchie tagtäglich seine Maßanzüge aus.

Verdrossen wende ich mich meinem Ex zu. „Glaubst du im Ernst, Brandon Quest würde mir freiwillig all seine Kontakte preisgeben? Dieser Mann ist hochintelligent und wird sich kaum von mir zu einer unbedachten Aussage verleiten lassen. Bisher hat er einzig den Namen Eric Carpenter ausgespuckt, und das war mit Sicherheit Absicht. Ich habe gestern intensiv über diesen Carpenter recherchiert. Er ist einer der reichsten Männer der Welt und hat in der Wirtschaft eigentlich überall seine Finger drin." Hastig schnappe ich nach Luft.

„Aber", ich lege eine theatralische Pause ein, „jetzt kommt der interessante Teil: Eric Carpenter stand vor gut einem Jahr vor Gericht, wegen Insiderhandel und Mordverdacht an seiner Geliebten, einem ehemaligen Callgirl. Wie durch ein Wunder wurden jedoch alle Anklagepunkte gegen ihn fallengelassen. Richter Evans, also einer der höchsten Richter der Staaten, führte den Vorsitz bei diesem Prozess, und ich würde meine Hand dafür ins Feuer legen, dass das kein Zufall war."

Mein Boss beäugt mich skeptisch. „Zugegeben, gewisse Seilschaften bringen den Reichen und Schönen dieser Welt schon Vorteile. Aber selbst ein Richter oder dieser Carpenter hätten die Fusion in der Automobilbranche nicht vorhersehen können. Oder, dass der Raketenstart in Cape Canaveral abgesagt wird. Und was ist mit dem Wahlsieg dieses Underdogs in Pennsylvania? Wie willst du das erklären?"

„Quest ist definitiv mit weiteren mächtigen Männern befreundet, deren Namen er jedoch nicht so einfach rausrücken wird."

Jetzt betrachtet mich mein Boss noch ungläubiger. „Das sind aber wilde Verschwörungstheorien, die du da aufstellst. Als ginge es hier um organisiertes Verbrechen oder einen Geheimbund."

Ich zucke mit den Schultern. „Wer weiß!"

„Aber was hast du eigentlich mit dieser Erpressungsnummer bezweckt?", meldet Liam sich wieder zu Wort.

„Gesetzt den Fall, ich würde wirklich in einer ausweglosen Situation stecken, würde Brandon Quest vielleicht seine Kontakte spielen lassen, um mir zu helfen. Und dann könnten wir in Erfahrung bringen, wer sich hinter diesen Kontakten verbirgt."

Liam rollt mit den Augen. „Cassie, warum zur Hölle sollte er das für dich tun?"

„Womöglich bilde ich mir das ja lediglich ein, aber ich habe den Eindruck, er mag mich. Ihr müsst wissen, wir sind uns in manchen Dingen sehr ähnlich."

Joey seufzt. „Als ob ich es nicht geahnt hätte."

Ich fahre herum und werfe meinem blonden Kollegen einen vernichtenden Blick zu. „Nein, Joey, da bist du völlig auf dem falschen Dampfer. Ja, Brandon Quest ist heiß, aber darum geht es nicht. Dieser Mann liegt intelligenzmäßig auf meinem Niveau und das beeindruckt mich."

So, jetzt habe ich es ihnen aber gegeben!

Liam schüttelt den Kopf. „Cassie, vertrau mir, der Typ wird erst seinen Arsch für dich riskieren, wenn er dich im Bett haben will oder hatte. Also denk darüber nach, wie weit du zu gehen bereit bist."

„Ganz ehrlich, Liam, jetzt übertreibst du aber ein wenig", schreitet mein Chef ein, noch ehe ich Liam zurechtweisen kann. „Cassandra, lässt du mir bitte alle Unterlagen über Eric Carpenter zukommen. Ich werde mal meine Kontakte spielen lassen. Möglicherweise kann ich ja herausfinden, wer noch in diesen Prozess involviert war. Ich finde das beeindruckend, was du bisher in Erfahrung gebracht hast. Weiter so! Früher oder später werden wir Quest auf frischer Tat ertappen."

„Danke", murmle ich, packe meine Sachen zusammen, schultere meine Handtasche und verlasse schnellen Schrittes den Raum.

„Cassie", höre ich kurz darauf eine mir wohlbekannte Stimme hinter meinem Rücken. „Warte doch mal!"

Ich wirble herum. „Was willst du, Liam? Mir wieder unterstellen, ich würde keinen Erfolg haben, wenn ich nicht mit dem Verdächtigen ins Bett steige? Bisher habe ich alle Fälle gelöst, und zwar ohne Körpereinsatz. Manchmal sogar deine, hast du das etwa vergessen?" Ich pikse ihm mit dem ausgestreckten Zeigefinger in die Brust. „Und lass dir eins gesagt sein: Es wäre noch nicht einmal eine Überwindung, mit Brandon Quest zu schlafen."

Abwehrend hebt er beide Hände in die Luft. „Jetzt beruhige dich, darum geht es doch gar nicht. Ich möchte einzig vermeiden, dass du dich in Gefahr begibst. Undercover-Einsätze sind riskant, vor allem wenn vermögende Kerle wie dieser Quest involviert sind. Ich will dich nicht eines Tages mit Drogen vollgepumpt leblos aus der Gosse ziehen, woraufhin der Gerichtsmediziner feststellen wird, dass du dir den goldenen Schuss gesetzt hast. Du weißt, wovon ich spreche. Du wärst nicht der erste Agent, der von so einem reichen Sack aus dem Weg geschafft wird. Falls du meine Unterstützung benötigst, stehe ich jederzeit zur Verfügung."

Nachdenklich nehme ich Liam ins Visier. Ich traue ihm mittlerweile keinen Meter mehr. Zu oft hat er meine Erfolge als die seinen verbucht. Will er mir einzig deswegen den Rücken stärken, um hinterher damit prahlen zu können, Brandon Quest überführt zu haben? Oder liegt ihm doch noch etwas an mir?

Obwohl Liam schon wesentlich länger fürs FBI arbeitet als ich, befinden wir uns inzwischen auf dem gleichen Karrierelevel. Und sollte ich den Fall mit Brandon lösen, brächte mir das sicher eine weitere Beförderung ein.

Die Zweifel zerreißen mich geradezu. Womöglich könnte Liam mir in der Tat helfen, er bräuchte einzig meinen paranoiden Ex-Freund spielen. Eine Rolle, die ihm gewiss nicht schwerfallen wird.

„Dir geht es doch bloß darum, wieder die Lorbeeren einheimsen zu können, richtig?", beharre ich.

„Ach, Cassie, glaubst du das wirklich? Das tut mir

jetzt echt weh.“ Er bedenkt mich mit seinem treuen Dackelblick, der mein Herz einmal mehr zum Rasen bringt. Ich hasse es, dass er immer noch eine derartige Macht über mich ausübt.

„Da steh ich nun, ich armer Tor, und bin so klug wie zuvor“, murmle ich vor mich hin.

„Erde an Cassie!“, verkündet Liam und schnippt mir mit den Fingern einer Hand vor der Nase herum. „Sobald du deinen Planeten der Hyperintelligenten verlassen hast, können wir uns dann wieder wie normale Menschen unterhalten?“

Ich seufze und würde mir in dieser Sekunde Brandon Quest als Gesprächspartner wünschen. Liam hält Johann Wolfgang von Goethe gewiss für einen Rapper. „Ich danke dir für das Angebot. Bei Bedarf komme ich vielleicht darauf zurück.“ Rasch mache ich auf dem Absatz kehrt und lasse meinen Ex stehen.

In meinem Rücken spüre ich, dass sein Blick mir folgt.

Kapitel 7

Brandon

„Mum, mach dir keine Sorgen, ich werde das Verlagshaus schon nicht zugrunde richten“, verteidige ich mich zum gefühlt tausendsten Mal.

Warum bloß werde ich mit meinen dreiunddreißig Jahren immer noch behandelt wie ein kleines Kind?

Seitdem meine Mutter erfahren hat, dass ich zusätzlich in die digitalen Medien eingestiegen bin, befürchtet sie, ich würde das Unternehmen endgültig in den Ruin treiben.

Nicht, dass sie das nicht schon vor drei Jahren gemutmaßt hat, als mein Vater starb.

Nachdem ich den Verlag übernommen hatte, hinterfragte sie all meine Entscheidungen und steckte ihre Nase in jede Veröffentlichung, bis ich ihr drohte, den Vorsitz hinzuwerfen, sollte sie sich nicht endlich aus dem Geschäft heraushalten. Woraufhin sie wochenlang zutiefst beleidigt war und kaum ein Wort mit mir wechselte. Aber immerhin lässt sie mich seitdem im Großen und Ganzen in Ruhe.

Ich weiß überhaupt nicht, woher dieses Misstrauen stammt, denn bis heute schreibt das Quest-Imperium schwarze Zahlen und wächst unaufhörlich. Eine Tatsache, die Mum geflissentlich ignoriert. Leider ist sie genauso wenig in der Lage, meine Leistungen zu loben oder anzuerkennen, wie es mein Vater war.

Ich blicke zu Emily hinüber, die sich gerade ein Stück Kuchen in den Mund stopft, während sie sich ein Grinsen verkneift.

Wir sitzen im gepflegten Garten der Villa meiner Mutter in den Hamptons, trinken Tee und verspeisen Kuchen. Nach dem Tod meines Vaters hat Mum ihren Wohnsitz von Manhattan hierher verlegt. Das Haus mitsamt Grundstück hat mein Dad bereits vor Urzeiten gekauft und wir haben generell den Urlaub hier verbracht, einfach weil er immer in der Nähe seines Verlagshauses sein wollte.

Manche Menschen würden dafür sterben, ihre Ferien in den Hamptons verbringen zu dürfen, ich hingegen träumte schon als Jugendlicher von der großen, weiten Welt, deren Erkundung ich in Angriff nahm, als ich volljährig war. In den Semesterferien bereiste ich regelmäßig mit dem Rucksack die anderen Kontinente, eine Bereicherung, die ich niemals bereut habe und die sich in meinem Job Tag für Tag aufs Neue auszahlt.

Meine Mutter ist eine gut aussehende, jedoch sehr distinguierte Frau, die mit dem schwarz gefärbten Haar keinesfalls wirkt, als würde sie bereits auf die sechzig zugehen. Dennoch hat sie sich nach dem Tod meines Vaters aus dem öffentlichen Leben zurückgezogen und fristet ihr Dasein jetzt in dieser Villa.

Versonnen starrt sie auf ihr goldenes Armband. Wozu sie selbst in ihren eigenen vier Wänden mit Ringen und Ketten behängt ist, erschließt sich mir nicht. Schon häufig haben Emily und ich versucht, Mum einmal wieder auf den Broadway zu locken, um mit uns ein Theaterstück oder Musical zu besuchen, doch sie weigert sich standhaft.

In dieser Sekunde stößt sie ein gequältes Seufzen aus, als würde das Leid der ganzen Welt auf ihren Schultern ruhen. „Ich habe einfach immer Angst um den Verlag. Ihr jungen Leute habt doch völlig andere Interessen. Wenn ich bloß an diese schrecklichen E-Books denke."

Ich verdrehe innerlich die Augen.

Nicht schon wieder dieses Thema!

„Vertrau mir, allein mit gedruckten Büchern und Zeitungen könnte man heutzutage nicht mehr überleben."

„Na, ich weiß nicht."

Ich werfe Emily einen um Hilfe suchenden Blick zu. Heute trägt meine Schwester keine Perücke und hat zudem auf jegliches Make-up verzichtet. Dennoch sieht sie mit dem pfiffigen blonden Kurzhaarschnitt und den großen grünen Augen schlicht und ergreifend zum Anbeißen aus.

Sie legt ihre Hand auf den Arm meiner Mutter. „Habe ich dir schon von meinem neuen Angebot aus Hollywood erzählt, Mum?"

Der Kopf meiner Mutter zuckt nach oben und sie starrt Emily ungläubig an. „Du ziehst doch nicht allen Ernstes in Erwägung, an die Westküste umzusiedeln?"

Ich sende ein stilles Stoßgebet gen Himmel und verspeise den letzten Rest meines Erdbeerkuchens.

Danke, Emily!

Meine Schwester winkt ab. „Nein, nein, keine Sorge. Ich weiß ja noch nicht einmal, ob ich es annehme. Mein Agent verhandelt gerade den Vertrag. Außerdem würde der Film zum Großteil in New York gedreht werden."

„Gott sei´s gedankt", brummt meine Mutter. „Müsste ich verstehen, was alle Welt gegen das gute alte Theater hat?"

Seit dem Tod meines Vaters besuchen Emily und ich sie regelmäßig, damit sie sich nicht so einsam fühlt. Sie ist einer der Gründe, warum meine Schwester noch in New York lebt, denn Emily bringt es nicht übers Herz, unsere Mutter sich selbst zu überlassen.

Mein Glück, ich lege nämlich ebenfalls keinen gesteigerten Wert darauf, dass Emily auf die andere Seite des Kontinents umzieht. Doch ich würde ihr niemals Steine in den Weg legen, sollte sie die Chance auf die ganz große Karriere bekommen. Bei unserer Mum bin ich mir da allerdings nicht so sicher.

Emily schaut demonstrativ auf ihre Uhr. „Ich glaube, wir sollten fahren, ich muss in zwei Stunden in der Maske sein."

Ich nicke. „Geht klar."

Wir erheben uns und verabschieden uns mit einer Umarmung von unserer Mutter. Sie tritt mit uns auf die Straße hinaus. Ihr Blick folgt uns, während wir in meinem nagelneuen Cadillac Platz nehmen. Da der Chef von General Motors dem Circle angehört und die Verkaufszahlen seines Unternehmens in den letzten Jahren eingebrochen sind, unterstützen wir ihn, indem wir die Wagen von GM fahren. Auch weise ich im Observer hin und wieder auf die Vorzüge dieser Marke hin. Im Gegenzug liegen die Zeitschriften und Bücher meiner Verlage in allen Autohäusern von General Motors aus.

Im Rückspiegel kann ich erkennen, dass Mum uns nachwinkt, bis wir aus ihrem Sichtfeld verschwunden sind.

„Sie tut mir immer so leid, wenn wir sie zurücklassen müssen", verkündet Emily.

„Schon, aber du darfst nicht ihretwegen deine Karriere in den Sand setzen. Irgendwann bist du zu alt für Hollywood."

Sie seufzt leise. „Wem sagst du das?"

„Mach dir nicht so viele Gedanken, auch wenn sie mir grundsätzlich auf den Nerven herumtrampelt, werde ich mich um sie kümmern, falls du nicht mehr vor Ort sein solltest. Vertrau mir."

„Danke, Junior, du bist ein Schatz." Sie legt mir eine Hand auf den Oberarm. „Was ist eigentlich mit dieser Reporterin, die du auf dem Presseball kennengelernt hast? Hast du sie wiedergesehen?"

Der plötzliche Themenwechsel irritiert mich. „Wie kommst du denn jetzt darauf?"

Sie zuckt mit den Schultern. „Bitte sag es mir, falls ich mich irre, aber es wirkte auf mich, als ob sie es dir ziemlich angetan hätte. Vielleicht würde Mum mich ja nicht mehr derart vereinnahmen, wenn du Frau und Kinder hättest."

Stöhnend werfe ich den Kopf in den Nacken. „Oh, nein, du wirst die Lösung deines Problems unter gar keinen Umständen auf meinen Schultern abladen."

Sie lacht leise. „Man kann es ja mal versuchen. Aber was ist jetzt mit der jungen Frau? Nun sag schon!"

„Sie ist intelligent, belesen, teilt meine Interessen und meine Art von Humor. Ein Gefühl sagt mir jedoch, dass sie etwas Grundlegendes vor mir verbirgt."

„Verstehe, aber so, wie ich dich kenne, findest du das sicher rasch heraus. Gib ihr einfach noch eine Chance."

„Wir werden sehen."

Den Rest der Strecke gehen wir schweigend unseren Gedanken nach.

Nachdem ich Emily am Theater abgesetzt habe, fahre ich nach Hause und begebe mich in mein privates Fitnessstudio. Seitdem ich nicht mehr Eishockey spiele, halte ich mich mit Joggen und Krafttraining fit.

Manchmal fehlen mir die Turniere und das Geplänkel mit den Jungs schon, doch nach Dads Tod kämpfte ich darum, den Konkurs des Verlagshauses abzuwenden und konnte keine Zeit mehr für regelmäßiges Training und Auswärtsspiele aufbringen. So gab ich mein liebstes Hobby auf. Was meine Mutter als Selbstverständlichkeit erachtet, mich jedoch einiges an Überwindung gekostet hat.

Ich erhöhe die Gewichte meiner Hanteln, um mich abzureagieren.

Wieso gelingt es Eltern eigentlich stets problemlos, ihren Kindern ein schlechtes Gewissen einzureden?

Bestes Beispiel ist meine Schwester. Ich kann mich nicht mit dem Gedanken abfinden, dass sie eine glamouröse Hollywood-Karriere einzig wegen einer störrischen alten Frau aufgibt.

Während ich noch sinniere, wie ich Emily unter die Arme greifen könnte, reißt mich plötzlich das Haustelefon aus meinen Überlegungen. Krachend gehen die Hanteln zu Boden. Ich springe auf, werfe mir ein Handtuch um den Nacken und nehme den Hörer ab.

„Mr. Quest, hier ist eine Cassandra Andrews, die zu Ihnen möchte. Sie sagt, es wäre dringend.“ Überraschung macht sich bei den Worten des Concierge in mir breit. Wenn ich mit jedem gerechnet hätte, aber sicher nicht mit meiner kleinen Reporterin.

„Lassen Sie sie hoch!“, antworte ich, ohne auch bloß eine Sekunde zu zögern. Ich bin völlig verschwitzt und keineswegs auf Besuch eingestellt, doch genauso wenig bringe ich es übers Herz, Cassandra abzuweisen. Womöglich schwebt sie ja in Gefahr.

Als sich Sekunden später die Fahrstuhltür öffnet, tritt ein Häufchen Elend heraus. Irgendetwas scheint vorgefallen zu sein, das ihr mächtig aufs Gemüt geschlagen hat.

Über der Schulter trägt sie eine riesige Handtasche, woraufhin sich mir die Frage aufdrängt, ob sie ihren halben Hausstand mit sich herumträgt oder bei mir einzuziehen gedenkt. Cassandra steckt heute in Jeans und einer roten Bluse. So leger angezogen ist sie mir bisher noch nicht vor Augen gekommen. Doch irgendwie passt dieses Outfit um Längen besser zu ihr, als die schicken Kleider, die sie bei unseren ersten beiden Treffen trug.

Lässige Garderobe ist unter Journalisten weitverbreitet. Einzig diejenigen, die im Fernsehen oder der Öffentlichkeit zu finden sind, tragen elegante Kleidung. Die meisten Angehörigen dieser Berufsgruppe verbringen jedoch ihr halbes Leben vor Computern oder in Flugzeugen. Also warum sollten sie währenddessen Wert auf ihre Klamotten legen?

Ich selbst habe kein Problem mit Anzügen, da ich es von meinem Vater und Opa nicht anders kenne. Die beiden waren mit einer altbackenen, spießigen Einstellung gesegnet und demzufolge stets korrekt gekleidet. Selbst zu Hause trug mein Vater oft einen Anzug, natürlich mit Weste darunter. Niemals hätte er schlecht angezogen das Haus verlassen, und ich kann nicht leugnen, dass sich diese Gepflogenheit bis zu einem gewissen Grad auf mich übertragen hat.

Während ich noch meinen Gedanken nachgehe, mustert mich Cassandra ihrerseits ebenfalls von Kopf bis Fuß, wobei ihr Blick lange auf meinem muskulösen Oberkörper hängen bleibt, der unter dem engen Shirt gut erkennbar ist.

„Störe ich?“, murmelt sie schließlich.

„Befinden Sie sich in Gefahr?“

Sie nickt.

„Dann stören Sie nicht.“ Ich trete beiseite. „Willkommen in meiner bescheidenen Hütte.“ Mit dem Arm beschreibe ich eine einladende Bewegung.

Ein wenig verunsichert marschiert sie in mein Loft, wo sie erst einmal beeindruckt stehen bleibt. „Wow!“, entfährt es ihr, „das ist wunderschön. Die hohen Decken und die riesigen Fenster sind absolut genial. Es ist alles so weitläufig und offen, so muss sich grenzenlose Freiheit anfühlen.“

„Freut mich, dass es Ihnen gefällt.“ Ich weise auf das schwarze Ledersofa. „Nehmen Sie doch Platz. Ich denke, Sie könnten einen Drink vertragen, richtig?“

„Höchstens ein Glas Wein.“

„Kommt sofort.“ Ich wandere in meine schicke Designerküche und zerre eine gekühlte Flasche Chardonnay aus dem Kühlschrank. Zurück im Wohnzimmer halte ich sie meiner unverhofften Besucherin vor die Nase. „Geht der in Ordnung?“

Sie nickt, ohne überhaupt auf das Etikett zu schauen.

Eine Weinkennerin ist sie also nicht.

Nachdem ich ein Glas eingeschenkt habe, reiche ich es ihr. „Ich würde gerne schnell unter die Dusche hüpfen, wenn es Ihnen nichts ausmacht."

„Natürlich." Ihr Blick schweift durch mein Loft und bleibt auf dem Metallbücherregal auf der gegenüberliegenden Seite hängen. „Darf ich mir so lange Ihre Bücher ansehen."

„Nur zu!"

Während das warme Wasser auf meinen Körper herabprasselt, überschlagen sich die Gedanken in meinem Kopf.

Ist es Taktik, dass Cassandra aus heiterem Himmel hier aufgetaucht ist, oder schwebt sie wirklich in Gefahr?

Mehrfach habe ich mich gefragt, ob ich den Kontakt zu ihr noch einmal suchen soll, war aber bisher zu keinem Ergebnis gekommen. Soeben wurde mir diese Entscheidung abgenommen.

Was sie wohl vor mir verbergen mag?

An und für sich kann es lediglich mit ihrem Ex-Freund zusammenhängen. Wenngleich ich bisher noch nie in strafrechtliche Ermittlungen verstrickt war, weiß ich durch die Treffen des Circle, dass sich kein vernünftig denkender Mensch freiwillig mit dem FBI oder der CIA anlegen würde. Dennoch werde ich es mir nicht nehmen lassen, Cassandra zu helfen, sobald sie sich mir endlich anvertraut.

Als ich nach dem Duschen in eine Jeans und ein schwarzes Shirt schlüpfe, fällt mir siedend heiß ein, dass ich mir in der Nacht zuvor ein paar Pornofilme reingezogen habe, deren Hüllen noch neben dem DVD-Rekorder liegen müssten.

Im Grunde genommen ist es mir gleich, denn ich stehe zu meinen Neigungen. Aber irgendeiner Reporterin, der ich keinen Meter traue, möchte ich trotzdem nicht allzu viel über mein Sexualleben offenbaren.

Bei der Rückkehr ins Wohnzimmer stelle ich zu meiner Erleichterung fest, dass meine Bedenken unbegründet waren, denn Cassandra steht völlig fasziniert vor meinem Bücherregal und scheint für nichts anderes Augen zu haben.

„Der Wahnsinn", haucht sie, als sie mich bemerkt. „Ich bin zutiefst beeindruckt. Das sind teilweise Erstausgaben, richtig?"

Ich zucke mit den Schultern. „Irgendetwas sammelt jeder. Einige Bücher stammen noch von meinem Großvater. Aber wollen Sie mir nicht erzählen, was genau Ihr Problem ist?"

Sie nickt und huscht zum Sofa zurück. Während ich mich auf den Sessel gegenüber setze, registriere ich, dass sie den Wein nicht einmal angerührt hat.

Gerade will sie zu einer Antwort ansetzen, als ein Flattern sie zusammenzucken lässt, bevor ein grünes Federknäuel auf dem Wohnzimmertisch landet.

Verwundert beäugt Cassandra den Papagei, der jetzt seine Federn spreizt und sich schüttelt. Er kippt das Köpfchen abwechselnd nach rechts und nach links, um uns beide neugierig zu mustern. „Gib´s mir!", krächzt er völlig unvermittelt.

Ich schließe für einen Augenblick die Augen.

Shit, er hat wieder gelauscht, als ich mir die Sexfilme reingezogen habe. Wie peinlich!

Überraschenderweise zaubert seine Aussage Cassandra ein Lächeln aufs Gesicht. „Gott, ist der süß!“ Sie beugt sich zu ihm nach vorne. „Was soll ich dir denn geben, mein Kleiner?“

Erleichtert atme ich aus. „Am besten etwas Glänzendes, das liebt er“, bringe ich mich schnell ein, bevor meine Besucherin begreift, wovon der Papagei tatsächlich spricht.

Sie schielt auf ihre schmale goldene Armbanduhr, öffnet sie und hält sie ihm hin. Sofort schnappt er sie mit dem Schnabel, reißt sie an sich und knabbert daran herum.

Ja, so kenne ich meinen gefiederten Mitbewohner. Was einmal in seine Krallen gelangt ist, wird für alle Ewigkeit markiert und wenn möglich obendrein konfisziert.

„Ich hoffe, Sie benötigen das Teil nicht mehr. Valjean kann sehr besitzergreifend sein.“

„Sie haben ihn nach einer Romanfigur benannt?“

„Ich verehre Victor Hugo. Und Les Misérables ist mein Lieblingsmusical. Also, was spricht dagegen?“

„Rein gar nichts.“ Sie schenkt ihre Aufmerksamkeit wieder Valjean, der sich gerade einen Kampf mit der Uhr liefert, was Cassandra ein Lächeln entlockt. „Ich wollte mir ohnehin, eine neue Uhr zulegen.“

„Nimm mich!“, äußert Valjean in dieser Sekunde.

Teufel noch mal!

Meine Besucherin stutzt. „Begreift er, was er sagt?“

Ich zucke mit den Schultern. „Wer weiß das schon so genau?“ Ich springe auf, entreiße Valjean die Uhr, was ihn verärgert krächzen lässt, und gebe sie Cassandra zurück. Danach schnappe ich den Papagei und trage ihn quer durch den Raum in ein kleines Zimmer, das einzig er bewohnt. Er zappelt, schimpft und zwickt mich, doch das ignoriere ich und setze ihn auf einem angenagten Bäumchen ab, das bloß noch aus kargen Ästen besteht.

„Du hast jetzt mal Pause, mein Freund."

Erneut legt er das Köpfchen schief, um mich zu betrachten. „Nimm mich! Nimm mich!", krächzt er, bevor er ein Stöhnen imitiert.

Verfluchter Vogel!

Rasch verlasse ich den Raum und schließe die Tür hinter mir, ehe dieses kleine Biest die Verfolgung aufnehmen kann.

„Woher haben Sie ihn?", erkundigt sich Cassandra, nachdem ich wieder auf den Sessel gesunken bin.

„Vor gut einem Jahr flog er von außen gegen eine der großen Fensterscheiben und hat sich verletzt. Ich habe ihn gesund gepflegt und währenddessen nach seinem Besitzer gesucht. Doch erfolglos." Ich zucke mit den Schultern. „Was hätte ich mit ihm anfangen sollen? Also behielt ich ihn. Meine Schwester meinte, er würde einen Kumpel benötigen, daher kaufte ich einen zweiten. Allerdings gab es Mord und Totschlag, so habe ich den anderen Vogel wieder in die Zoohandlung zurückgebracht. Valjean scheint das Paradebeispiel eines Einzelgängers zu sein."

„Konnte er schon immer sprechen?"

„Ja, er lernt verdammt schnell, also seien Sie vorsichtig, was Sie in seiner Nähe von sich geben. Aber zurück zum eigentlichen Thema: Erzählen Sie mir, was Sie belastet!"

Ihre Miene verschließt sich und sie schweigt sekundenlang, bevor sie nach meinem Blick sucht. „Man zwingt mich, hochbrisante Zeitungsartikel zu veröffentlichen, um die Politik und die Wirtschaft zu beeinflussen."

Erst nach einigen Sekunden begreife ich den tieferen Sinn ihrer Worte. „Das heißt, dieser Manager hat überhaupt kein Interesse daran, in die Politik zu wechseln?"

„Nein, die Rüstungsindustrie benötigt lediglich Publicity."

Ich hole vernehmlich Luft. „Was hat Ihr Ex davon?", wage ich den Schuss ins Blaue.

„Auch FBI-Agenten können korrupt sein."

„Moment mal, damit ich das richtig verstehe. Ihr Ex macht also mit der Rüstungsindustrie gemeinsame Sache?"

Sie nickt.

„Mit was genau setzt er Sie unter Druck?"

Cassandra verzieht das Gesicht. „Ach, Brandon, was für eine Frage! Er ist beim FBI und könnte meine Karriere problemlos zerstören."

„So weit werden wir es nicht kommen lassen. Wenn Sie mir seinen Namen nennen, sehe ich mal, was ich machen kann."

Sie schüttelt den Kopf. „Ich habe Angst. Was, falls er es erfahren sollte?"

„Ich könnte Sie irgendwo verstecken, bis die Sache vom Tisch ist."

Fragend hält sie eine Hand in die Luft. „Aber was wollen Sie denn unternehmen? Er hat verdammt viele Rechte. Man sollte niemals einen FBI-Agenten zum Feind haben."

Was sie nicht sagt!

„Vertrauen Sie mir einfach!"

Sie blickt unentschieden drein. „Ich weiß nicht."

„Cassandra, seinen Namen!“

„Ich muss darüber nachdenken.“ Sie legt den Kopf schief und schaut mich aus ihren blauen Augen eindringlich an. „Darf ich heute Nacht bei Ihnen bleiben?“

Zischend ziehe ich die Atemluft ein.

Heilige Scheiße, wenngleich ich spezielle Vorlieben habe, bin auch ich bloß ein Mann. Und für den Moment würde ich die Kleine am liebsten auf meine ureigene Art und Weise von ihren Sorgen ablenken.

„Selbstverständlich“, äußere ich und kann nicht verhindern, dass meine Stimme rau klingt. „Das Loft verfügt über mehrere Gästezimmer. Und die Security im Haus ist erstklassig, hier sollten Sie in Sicherheit sein.“

„Danke“, murmelt sie, greift in ihre riesige Handtasche und zerrt nach kurzem Suchen ein Handy heraus. „Kann ich rasch telefonieren? Ich möchte lediglich meiner Freundin mitteilen, dass ich außer Gefahr bin.“

„Natürlich, doch verraten Sie nicht, wo Sie sich aufhalten. Und danach schalten Sie am besten Ihr Telefon aus. Aber das brauche ich Ihnen ja nicht zu sagen, immerhin waren Sie mit einem FBI-Agenten liiert.“ Ich erhebe mich. „Kommen Sie, ich zeige Ihnen eins der Gästezimmer, dort sind Sie ungestört.“

Über eine geschwungene Holztreppe führe ich sie in das obere Stockwerk meines Lofts, in dem sich die Gästezimmer, zwei Bäder und mein Schlafraum befinden.

Nachdem ich die Tür geöffnet habe und Cassandra hineingeschlüpft ist, begebe ich mich wieder nach unten und schenke mir einen Gin Tonic ein. Gedankenverloren falle ich zurück auf den Sessel und starre die Wand an, bevor ich mir einen großen Schluck des Drinks genehmige.

Ich würde Wetten darauf abschließen, dass Cassandra mir nach wie vor etwas verschweigt, allerdings kann ich nicht einschätzen, was.

Aber vollkommen gleich! Obwohl ich sie mehr schlecht als recht kenne, hat diese Frau etwas mit mir angestellt. Sie löst Gefühle in mir aus, die mich verwirren, da ich sie in dieser Form bislang nicht kannte. Ich mag Cassandra und werde mit aller Macht verhindern, dass ihr auch bloß ein einziges Haar gekrümmt wird.

Kapitel 8

Cassandra

Neugierig schaue ich mich in dem modernen Gästezimmer um. Ausgestattet mit einem Boxspringbett und einem Spiegelschrank wirkt es recht edel. Dieses Loft ist der absolute Wahnsinn. Außergewöhnlich, schrill, aber dennoch gemütlich. Es passt einfach in allem zu einem geheimnisvollen Mann wie Brandon Quest.

Jedes Mal, wenn ich ihm gegenüberstehe, würde ich meinen Auftrag am liebsten in die Tonne treten. Ohne Rücksicht auf Verluste stünde er mir zur Seite, falls ich wirklich in Gefahr schweben würde. Für den Moment komme ich mir richtiggehend schäbig vor. Doch ich muss diesen Job zu Ende bringen, ob ich will oder nicht.

Über mein Handy wähle ich Liams Nummer.

„Cassie, geht es dir gut?“, erkundigt er sich prompt.

„Danke, alles bestens. Eine Frage: Geht das für dich in Ordnung, wenn ich Brandon Quest deinen Namen nenne? Er denkt, du würdest eine Gefahr für mich darstellen und beabsichtigt, mir zu helfen. Dadurch könnten wir möglicherweise in Erfahrung bringen, über welche Kontakte er verfügt. Ich möchte dich allerdings keinem Risiko aussetzen.“

„Natürlich geht das in Ordnung. Ich informiere den Boss und dann warten wir einfach ab, was geschieht. Wo bist du?“

„Bei ihm.“

Sekundenlanges Schweigen schlägt mir entgegen.

„Pass auf dich auf", äußert er zu guter Letzt und der besorgte Unterton in seiner Stimme entgeht mir nicht.

„Du auch, bis dann."

Versonnen lasse ich das Handy sinken.

Ich mag Liam nach wie vor und diese Gefühle scheinen auf Gegenseitigkeit zu beruhen. Aber wir sind so grundverschieden, dass eine Beziehung auf Dauer einfach nicht funktionieren würde.

Vor Liam gab es drei Männer in meinem Leben, doch bei jedem stellte sich bereits nach einigen Monaten das gleiche Problem ein. Nicht allein meine Intelligenz ist ein Garant dafür, jede Partnerschaft binnen kürzester Zeit zu ruinieren. Obendrein bin ich einfach nicht der Typ Frau, der abends durch die Clubs zieht, sich auf Partys einen hinter die Binde kippt und mit anderen Frauen Shopping-Trips unternimmt. Schon immer war ich mehr oder weniger eine Einzelgängerin, die ein gutes Buch dem Besuch einer Disco vorzog. Folglich werde ich den meisten Männern recht schnell langweilig.

Meinen ersten Freund hatte ich auf der Highschool, den zweiten im College. Es war beides sicher nicht die große Liebe und aufgrund von Interessenskonflikten auch recht schnell vorüber. Während meiner Zeit bei der US Army war ich dann mit einem Offizier liiert, der einigermaßen mit meinen Macken klarkam, doch als ich zum FBI wechselte, haben wir uns entfremdet. Im Nachhinein betrachtet weiß ich, dass auch das keinem allzu großen Verlust gleichkam.

Liam war tatsächlich der erste Mann, der sich tief in mein Herz geschlichen hatte. Nicht zuletzt, weil er ein herausragender FBI-Agent ist, das imponierte mir unsagbar. Anfänglich war er von meinem Denkvermögen fasziniert, doch als ich karrieretechnisch an ihm vorbeizog, blieb von seiner Bewunderung nicht mehr allzu viel übrig.

Ich unterdrücke ein Seufzen. Eventuell sollte ich mich einfach damit abfinden, mein Leben allein dem Job und der Literatur zu widmen. Für Männer scheint darin kein Platz zu sein.

Ich stecke das Handy in meine Tasche zurück, trete aus dem Zimmer und gelange wieder auf die Empore, von der aus man einen herrlichen Blick über das darunterliegende Wohnzimmer hat. Erneut wird mir bewusst, wie genial dieses Loft ist. Darin könnte man das kleine Apartment, das ich in Washington bewohne, problemlos verstecken. Doch die Größe meiner Wohnung stellt kein Problem für mich dar, ich verbringe ohnehin die meiste Zeit im Büro. Was sollte ich also mit derartig viel Platz anfangen?

Dennoch begutachte ich alles interessiert. Im oberen Stockwerk befinden sich mehrere Räume. Ich nähere mich einer Tür, hinter der ich ein Badezimmer vermute.

Nachdem ich eingetreten bin und das Licht entflammt ist, trifft mich beinahe der Schlag.

Nein, wie ein Badezimmer sieht das definitiv nicht aus!

Mit offenem Mund bestaune ich den mit Spiegeln ausgekleideten Raum.

O mein Gott, selbst an der Decke befindet sich ein Spiegel. Was zum Teufel ist das hier?

Erst in diesem Moment entdecke ich das riesige schwarze Bett inmitten der Räumlichkeit.

Ein Schlafzimmer?

Von Neugier getrieben schreite ich auf das Bett zu. Die seidene bordeauxfarbene Bettwäsche passt perfekt zu verschiedenen anderen Accessoires, wie Lampen, Teppichen und einem Sessel.

Alles in allem vermittelt das hier den Eindruck eines Nobelbordells. Nicht, dass ich mich in solchen Etablissements auskennen würde, aber berufliche Ermittlungen haben mich einmal in eins dieser Häuser geführt.

Nie und nimmer hätte ich jedoch erwartet, auf etwas derart Verruchtes in Brandon Quests Wohnung zu treffen. Irgendwie bin ich davon ausgegangen, er würde einen maskulineren Stil bevorzugen. Ein BDSM-Studio hätte mich lange nicht so erstaunt wie das hier. Aber vielleicht hat der Raum ja eine ganz andere Bewandtnis.

Als ich hinter mir ein Geräusch höre, fahre ich erschrocken herum. Im letzten Moment kann ich den Drang unterdrücken, nach der Waffe in meiner Handtasche zu greifen. Ein Reflex, den man mir während meiner Ausbildung in Quantico antrainiert hat.

Brandon hat sich lässig mit der Schulter gegen den Türrahmen gelehnt und mustert mich. Um seine Lippen tanzt ein unterdrücktes Schmunzeln. Offensichtlich amüsiert ihn meine Fassungslosigkeit.

„Es tut mir leid“, murmle ich. „Ich hielt es für das Badezimmer. Ich wollte nicht schnüffeln.“

„Ich habe nichts zu verbergen.“

„Die Spiegel, wozu dienen sie?“

Er kommt einen Schritt auf mich zu und sucht nach meinem Blick. „Haben Sie sich niemals selbst beim Sex zugesehen?“

Ich schüttle den Kopf.

„Dann haben Sie definitiv etwas verpasst.“

Er verkürzt die Distanz zwischen uns um ein Weiteres und steht nun so dicht vor mir, dass ich seine Körperwärme spüre und einmal mehr den köstlichen Geruch seines Rasierwassers inhalieren kann.

Seine Nähe verunsichert mich, doch die Blöße zurückzuweichen, gebe ich mir nicht. In dieser Sekunde entsinne ich mich seiner Worte: *Ich hingegen beschränke mich lieber aufs Zusehen*. Erst jetzt verstehe ich die volle Bedeutung dieser Aussage.

Sein Blick trifft den meinen und all die Umstände geraten in Vergessenheit.

„Möchten Sie es ausprobieren?“, erkundigt er sich mit dunkler Stimme.

„Von was genau sprechen Sie?“

„Sich beim Sex zuzuschauen.“

Gott, ist mir plötzlich heiß!

„Ich bin mir nicht sicher“, piepse ich.

Brandon schmunzelt. „Versuchungen sollte man nachgeben. Wer weiß, ob sie wiederkommen.“

„Ich liebe Oscar Wilde.“ Jetzt bin ich endgültig angetörnt. Dieser Mann ist das Aufregendste, was mir je passiert ist.

„Ich sagte doch, wir haben viel gemein“, raunt Brandon und legt mir eine Hand in den Nacken. Er beugt sich zu mir herab und schaut mir währenddessen unablässig in die Augen. Bevor seine Lippen jedoch mit meinen in Berührung kommen, hält er inne.

Ich weiß, das ist meine letzte Chance, mich ihm zu entziehen, doch es gelingt mir nicht. Ich bin wie gelähmt. Und verdammt noch mal, ich wünsche mir gerade nichts mehr, als von diesem Mann geküsst zu werden.

Nachdem er realisiert hat, dass ich nicht kneifen werde, senkt sich sein Mund auf meinen herab. Zuerst sanft und vorsichtig, was mir ein wohliges Seufzen entlockt. Doch schon bald wird sein Kuss fordernder und leidenschaftlicher und zieht mich vollkommen in seinen Bann.

Bereits Minuten später ist es mir gleich, was er mit mir anzustellen gedenkt, ich will bloß noch in Brandons Armen liegen. Und das ist nicht allein seinem blendenden Aussehen und der maskulinen Aura geschuldet, die ihn umgibt.

Nein, er ist seit Langem der erste Mann, der mich so akzeptiert, wie ich bin. Und das ist das beste Aphrodisiakum, das ich mir vorstellen kann.

Kapitel 9

Brandon

Himmel noch mal, sie schmeckt noch süßer, als ich es mir vorgestellt habe!

Kein Wunder, dass Cassandra in der griechischen Mythologie als die Frau gilt, die Männer mühelos um den Finger wickelt. Diese aufgeweckte Journalistin ist wirklich das außergewöhnlichste Wesen, das ich jemals kennengelernt habe und ich werde keine Mühe scheuen, um sie aus den Klauen ihres Ex-Freundes zu befreien.

FBI-Agent hin oder her, ich habe auch so meine Beziehungen!

Ohne auch bloß den geringsten Widerstand zu leisten, erwidert sie meinen Kuss. Wohlig seufzend legt sie mir dabei eine Handfläche auf den Brustkorb. Ihr köstlicher Geschmack in Verbindung mit diesem Geräusch lässt mich augenblicklich hart werden. Ich knabbere zärtlich an ihrer Unterlippe, während ich Cassandra einen Arm um die Taille schlinge und sie näher an mich ziehe. Für den Bruchteil einer Sekunde versteift sie sich, doch rasch stellt sie die Gegenwehr ein und lehnt sich vertrauensvoll an mich.

Ihr Haar duftet nach Shampoo, Mandel würde ich sagen. Parfum scheint sie allerdings keins zu benutzen. Doch das passt zu ihrer bodenständigen Art, kaum Schmuck, unauffälliges Make-up, einfach nur Cassandra.

Der Inbegriff von Natürlichkeit.

Vorsichtig stupse ich mit meiner Zunge gegen ihre Lippen, die sich bereitwillig für mich öffnen. Wir versinken in einem langen, leidenschaftlichen Kuss, der mich mächtig antörnt. Sie stöhnt leise an meinem Mund, während ihr Atem von Minute zu Minute schneller und abgehackter geht.

Ich denke, ich kann es jetzt wagen, sie in meine Welt der Erotik einzuführen.

Gemächlich löse ich mich von ihren Lippen und drehe sie um die eigene Achse, sodass sie nun mit dem Rücken zu mir steht. Sie schwankt ein wenig, offenbar hat der Kuss ihr weiche Knie beschert. Um sie zu stabilisieren, packe ich sie an den Oberarmen und schiebe sie auf einen der großen Spiegel zu. „Sieh dich an, mein Engel“, hauche ich ihr derweil ins Ohr.

Als sie ihr Gleichgewicht zurückerlangt hat, wandern meine Hände an ihren Seiten herab und wieder empor, bevor sie sich um ihre Brüste legen.

Ein Keuchen löst sich von Cassandras Lippen, das mich unglaublich geil macht. Als ich meine Erektion gegen ihren Hintern presse, stöhnt sie auf.

„Brandon, wir sollten das nicht tun.“ Das erotische Timbre ihrer Stimme untergräbt die Glaubwürdigkeit ihrer Worte jedoch mächtig.

„Nenn mir einen vernünftigen Grund, der dagegen spricht.“

Während sie beharrlich schweigt, knete ich liebevoll ihren Busen, bevor ich in aller Ruhe die Knöpfe ihrer Bluse aufspringen lasse.

Es ist ein herrlicher Anblick, als der Stoff vor ihrem Körper auseinanderklafft. Ihre Brüste sind nicht sonderlich groß, aber wohl geformt, überhaupt ist diese Frau muskulöser, als mir bisher aufgefallen ist.

Zärtlich gleiten meine Finger über ihr Dekolleté,

auf dem sich ebenfalls ein paar entzückende Sommersprossen niedergelassen haben. Danach streiche ich über ihren flachen Bauch hinab, was sie erschauern lässt.

Ich öffne den Knopf ihrer Hose und ziehe den Reißverschluss herunter. „Ich werde dich jetzt kommen lassen, und ich möchte, dass du dir dabei zusiehst." Vorsichtig schiebe ich ihr die Jeans von den Hüften, bis sie auf ihren Füßen aufliegt.

Cassandra zögert für den Bruchteil einer Sekunde, dann steigt sie heraus und tritt die Hose beiseite. Ich lege ihr eine Handfläche auf den Bauch und drücke sie mit dem Hintern gegen meine Erektion.

Scharf ziehe ich die Luft ein.

Gott, ist das geil!

Das Gefühl ist derart intensiv, dass ich sekundenlang die Augen schließe und mehrmals tief durchatme, um nicht die Kontrolle zu verlieren.

Cassandras Unterwäsche ist wahrlich kein Highlight, denn sie besteht aus schlichter schwarzer Baumwolle. Aber ich hatte nichts anderes erwartet und finde das Gesamtpaket dennoch enorm sexy.

Meine Finger gleiten in ihr Höschen, was sie zum Wimmern bringt. Zärtlich streiche ich über ihre Schamlippen. Als ich ihre Feuchtigkeit ertaste, entfährt uns zeitgleich ein Stöhnen.

Sie windet sich in meinen Armen und lehnt den Hinterkopf vertraulich gegen meine Schulter, während ich sie mit meinen Fingern verwöhne.

Mit der anderen Hand schiebe ich ihre Haare beiseite und hauche ihr sanfte Küsse in den Nacken. Sie erschauert und gibt ein sinnliches Keuchen von sich.

„Du machst mir die Zurückhaltung nicht gerade

leicht“, raune ich ihr unterdessen ins Ohr.

„Herrje, Brandon, was soll ich denn da sagen?“, stößt sie atemlos aus.

Als ihre Augen zuklappen, halte ich unverzüglich in der Bewegung inne. „Sieh dich an!“

„Ich kann nicht, ich …“

„Doch du kannst, vertrau mir.“

Letztendlich öffnet sie die Lider wieder und schaut in den Spiegel. Als unsere Blicke sich dort treffen, erkenne ich unterdrückte Lust in Cassandras Miene. Ein winziger Teil in ihr wehrt sich nach wie vor gegen meine Zärtlichkeiten, doch der Rest, ist mir längst verfallen, auch wenn sie das selbst noch nicht begriffen hat.

Ich erhöhe den Druck meiner Finger und spüre, dass sie nicht lange brauchen wird, um zu kommen. „Du musst dich nicht dafür schämen, dass es dich scharfmacht.“

Sie nickt leicht, bevor sie ihren Hintern herausfordernd an meinem Schritt reibt und mir damit gänzlich die Sinne vernebelt. Wie gerne würde ich jetzt meine Hose öffnen, meinen steifen Penis herausholen und mich von hinten in diese heiße Braut hineinschieben, um uns beide beim Sex im Spiegel zu beobachten.

Aber ich will es nicht überstürzen, denn ich kann nicht einschätzen, ob ich Cassandra damit für den Moment zu viel zumuten würde.

Eins nach dem anderen.

Daher streichle ich sie einfach weiter.

Sie wimmert leise und unsere Blicke treffen sich erneut im Spiegel. Mittlerweile wirken ihre Augen verhangen. Sie hat jeglichen Widerstand eingestellt und versucht nicht länger, gegen ihre Lust anzukämpfen. Als ich einen Finger in sie hineingleiten lasse, stöhnt sie lauthals auf.

„Brandon, ich … Oh, mein Gott, fühlt sich das gut an“, flüstert sie mit solcher Leidenschaft in der Stimme, dass es mir kurzzeitig den Atem raubt.

Ich will mir jetzt gar nicht ausmalen, mit welcher Hingabe mein Name über ihre Lippen perlen wird, sobald sich mein harter Schwanz erst in ihr befindet, sonst vögle ich sie auf der Stelle durch, bis ihr Hören und Sehen vergeht.

Ich krümme meinen Finger in ihr, während ich mit dem Daumen über ihre empfindlichste Stelle reibe. Sekunden später erlebt sie unterdrückt schreiend einen heftigen Höhepunkt. Das Bild, ihrer aufgerichteten Brustwarzen und der umnebelten blauen Augen, ist so faszinierend, dass auch ich nicht länger an mich halten kann. Ihr scharfer Arsch, der sich fest gegen meinen harten Schwanz drückt, gibt mir den Rest und lässt mich tatsächlich in meiner Hose kommen, wobei ich Cassandras Blick unablässig festhalte.

„Ah, Cassandra, verdammt, bist du geil“, stoße ich aus, während mein ganzer Körper vor Lust vibriert.

Der Orgasmus schlaucht sie dermaßen, dass sie rücklings gegen mich fällt und in meinen Armen zusammensackt. Rasch packe ich sie unter Kniekehlen und Schultern, hebe sie hoch und lege sie auf dem Bett ab.

„Erhol dich ein wenig, und danach zeige ich dir einmal mehr, wie schön es sein kann, sich beim Sex zuzusehen.“

Ich marschiere aus dem Raum ins Badezimmer, das selbstverständlich ebenfalls mit Spiegeln ausgekleidet ist, werfe meine Klamotten von mir und wasche mich.

Ich kann mir nicht in Erinnerung rufen, wann ich zum letzten Mal in voller Montur gekommen bin, aber es ist mit Sicherheit eine Ewigkeit her. Doch ich schäme mich nicht dafür. Cassandra im Arm zu halten und zum Höhepunkt zu bringen, war unsagbar heiß.

Ich greife mir ein paar Kondome aus einem Spiegelschrank und eile zurück in Richtung Schlafzimmer.

Vorfreude erfüllt mich, denn diese Nacht ist noch lange nicht beendet. Beim nächsten Mal werde ich ganz tief in dieser aufregenden Frau kommen. Zuerst im Bett und dann noch einmal unter der Dusche. Bei der Vorstellung erwacht mein bestes Stück bereits wieder zum Leben und richtet sich auf.

In diesem Moment läutet unten im Wohnzimmer mein Handy.

Teufel noch mal! Der Secret Circle Alarmton, das kommt jetzt völlig ungelegen.

Nackt, wie Gott mich schuf, hüpfe ich die Stufen hinunter und nehme das Gespräch entgegen.

„Eric, ich hoffe um deiner selbst willen, dass es wirklich dringend ist."

„Wie man es nimmt. Weißt du zufälligerweise, wo sich Cassandra Andrews zurzeit aufhält?"

„Ähm, ja. Also genau genommen ist sie bei mir."

„Scheiße!", flucht er ungehalten los. „Brandon, du schwebst in Gefahr. Sie ist keine Journalistin, sondern eine FBI-Agentin, die darauf angesetzt wurde, dich hochgehen zu lassen."

„Wie bitte?"

„Du hast mich schon verstanden. Wirf Sie unter irgendeinem Vorwand aus deinem Bett und komm in den Besprechungsraum des Circle. Der FBI-Boss ist hier. Wir müssen herausfinden, wie wir das Problem lösen können, ohne Aufsehen zu erregen. Ach, und Brandon, verrate ihr am besten nicht, dass du über ihre wahre Identität im Bilde bist."

„Geht klar, ich bin in einer halben Stunde bei euch."

Rasch drücke ich das Gespräch weg, hetze die Treppe wieder nach oben und schlüpfe in frische Klamotten. Bevor ich das Schlafzimmer betrete, hole ich mehrmals tief Luft.

Ich bin nicht gut darin, andere Menschen zu belügen. Also ich meine von Angesicht zu Angesicht, denn in meinen Reportagen gibt es durchaus Begebenheiten, die nicht vollkommen der Wahrheit entsprechen. Übertreibungen oder Verschleierungen gehören in der Presse einfach zum Handwerk.

Cassandra ist indessen unter die Bettdecke gekrochen. Die Vermutung liegt nahe, dass das aus Scham geschah, denn kühl ist es in meinem Schlafzimmer nicht. Ihre blonden Haare sind leicht zerzaust, ihre Lippen geschwollen und ich bedaure ungemein, dass ich jetzt nicht zu ihr ins Bett steigen kann. Doch Eric hat recht, zuerst sollte ich in Erfahrung bringen, inwiefern sie eine Gefahr für mich oder den Circle darstellen könnte.

„Cassandra, es tut mir furchtbar leid, aber in einer meiner Druckereien gab es einen Notfall. Ich muss dringend weg."

Sie starrt mich ungläubig an und schluckt vernehmlich. „Oh, klar, kein Thema. Ähm, möchtest du, dass ich auf dich warte?“

Ja!, brüllt mein Unterleib, doch mein Verstand vertritt eine andere Meinung. Sie könnte meine Abwesenheit nutzen, um die Wohnung zu durchsuchen. „Ich kann nicht einschätzen, wie lange es sich hinziehen wird. Ich werde dich in einem Hotel unterbringen, da wird dich dein Ex sicher nicht finden.“

Ob es wirklich einen korrupten Ex gibt? Oder war die Geschichte frei erfunden, um bei mir auftauchen zu können?

Sie nickt und klettert aus dem Bett, bevor sie eilig in ihre Sachen schlüpft. „Mach dir keine Umstände, ich nehme mir ein Taxi und begebe mich selbst auf die Suche nach einem Hotel.“

„Das Standard High Line Hotel ist gerade um die Ecke. Das sollte dir gefallen. Ich bringe dich hin.“

Sie widerspricht nicht und folgt mir wortlos nach unten. Mit dem Fahrstuhl fahren wir gemeinsam in die Tiefgarage, wo mein Cadillac parkt. Nachdem wir eingestiegen sind, brause ich aus der Garage, biege an der nächsten Ecke ab und stoppe den Wagen direkt vor dem Hoteleingang.

Cassandra schielt ein wenig verunsichert zu mir herüber. „Meldest du dich bei mir, sobald du wieder Zeit hast?“

„Sicher.“ Ich bin nicht in der Lage, ihr in die Augen zu sehen. Denn ich war noch nie der Typ Mann, der einer Frau verspricht: *Ich rufe dich an, Baby!*, wo ich doch eigentlich nicht das geringste Interesse daran habe.

Das heißt, ich hätte schon Interesse an Cassandra.

Aber was zur Hölle soll ich mit einer FBI-Agentin anfangen?

Flugs beuge ich mich zu ihr hinüber, hauche ihr einen flüchtigen Kuss auf die Wange und verlasse das Fahrzeug, um ihr die Beifahrertür zu öffnen. Doch als ich auf der gegenüberliegenden Seite ankomme, ist sie bereits herausgehüpft.

„Pass auf dich auf!“, gebe ich ihr die Worte mit auf den Weg, während sie den Hoteleingang ansteuert.

Sie nickt nachdenklich und wirkt gerade so verloren, dass ich sie am liebsten in meine Arme schließen und vor der ganzen Welt beschützen würde.

Aber womöglich bin ich ja derjenige, der Schutz benötigt, daher springe ich wieder in meinen Wagen und jage ihn in Richtung Central Park.

Minuten später steuere ich den Cadillac in eine kürzlich für den Circle errichtete Tiefgarage, von der aus man direkt in die Besprechungsräume unter der alten Kirche gelangt. Eric hat obendrein spezielle Türöffner in Form von Krawattennadeln entwickelt, die die Geheimtüren entriegeln. Da ich jedoch in Cassandras Anwesenheit nicht in meinem Safe herumhantieren wollte, in dem alle Utensilien des Circle verstaut sind, bin ich jetzt ein wenig hilflos.

Ich zücke mein Handy und wähle Erics Nummer, der sich prompt meldet. „Eric, öffne mir zumindest die Tür! Ich kam leider nicht an meinen Safe. Und der Geheimcode will mir gerade partout nicht einfallen.“

„Aber sicher doch, wenn du schon so höflich fragst.“

Augenblicklich fährt die Tür vor mir beiseite. Manchmal ist mir Eric mitsamt seinen ausgeklügelten Technologien suspekt.

Als ich in den Besprechungsraum eintrete, sitzen Eric, Dr. Catwick und der FBI-Leiter, Rick Masters, zusammen an dem großen Holztisch. Den höhlenartigen Raum kann man mit seinen schwarzen Ledersesseln nicht als ungemütlich bezeichnen, dennoch bin ich ein Mensch, der sich unter der Erde unwohl fühlt. Dieses fensterlose Verlies vermittelt mir konstant ein schlechtes Gefühl.

Nachdem ich alle Anwesenden per Handschlag begrüßt habe, nehme ich ebenfalls Platz.

„Wie seid ihr darauf gekommen, dass Cassandra Andrews FBI-Agentin ist?“, erkundige ich mich, bevor ein anderer das Wort ergreifen kann. Das mag ein wenig unhöflich erscheinen, immerhin bin ich der Jüngste hier im Raum, doch meine Nerven sind gerade zum Zerreißen angespannt.

Rick richtet seinen Blick auf mich. Mit den grauen Schläfen und dem eleganten schwarzen Anzug umgibt ihn eine unglaubliche Aura der Macht. „Wir konnten besagten Maulwurf in unseren Reihen nicht ausfindig machen, daher haben wir die Identität von Cassandra Andrews noch einmal detaillierter überprüft und dabei festgestellt, dass sie momentan undercover als Journalistin gegen dich ermittelt.“

Sekundenlang richtet er seine Aufmerksamkeit auf die Unterlagen, die vor ihm auf dem Tisch liegen. „Irgendwie kam mir der Name gleich so vertraut vor, doch leider kenne ich nicht jeden meiner Angestellten persönlich“, setzt er schließlich wieder an. „Cassandra Andrews arbeitet seit gut drei Jahren in unserer Abteilung für Wirtschaftskriminalität und ist bereits seit Monaten an dir dran, da ihr deine zeitnahe und vorausschauende Berichterstattung aufgefallen ist.“

Hm, wo ich doch bisher die Meinung vertrat, mein Vorgehen wäre recht subtil!

Nachdenklich reibe ich über die Narbe an meinem Kinn. „Sie hat mir etwas von einem Ex-Freund beim FBI erzählt. Gibt es den wirklich?“

Rick nickt. „Liam Stewart. Er ist Spezialist für Undercover-Einsätze. Es ist zu befürchten, dass er ihr diese Vorgehensweise nahegelegt hat. Konnte sie schon irgendetwas über uns in Erfahrung bringen?“

„Natürlich nicht. Ich habe ihr lediglich gesagt, dass ich über ein zuverlässiges Netzwerk an Informanten und einflussreiche Freunde verfüge, mehr weiß sie nicht.“

„Kannst du ihr den Fall entziehen?“, erkundigt Eric sich bei Rick.

Der FBI-Boss trommelt gedankenverloren mit den Fingern auf den Tisch. „Schon, aber nachdem ich mir die Akte von Agent Andrews genauer angesehen habe, gehe ich davon aus, dass das ihre Neugier erst recht entfachen würde. Sie scheint eine hervorragende Agentin zu sein und hat aufgrund ihres hellen Verstandes und fotografischen Gedächtnisses bislang jeden Fall mit Bravour gelöst. Ich würde sie ungern als Mitarbeiterin verlieren.“

Ich nicke. „Okay, ich werde in nächster Zeit einfach mehr Vorsicht bei Veröffentlichungen walten lassen. Auch wenn mir das widerstrebt, ich stand nämlich kurz davor, das eine oder andere ausländische Blatt zu übernehmen. Das wird dann eben noch ein paar Tage warten müssen.“

„Ich hätte da eine andere Idee“, mischt sich Catwick in dieser Sekunde ein. Er ist eins der ältesten aktiven Mitglieder, gehört dem Circle schon seit Ewigkeiten an und ist mit allen Wassern gewaschen. Früher arbeitete er für die Regierung. Meines Wissens nach ist er trotz seines hohen Alters immer noch als Anwalt und Notar tätig, so ist es auch nicht verwunderlich, dass der grauhaarige Mann mit Bart und Brille steinreich sein soll.

„Es ist uns gelungen, den Zweiten Weltkrieg zu beenden, da werden wir doch jetzt nicht an einer übermotivierten FBI-Agentin scheitern, oder? Was würdet ihr davon halten, wenn wir die junge Dame ein wenig aufs Glatteis führen? Ihr verdeutlichen, dass alles mit Brandons Berichterstattung in Ordnung und sie völlig fehlgeleitet ist. Dann würde sie die Ermittlungen einstellen und wir wären aus der Schusslinie heraus.“ Gespannt mustert er uns durch seine Brille hindurch aus kleinen Äuglein. „Was denkt ihr, soll ich euch meinen Plan erläutern?“

Kapitel 10

Cassandra

In Erwartung seines Anrufs starre ich frustriert aus dem Fenster des schicken Hotels, in das Brandon mich Hals über Kopf verfrachtet hat. Der Ausblick auf die beleuchtete New Yorker Skyline ist überwältigend. Ich habe den Big Apple schon häufiger besucht, aber je mehr ich von dieser Stadt sehe, desto tiefer gräbt sie sich in mein Herz.

Bereits als Kind bin ich mit meinen Eltern von London in die Staaten umgesiedelt, da mein Vater einen Job in einer Klinik in Washington antrat. Meine Eltern sind beide Chirurgen und hätten es natürlich gerne gesehen, wenn ich ebenfalls diese Berufsrichtung eingeschlagen hätte, dennoch haben sie recht schnell akzeptiert, dass ich von einer Karriere beim FBI träumte. Da ich unverzüglich amerikanische Staatsbürgerin wurde und sich das FBI-Headquarter ebenfalls in Washington befindet, funktionierte das alles recht unproblematisch.

Mittlerweile sehe ich Washington als meine Heimat an, auch wenn ich regelmäßig nach London zu den Großeltern fliege und den englischen Charme durchaus zu schätzen weiß. Aber ich glaube, in New York könnte ich ebenso leben, vor allem Brandons Loft hat es mir angetan.

Verärgert balle ich eine Hand zur Faust. Ich könnte mir selbst wegen meiner dummen Unbeherrschtheit in den Hintern treten, denn so hätte dieser Abend nicht verlaufen sollen. Dass ich Brandons Charme nicht widerstehen konnte, ist noch nicht einmal der

Punkt, der mich am meisten ärgert. Hätte ich dadurch zumindest ein paar Informationen erhalten, wäre das ja in Ordnung gewesen, aber so?

Dieser Typ hat mich derart heiß gemacht, dass ich meinen Auftrag kurzzeitig vollkommen aus den Augen verloren habe. Hielt ich mich stets für eine abgeklärte FBI-Agentin, hat mir Brandon soeben das Gegenteil bewiesen.

Verdammter Mistkerl! Warum bloß gehst du mir derart unter die Haut?

Auch habe ich meine prekäre Lage offenbar nicht überzeugend genug rübergebracht, sonst hätte Brandon mich sicher nicht so zügig aus seiner Wohnung hinauskomplimentiert. Ich sollte mich mal mit seiner Schwester treffen, sie könnte mir bezüglich Schauspielerei sicher ein paar hilfreiche Tipps geben.

Ob es tatsächlich einen Notfall in einer Druckerei gab? Oder war das bloß ein Vorwand, um mich loszuwerden?

Für den Moment bin ich nicht in der Lage, ein Urteil darüber zu fällen.

Als Brandon das Schlafzimmer verließ, schien er ziemlich verrückt nach mir zu sein, doch bei seiner Rückkehr wirkte er ernüchtert.

Vielleicht hat er ja wirklich etwas zu verbergen und hat begriffen, dass seine Abwesenheit für mich die perfekte Gelegenheit gewesen wäre, um seine Sachen zu durchstöbern.

Allein seine Kontakte zu kennen, würde mir gewiss helfen. Da ich Brandons Berichterstattung seit Monaten verfolge und die Zeitungsartikel fest in meinem Gedächtnis verankert sind, könnte ich mit Sicherheit die nötigen Verbindungen herstellen, um ihn dranzubekommen.

Ungläubig schüttle ich den Kopf.

Welcher halbwegs klar denkende Mann setzt denn eine willige, nackte Frau, ohne eine Sekunde zu zögern, vor die Tür?

Ob er etwas ahnt? Aber wie sollte ich aufgeflogen sein? Ich kann es mir nicht erklären.

Da unser Verdacht dummerweise bisher nicht für einen Durchsuchungsbefehl ausreicht, verbleiben mir aller Voraussicht nach bloß zwei Möglichkeiten: Entweder lässt Brandon mich erneut freiwillig in seine Wohnung oder ich werde gezwungen sein, bei ihm einzubrechen. Nicht ganz ungefährlich, da sein Haus rund um die Uhr von Security-Mitarbeitern bewacht wird. Aber nicht unmöglich, denn schon beim Betreten seines Lofts habe ich mir viele Details eingeprägt.

Doch bevor ich diesen Schritt wage, sollte ich zuerst den Versuch starten, meinen weiblichen Charme erneut einzusetzen. Dass Brandon auf mich steht, ist unübersehbar. Seinem rauen Stöhnen und dem lustverzerrten Gesichtsausdruck nach zu urteilen, hatte ich fast den Eindruck, er wäre vor dem Spiegel ebenfalls zum Höhepunkt gekommen. Niemals hätte ich vermutet, ihn derart antörnen zu können. Aber möglicherweise habe ich mir das auch bloß eingebildet.

Doch eine Sache ist sicher: Sollten wir erneut in eine derart intime Situation geraten, darf ich mich keinesfalls wieder in ein sabberndes Lustbündel verwandeln, das nicht mehr klar denken kann. Dann gelingt es mir eventuell, ihm ein paar Anhaltspunkte zu entlocken, auch wenn ich nicht wirklich davon überzeugt bin, dass ein Mann wie Brandon Quest derart leicht zu knacken ist.

Ach verdammt, manchmal treibt mich dieser Job in den Wahnsinn!

Ich sollte jetzt dringend ein paar Stunden schlafen, vielleicht ist mein Verstand ja morgen früh wieder intakt. Daher falle ich auf das bequeme Bett und versinke trotz all der wirren Gedanken, die in meinem Kopf herumgeistern, relativ schnell in einen tiefen Schlaf.

Als ich am Morgen erwache, blinzeln neugierige Sonnenstrahlen durch die Vorhänge des Hotelzimmers und verleihen ihm eine Gemütlichkeit, die zum Verweilen einlädt. Als befände man sich auf einer abgelegenen Insel, ist von dem Straßenlärm Manhattans rein gar nichts zu hören. Die Bettwäsche ist weich und duftet nach freier Natur, was mit Sicherheit bei jedem Menschen ein gewisses Wohlbefinden erweckt.

Nachdenklich starre ich die Decke an und überlege, ob es nicht klüger wäre, nach Washington zurückzukehren. Brandon Quest ist ein aufregender Mann, an dem man sich mit Leichtigkeit die Finger verbrennen kann. Obendrein scheint ihm das Wort Ärger auf die Stirn tätowiert zu sein.

All diesen Gründen zum Trotz bin ich nicht gewillt, so schnell aufzugeben. Einem Instinkt folgend schnappe ich mir mein Handy und rufe Liam an.

„Cassie, alles in Ordnung bei dir?“, meldet er sich prompt.

Man könnte fast meinen, er sorgt sich wirklich um mich.

„Alles bestens, würdest du mir bitte die Adresse

von Brandons Schwester besorgen, einer Emily Quest?“ Natürlich könnte ich das auch allein bewerkstelligen, doch sich von außerhalb in die FBI-Server einzuloggen ist aus Sicherheitsgründen mit einem enormen Aufwand verbunden.

Ich höre, dass Liam auf seine Tastatur eintippt. „Bist du noch bei ihm?“, erkundigt er sich indessen mit beiläufigem Unterton.

Kurz bin ich versucht, ihn anzulügen. Doch im Grunde genommen hat er das nicht verdient. Er kann schließlich nichts dafür, dass wir uns mögen, aber in zwei unterschiedlichen Welten zu Hause sind. „Nein, er musste dringend in eine seiner Druckereien, daher kam mir die Idee, seiner Schwester einen Besuch abzustatten. Womöglich kann ich sie ja zum Reden bringen.“

„Verstehe, warte kurz!“

Keine zwei Minuten später habe ich Emilys Adresse.

Ich springe unter die Dusche, schlüpfe in Jeans und ein bequemes Shirt und stürme aus dem Hotel. Allzu viele Klamotten habe ich ohnehin nicht eingepackt, meine Flucht aus Washington sollte ja überstürzt wirken und keineswegs geplant.

Leider fällt mir auf die Schnelle kein glaubhafter Vorwand ein, um mein Auftauchen bei Emily Quest zu rechtfertigen. Als Reporterin würde sie mich womöglich nicht empfangen und mich als FBI-Agentin zu outen, kommt nicht infrage. Meine gesamte Tarnung könnte dadurch auffliegen.

Versonnen bummle ich daher durch den Meatpacking District, der mir ausgesprochen gut gefällt. Was hier in den letzten Jahren entstanden ist, hat einen unglaublichen Charme. Das Kopfsteinpflaster und die umgebauten Lagerhallen weisen nach wie vor auf vergangene Tage hin und machen deutlich, dass es früher nicht das nobelste Viertel war. Doch jetzt lädt die Umgebung zum Speisen, Feiern und Shoppen ein.

Im Freien setze ich mich an den Tisch eines kleinen italienischen Restaurants und genehmige mir als Mittagessen ein Glas Wein und eine hausgemachte Lasagne. Für Pasta könnte ich grundsätzlich töten. Normalerweise trinke ich im Dienst nicht, und schon gar nicht um diese Uhrzeit, aber vielleicht regt der Wein ja meine Fantasie an.

Dummerweise wandern meine Gedanken immer wieder zu Brandon und seinem außergewöhnlichen Schlafzimmer. Niemals zuvor wäre mir eingefallen, mich oder andere beim Sex zu beobachten. Doch ich kann nicht bestreiten, dass mir die kurze Nummer vor dem Spiegel nicht bloß einen sagenhaften Orgasmus beschert, sondern zudem einen ganz speziellen Kick verliehen hat.

Wie Brandon zu diesen Neigungen gekommen sein mag?

Durch meine psychologische Ausbildung beim FBI weiß ich, dass Voyeurismus in den meisten Fällen auf ein Erlebnis in der Kindheit zurückzuführen ist. Doch Brandon vermittelt nicht den Eindruck, gegen irgendwelche Dämonen aus der Vergangenheit anzukämpfen. Ob dieser Fetisch durch sein Interesse am Theater entstanden sein könnte?

Ein Seufzen entfährt mir. Ich gestehe, liebend gerne würde ich mehr über seine Vorlieben in Erfahrung bringen. Und das will seit Neuestem nicht nur die FBI-Agentin in mir, sondern obendrein die Frau.

In diesem Moment läutet mein Handy. Prompt erhöht sich mein Herzschlag. Beim Blick aufs Display erkenne ich jedoch, dass der Anruf von meiner Mutter kommt. Unverzüglich meldet sich mein schlechtes Gewissen zu Wort. Sie macht sich immer Sorgen, wenn sie längere Zeit nichts von mir hört. Und während der letzten Tage habe ich es verpasst mich bei ihr zu melden, da ich rund um die Uhr über Brandon Quest recherchiert habe oder zwischen Washington und New York gependelt bin.

„Hi, Mum", begrüße ich sie, nachdem ich das Gespräch entgegengenommen habe. „Mir geht es gut, ich bin nur gerade in New York eingesetzt und habe ziemlichen Stress", nehme ich ihr schon vorab den Wind aus den Segeln.

Sie lacht glockenhell. „Perfekt, das wollte ich bloß wissen. Du denkst aber hin und wieder noch an deine alten Eltern, oder?"

Jetzt muss auch ich schmunzeln, denn Mum und Dad sind alles andere als betagt. Sie legen eine äußerst moderne Einstellung an den Tag und ich liebe sie über alles. Wir hatten schon immer ein unglaublich gutes Verhältnis zueinander und dass meine Mutter keine weiteren Kinder bekommen konnte, obwohl sie sich das so sehr gewünscht hätte, hat uns bloß noch stärker zusammengeschweißt.

Wir plaudern noch eine Zeit lang über die Klinik in Washington, in der die beiden beschäftigt sind, bis mein Handy mir einen weiteren Anruf signalisiert. Da das Brandon sein könnte, verabschiede ich mich rasch von meiner Mutter.

Beim Blick auf Brandons Name schießt mein Puls

einmal mehr in die Höhe. Ich atme tief durch und nehme das Gespräch entgegen. „Brandon."

„Cassandra, es tut mir leid, aber ich muss die Stadt für ein paar Tage verlassen. Ich hätte dir allerdings einen Vorschlag zu unterbreiten, der dir sicher gefallen wird. Einer meiner Kontakte hat mir soeben von einem Ereignis erzählt, das übermorgen stattfinden wird. Ich erteile dir hiermit die Befugnis, die Story zu veröffentlichen. Exklusiv im Observer. Das wird dein ganz großer Durchbruch werden. Jedoch unter einer Voraussetzung …" Er legt eine theatralische Pause ein. „Ich möchte, dass du zukünftig nur noch für den Observer tätig bist", lässt er schließlich die Katze aus dem Sack.

Mein Herz trommelt plötzlich noch wilder.

Das ist meine Chance, ihn zu überführen!

Ich muss sie nutzen, selbst wenn ich mich mittlerweile der unterschwelligen Hoffnung hingegeben hatte, Brandon könnte unschuldig sein. Doch ich darf mich nicht von seinem guten Aussehen, seiner charmanten Art und diesen vertrauenserweckenden grünen Augen blenden lassen. Sollte er tatsächlich krumme Dinge drehen, wird ihm eine Strafe nicht erspart bleiben.

„Aber was ist mit meinem Ex?", wahre ich die Show und versuche indessen, Zeit zu gewinnen, um mir ein passendes Vorgehen zurechtzulegen.

„Du nennst mir seinen Namen und ich sorge dafür, dass er dich in Frieden lässt. Vertrau mir."

Ich schlucke. Brandon Quest würde sich allen Ernstes mit einem FBI-Agenten anlegen? Das glaube ich jetzt nicht.

Welche Trümpfe hat dieser Kerl im Ärmel?

„Was hast du mit ihm vor?“

„Lass das doch mein Problem sein. Und keine Sorge, ich werde ihm nichts antun.“

„Einverstanden, aber erzähl mir zuerst, was übermorgen geschehen wird.“

„Ich habe also dein Wort, dass du für mich arbeiten wirst?“

„Habe ich eine Wahl? Du versprichst mir gerade die Story meines Lebens. Ich wäre keine Journalistin, würde ich darauf nicht anspringen. Aber nun rede endlich!“

„Also gut.“ Ich höre an seiner Stimme, dass er lächelt.

Wenn du dich bloß nicht täuschst, mein Lieber! Du hast mich keinesfalls da, wo du mich von Anfang an haben wolltest. Eher verhält es sich umgekehrt.

Er räuspert sich. „Erschreck jetzt nicht, aber es ist ein Terroranschlag auf Manhattan geplant. Du wirst ihn verhindern und dabei ganz groß rauskommen. Und der Observer veröffentlicht die Story in Realtime.“

Wie eine gigantische Welle schwappt der Schock durch meine Glieder. Um ein Haar fällt mir das Handy aus den Fingern. „O mein Gott! Woher weißt du davon?“

„Das kann ich dir nicht verraten. Ich sagte doch bereits, ich habe erstklassige Informanten.“

„Brandon, das kann unmöglich dein Ernst sein? Wir müssen sofort die Behörden informieren, das ist unsere verdammte Pflicht!“

„Cassandra, beruhige dich. Wir werden sie kurz vor dem Anschlag einschalten. Sollten wir das jetzt tun, würde es durchsickern und die Terroristen erst gar nicht auftauchen. Damit ist niemandem geholfen. Die Kerle beabsichtigen, um die Mittagszeit einen rot-weißen Van mit Sprengstoff über die Brooklyn Bridge nach Manhattan zu steuern. Kurz zuvor informierst du die Polizei und behauptest, ein anonymer Anrufer hätte dich gewarnt. Die Einsatzkräfte werden den Van stoppen und die mutmaßlichen Attentäter verhaften. Sollten sie sich dabei selbst in die Luft sprengen, ist das nicht unser Problem. Währenddessen druckt der Observer die Eilnachricht."

Er holt vernehmlich Luft. „So, Cassandra, jetzt weißt du, wie es in meiner Welt läuft. Wie sieht es aus, bist du die mutige Frau, für die ich dich bisher gehalten habe? Oder willst du dein Leben im Schatten eines Journalisten fristen, der auf mein Angebot eingehen wird?"

Nervös beiße ich auf meiner Unterlippe herum. „Was gedenkst du zu tun, falls es schiefgehen sollte? Diese Kerle es wider Erwarten doch nach Manhattan schaffen und dabei unschuldige Bürger in Gefahr geraten, schlimmstenfalls sogar getötet werden?"

„Keine Sorge, das wird nicht geschehen."

Zischend atme ich aus. „Also gut, auf deine Verantwortung."

„Perfekt, und nun nenn mir den Namen deines Ex-Freundes."

„Das hat Zeit, ich muss mich jetzt auf diesen Artikel konzentrieren. Ich denke, in dem Hotel bin ich erst einmal in Sicherheit. Ich benutze dort mein Handy nicht und zahle in bar, so sollte er mich kaum ausfindig machen können."

„Klingt vernünftig. Aber sei dennoch vorsichtig!"

„Du auch." Während ich das Gespräch wegdrücke, zittern meine Finger.

Du lieber Himmel, Brandon Quest arbeitet tatsächlich mit gefährlichen Kriminellen zusammen! Als ob ich es nicht von Anfang an geahnt hätte.

Ich werde jetzt einzig und allein an meinen Job denken. Es spielt keine Rolle, dass ich gerade angefangen habe, diesen Mann zu mögen.

Den Besuch bei seiner Schwester werde ich verschieben, da er sich vielleicht soeben erübrigt hat. Stattdessen fliege ich zurück nach Washington, um die Festnahme dieser Attentäter zu planen, sodass auf gar keinen Fall irgendetwas schiefgehen kann. Sollte es wirklich durchsickern und sie nicht auftauchen, kommt zumindest niemand zu Schaden.

Und sobald das alles erledigt ist, werde ich Brandon hinter Gitter bringen. Durch die Zurückhaltung einer solchen Information hat er sich definitiv strafbar gemacht.

Nie und nimmer dürfen Menschen einem derartigen Risiko ausgesetzt werden, damit ein größenwahnsinniger Medienmogul eine Live-Berichterstattung erhält.

Kapitel 11

Brandon

An besagtem Mittag sitzen wir gemütlich bei gekühlten Getränken und Snacks in dem Besprechungsraum unter der Kirche. Ava, Eric und Catwick sind anwesend, auch haben sich mehrere Personen aus der Politik und vom FBI zu uns gesellt, die sicherstellen wollen, dass alles in geregelten Bahnen verläuft. Nicht, dass wir diese Typen benötigt hätten, aber sie auszuladen, war leider unmöglich.

Gespannt warten wir vor einem an der Wand befestigten Bildschirm auf das, was sich in den nächsten Minuten in der Nähe der Brooklyn Bridge abspielen sollte.

Arme Cassandra, fast tut sie mir ein wenig leid.

Doch sie hat mich ebenfalls belogen, daher sollte ich mir keine allzu großen Gedanken machen. Im Prinzip geht es ja einzig darum, ihren süßen Arsch zu retten, denn Rick Masters hat mir hoch und heilig versprochen, ihr Vorgehen würde keinerlei berufliche Konsequenzen für sie haben. Sie wird lediglich von meinem Fall abgezogen. Damit sollte die Sache ein für alle Mal erledigt sein.

In diesem Moment kommt der rot-weiße Van ins Blickfeld, der gemütlich auf die Brooklyn Bridge zutuckert. Hinter ihm sperren Polizei-Fahrzeuge rasend schnell die Straße ab. Bevor er die Brücke befahren kann, tauchen auch vor ihm Polizeiwagen auf und versperren ihm den Weg, was ihn zum Bremsen veranlasst. Mit lautem Getöse setzt sich ein Hubschrauber über ihn. Nun schlittern die Vans der

Bombenentschärfer und Anti-Terrorspezialeinheiten auf ihn zu.

Mit angehaltenem Atem beobachten wir den Einsatz. Das hier ist besser als jeder Actionfilm. Zwar wird dieser kleine Zwischenfall den Staat Tausende von Dollar kosten, doch das ist uns der Spaß wert. Da wir alle gut betucht sind, werden wir schon dafür sorgen, dass die Steuerzahler nicht allzu sehr in Mitleidenschaft gezogen werden.

In dieser Sekunde wird der Fahrer des Vans über Lautsprecher aufgefordert, den Wagen mit erhobenen Händen zu verlassen. Eine junge Frau mit schwarzem Kurzhaarschnitt und Brille klettert heraus. Sie trägt einen grünen Overall und wirkt zu Tode erschrocken. Die Vermutung liegt nahe, dass es sich dabei nicht um eine Showeinlage handelt, denn ich wage zu bezweifeln, dass Catwick sie eingeweiht hat. Sie ist lediglich ein Mittel zum Zweck.

Von Männern mit Maschinengewehren im Anschlag wird sie zur Hecktür des Fahrzeugs geleitet. Nachdem sie diese mit fahrigen Fingern geöffnet hat, lassen die Polizisten die Waffen sinken und starren ungläubig auf die Ladung Buchsbäume, die sich im Heck des Vans befindet.

Eric, Ava und ich brechen lachend zusammen. Und so langsam stimmen auch unsere Kollegen, die teilweise nicht von der lustigsten Fraktion sind, in das Gelächter mit ein.

Der Secret Circle hat einmal mehr bewiesen, über welche Macht er verfügt.

Kapitel 12

Cassandra

„Buchsbäume!“, donnert die Stimme meines Chefs durch sein Büro. „Cassandra, Hundertschaften von Einsatzkräften waren vor Ort, nur um ein paar gefährliche staatsfeindliche Bäumchen zu verhaften. Himmel noch mal, was hast du dir nur dabei gedacht?“ Verärgert schlägt er mit der flachen Hand auf seinen Schreibtisch ein.

„Er hat mich reingelegt“, brummle ich kleinlaut, den Blick zu Boden gesenkt. Schon als Graham mich in sein Büro beordert hat, war mir klar, dass es jetzt unangenehm für mich wird.

Mein Vorgesetzter schüttelt missmutig den Kopf. „Wäre es denkbar, dass du dich da in etwas verrannt hast? Bislang haben wir rein gar nichts, was wir gegen diesen Quest verwenden könnten. Nicht den geringsten Beweis, dass er das Gesetz übertritt. Und auch Eric Carpenter betreffend konnte ich nichts in Erfahrung bringen, was uns weiterhelfen würde. Er wurde zu Unrecht des Mordes und Insiderhandels bezichtigt. Der wahre Täter hat gestanden und sitzt längst in Haft.“

„Aber Quest hat diesen blinden Alarm angezettelt, nicht ich“, versuche ich erneut, mich zu verteidigen, wohl wissend, dass das nichts bringen wird. Mein Chef ist für gewöhnlich ein netter Kerl, sobald die Führungsriege des FBI involviert ist, geht ihm der Arsch jedoch auf Grundeis.

„Schon klar, aber verstehst du denn nicht? Er hat dir das mit dem Zeitungsartikel mit barer Münze heimgezahlt. Zugegeben, das Ganze war Liams und meine Idee, doch vielleicht hättest du ihm nicht verraten sollen, dass es lediglich ein Trick war. Rick Masters hat ihn heute Morgen höchstpersönlich verhört. Quest hat sich über deine Anschuldigungen halb totgelacht und ihm versichert, du hättest da etwas in den völlig falschen Hals bekommen."

Er lehnt sich in seinem Bürostuhl zurück. „Immerhin wissen wir jetzt, dass er nicht in der Lage ist, Terroranschläge vorherzusehen. Er scheint auch bloß ein ganz normaler Mensch zu sein, der aller Voraussicht nach cleverer und einsatzfreudiger ist als seine Kollegen von anderen Zeitungen oder Nachrichtensendern. Daher ist er ihnen grundsätzlich einen Schritt voraus."

„Aber das ist gelogen, ich …"

Graham hebt warnend eine Hand in die Luft und bringt mich damit zum Schweigen. „Cassandra, mir ist durchaus bewusst, dass dieser Typ keineswegs zu unterschätzen ist. Was meinst du, warum er so erfolgreich ist? Aber noch einmal: Wir haben nicht den geringsten Beweis gegen ihn, geschweige denn einen begründeten Verdacht. Es tut mir leid, aber ich bin gezwungen, dich von dem Fall abzuziehen. Diese Anordnung kommt von ganz oben und es macht überhaupt keinen Sinn, darüber zu diskutieren. Aber keine Sorge, es wird keinerlei berufliche Konsequenzen für dich haben. Bloß komm bitte niemals wieder in die Nähe von Brandon Quest."

„Wir werden sehen", murmle ich leise vor mich hin, bevor ich mich erhebe. Mit hängenden Schultern und einem unbändigen Zorn im Bauch verlasse ich das Büro meines Chefs.

Kapitel 13

Cassandra

Nachdem ich nach Dienstschluss wie entfesselt am Potomac River entlanggejoggt bin, habe ich mich wieder einigermaßen gefangen und statte meinen Eltern den längst überfälligen Besuch ab.

Meine Mutter freut sich unsagbar und schiebt prompt eine Lasagne in die Mikrowelle.

Während des Abendessens sitzen wir dann im Wintergarten ihres Häuschens, das in dem vornehmen Stadtviertel Woodley Park angesiedelt ist. Im George Washington University Hospital verdienen meine Eltern ein gutes Geld, dennoch sind sie völlig bodenständig geblieben.

Als gebürtige Engländer lieben sie genau wie ich London und die europäische Kultur. Das Angebot, das mein Dad damals aus Washington bekam, war jedoch zu gut, um es auszuschlagen. Aus diesem Grund haben sie ihren Wohnsitz in die Staaten verlegt.

Kennengelernt haben sich die beiden in einer Londoner Klinik, und was soll ich sagen, sie sind einfach füreinander bestimmt.

Mum und Dad sehen exakt so aus, wie man sich gemeinhin den typischen Briten vorstellt: rotblondes Haar, blasser Teint und wunderschöne blaue Augen.

Was mir Sommersprossen am ganzen Körper und eine Aversion gegen zu heftige Sonneneinstrahlung beschert hat. Glücklicherweise leuchten meine Haare jedoch in einem wundervollen Blond, sodass mich nicht jeder auf Anhieb als die waschechte Engländerin erkennt.

„Und, Sherlock, hast du deinen Job in New York erledigt?“, erkundigt sich meine Mutter schmunzelnd.

Mein Drang, mir jedweden Krimi einzuverleiben, hat mir schon als Kind diesen Spitznamen eingebracht.

„Ich bin mir nicht sicher“, äußere ich vorsichtig. Leider ist es mir verboten, über Aufträge zu plaudern. Eine Vorschrift, die mich manchmal an den Rand des Wahnsinns treibt, denn wir hatten noch nie Geheimnisse voreinander.

Ich schaue in ihre blauen Augen, die meinen ähneln. „Ich war mir so sicher, etwas ganz Großem auf der Spur zu sein, doch es mangelte an Beweisen und jetzt hat man mich von dem Fall abgezogen.“

Sie seufzt. „Och, Sweety, das tut mir leid. Ich weiß, wie schwer es dir fällt, Rätsel nicht lösen zu können.“

Mein Vater, der neben mir sitzt, kneift mir grinsend in den Oberarm. „Tja, so ist das Leben, wir können auch nicht immer alles umsetzen, was wir in der Klinik gerne verändern würden. Mach dir nicht allzu viele Gedanken darüber, den nächsten Fall wirst du wieder mit Bravour lösen.“ Er zwinkert mir verschmitzt zu.

„Ja, du hast sicher recht“, murmle ich und sinke gegen ihn, als er seinen Arm um meine Schultern schiebt.

Was würde ich bloß ohne meine Eltern machen, die mich immer wieder aufbauen und bei allem unterstützen, was ich in Angriff nehme?

„Ich hab euch so lieb“, flüstere ich.

Mein Dad drückt mich zärtlich und Mum lächelt.

Als ich zu später Stunde das Apartmenthaus in Washington erreiche, in dem ich seit nunmehr vier Jahren wohne, bin ich einigermaßen zur Ruhe gekommen. Die Liebe meiner Eltern trägt mich über jede noch so schwierige Entscheidung hinweg und lässt mich Tiefschläge leichter verkraften.

Kaum bin ich aus dem Fahrstuhl gestiegen, nehme ich rechter Hand einen Schatten wahr. Sofort sind all meine Sinne geschärft. Dank der intensiven Ausbildung zur FBI-Agentin sehe und bemerke ich Dinge, die anderen Menschen verborgen bleiben.

Mit einem blitzschnellen Handgriff ziehe ich meine Waffe aus der Handtasche und halte sie mit ausgestreckten Armen vor mich.

Verärgert lasse ich sie sinken, als ich erkenne, wer da auf mich wartet.

„Verdammt noch mal, Liam, wolltest du dir eine Kugel einfangen, oder was hast du hier verloren?"

„Ich wollte lediglich wissen, wie es dir geht. Ist es etwa ein Verbrechen, sich um dich zu sorgen?"

Ich lasse die Pistole wieder in meine Tasche rutschen. „Weswegen, weil man mir den Fall entzogen hat? Weil ich einem Gespenst hinterhergejagt bin? Oder weil es dir guttut, dass ich keinen weiteren Erfolg verbuchen konnte, um karrieretechnisch an dir vorbeizuziehen?"

Er betrachtet mich fast schon ein wenig mitleidig aus beeindruckenden braunen Augen, die er seiner brasilianischen Mutter verdankt.

Wo die Liebe so hinfällt!

Denn diese heißblütige Latina hat vor vielen Jahren einen Farmer aus Missouri geheiratet, weshalb Liam genau der richtige Hauch Südamerika anhaftet, der ihn absolut heiß und unwiderstehlich wirken lässt.

Gegensätze ziehen sich an, war damals mein erster Gedanke, als ich seine Eltern zufälligerweise bei einem Footballspiel kennenlernte. Rasch fand ich heraus, dass die beiden jedoch nicht nur rein äußerlich kaum etwas gemein hatten, denn sie stritten sich unentwegt.

Nach diesem Erlebnis verstand ich Liams Motivation, der Army beizutreten, um dem ewigen Gezanke in seinem Elternhaus zu entgehen. Vor allem wegen seiner Schnelligkeit, den sportlichen Erfolgen und dem technischen Geschick gelang es ihm einige Jahre später, beim FBI aufgenommen zu werden.

Er ist der typische Womanizer, doch leider war er nicht in der Lage, mit einer Frau wie mir umzugehen. Von Zeit zu Zeit legte er auch die eine oder andere Macho-Allüre an den Tag, eine Unsitte, die mich regelmäßig fuchsteufelswild gemacht hat.

Zugegeben, Brandon kann auch dominant sein, dennoch gibt er einer Frau unentwegt das Gefühl, etwas Besonderes zu sein. Keine Ahnung, wie ihm das gelingt.

Liam kommt einen Schritt auf mich zu. „Ach, Braini, warum siehst du in mir denn grundsätzlich den Feind? Ich kenne dich zu gut und weiß, dass dein Gespür dich niemals trügt. Erzähl mir, was du über diesen Quest herausgefunden hast, vielleicht gelingt es uns ja gemeinsam, weitere Beweise zu finden."

„Vergiss es, ich darf mich Quest nicht mehr nähern!"

Er schnalzt lässig mit der Zunge. „Aber mir hat es keiner verboten. Vertrau mir."

„Vertrauen wird dadurch erschöpft, dass es in Anspruch genommen wird", purzelt mir ein Spruch von Bertold Brecht über die Lippen, ehe ich ihn zurückhalten kann.

Liam runzelt die Stirn. „Was redest du bloß wieder für einen Blödsinn?" Er verkürzt die Distanz zwischen uns um einen weiteren Schritt. „Nun komm schon, Süße, lass uns überlegen, wie wir diesen Pressefuzzi das Fürchten lehren können." Sein Blick heftet sich auf meine Lippen. „Doch zuerst will ich dich kosten. Ich kann mich nämlich kaum noch daran erinnern, wie du schmeckst."

Ich weiche zurück, stoße dabei jedoch mit dem Rücken gegen meine Wohnungstür. „Liam, denk noch nicht einmal daran!"

Er schmunzelt. „Ach, Cassie, tu doch nicht so, als ob du es nicht auch willst. Ich bin doch nicht blind und merke genau, wie du mich immer anschaust."

So viel zum Thema Macho!

Liam kann sich nicht einmal ansatzweise vorstellen, dass es eine Frau geben soll, die nicht von ihm beglückt werden will.

Besitzergreifend platziert er seine Handflächen rechts und links von meinem Kopf auf der Tür und setzt mich damit fest. Er beugt sich zu mir herab und haucht mir einen Kuss aufs Haar, bevor er mich auf die Wange küsst. Danach berühren seine Lippen sanft meinen Mund. Er riecht nach Duschgel und in seinem Atem nehme ich einen Hauch Whiskey wahr.

Der Duft ist mir so vertraut und lässt mich kurzzeitig in schönen Erinnerungen schwelgen. Bei einem gemeinsamen Einsatz kamen wir uns zum ersten Mal näher. Nächtelang recherchierten wir in einem Hotel in Los Angeles über eine Firma, die des Drogenhandels bezichtigt wurde. Da Liam mich in meinen Anfangszeiten beim FBI kräftig unterstützt hat, mochte ich diesen Mann.

Und als er mich dann vollkommen unverhofft küsste, nahmen sein Temperament und seine Leidenschaft mich rasend schnell gefangen. Auch der Sex mit ihm war nicht von schlechten Eltern, so ließ ich mich auf eine Beziehung mit ihm ein. Wo das hingeführt hat, ist mittlerweile ja allseits bekannt.

Nun stehe ich da wie angewurzelt und komme zu keiner Entscheidung, ob ich seine Zärtlichkeiten lieben oder hassen soll.

Als er jedoch versucht mir seine Zunge in den Mund zu schieben und ich in diese dunklen Augen blicke, sehne ich mich plötzlich nach einem Paar grüner Augen. Ich kann gerade nicht mit Bestimmtheit sagen, welcher dieser beiden Männer mich mehr anpisst, doch ich weiß sehr wohl, nach wessen Küssen ich mich verzehre.

Unfassbar! Brandon ist es tatsächlich gelungen, die Gefühle, die ich nach wie vor für Liam hegte, aus meinem Herzen zu verbannen. Sollte ich ihm dafür dankbar sein?

„Liam, hör sofort damit auf!“, stoße ich aus. „Das mit uns ist vorbei.“

Doch er reagiert nicht und küsst mich härter.

Da ich Liam sowohl kräftemäßig als auch kampftechnisch unterlegen bin, lasse ich es gar nicht erst auf ein Handgemenge ankommen.

Dann eben auf die unfaire Art und Weise!

Mit einer ruckartigen Bewegung ziehe ich mein Knie hoch und ramme es ihm in die Weichteile. „Lass mich verdammt noch mal in Frieden!“, fauche ich, während er einen gurgelnden Laut ausstößt und sich schmerzverzerrt zusammenkrümmt.

Ich nutze diese Gelegenheit, um die Tür aufzuschließen und rasch in meine Wohnung zu flüchten.

So, Liam hätte ich es gezeigt!

Als Nächstes werde ich mir Brandon vorknöpfen. Ich habe es so satt, in dieser von Männern dominierten Welt, stets den Kürzeren zu ziehen.

Kapitel 14

Brandon

„Du Mistkerl hast mich reingelegt!“, fährt Cassandra mich an, nachdem ich ihr die Tür meines Lofts geöffnet habe.

Provozierend lehne ich mich mit der Schulter gegen den Türrahmen. „Wo du doch immer die Ehrlichkeit in Person warst. Oder wann wolltest du die Kleinigkeit erwähnen, dass du für das FBI arbeitest? Wahrscheinlich hast du einzig vergessen, mich darüber in Kenntnis zu setzen, richtig?“

Ihr entfährt ein unbeherrschtes Schnauben. „Brandon, ich weiß haargenau, dass du etwas vor mir verbirgst. Warum gibst du es nicht einfach zu?“

Ich unterdrücke ein Schmunzeln, denn die wütende Energie die Cassandra umgibt, lässt sie wunderschön wirken. In ihren strahlend blauen Augen tanzen kleine Funken. Und ich muss an mich halten, um sie nicht zu packen und zu küssen. Temperamentvolle Frauen stehen seit jeher bei mir hoch im Kurs.

Sie ahnt noch nicht einmal, in welcher Gefahr sie schwebte und wie erleichtert ich bin, dass der Circle das Problem lösen konnte, ohne Cassandra aus dem Weg räumen zu müssen. Auch dass sie ihren Job behalten darf, ist meines Erachtens ein nobler Zug von Rick Masters.

Mittlerweile hat Eric mir gestanden, dass er sich damals in einer ähnlich prekären Situation befand. Er machte Ava Hals über Kopf zu seiner Ehefrau, nachdem sie die Existenz des Circle aufgedeckt hatte, denn er hätte es nicht mit seinem Gewissen vereinbaren können, falls man ihr etwas angetan hätte.

Dass sich die beiden dann irgendwann ineinander verliebt haben, war wohl Karma.

Mir steht der Sinn allerdings nicht danach, aus einer solchen Situation heraus, eine gewiefte FBI-Agentin zu ehelichen, die keine Sekunde zögern würde, mich hinter Gitter zu bringen. Daher darf sie niemals hinter mein Geheimnis kommen.

Ich mustere sie einige Wimpernschläge lang stillschweigend. Sie scheint zu kochen vor Wut. „Wissen deine Vorgesetzten, dass du hier bist?"

„Natürlich nicht! Genau genommen haben sie mir den Kontakt zu dir streng verboten. Diese Anweisung kam seltsamerweise von ganz oben, etwas, was mich zum Nachdenken bewogen hat. Ich kann also davon ausgehen, dass du Rick Masters kennst, richtig?"

Hoppla, da hat aber jemand haarscharf analysiert!

„Cassandra, tu dir selbst einen Gefallen und stell die Ermittlungen ein. Ich möchte nicht, dass du in Gefahr gerätst. Du hast nicht den Hauch einer Ahnung, wie unangenehm das für dich werden könnte."

„Ich lebe gefährlich, seit ich entschied, dem FBI beizutreten. Risiko ist fürwahr nichts Neues für mich."

„Schon, aber diesen Kampf kannst du nicht gewinnen. Komm rein und trink ein Glas Wein mit mir und dann erzählst du mir, wie jemand mit deiner Intelligenz und Belesenheit ausgerechnet zum FBI gekommen ist. Und dieses Mal würde ich gerne die Wahrheit hören."

Sie zögert und scheint, einen inneren Kampf mit sich auszufechten, doch letztendlich gehorcht sie, marschiert ins Wohnzimmer und sinkt auf das Sofa. Sobald ich zwei Gläser und eine Flasche Wein besorgt habe, nehme ich ihr gegenüber Platz.

Dieses Mal greift sie nach dem Glas, nachdem ich es gefüllt habe, und nimmt einen tiefen Zug. Aller Voraussicht nach ist sie heute außerdienstlich unterwegs. Dennoch werde ich keinesfalls aus dem Nähkästchen plaudern, denn ich traue meiner unverhofften Besucherin jetzt erst recht keinen Meter mehr. Zumindest weiß ich nun, was sie die ganze Zeit über vor mir geheim gehalten hat.

Und als hätte man ihn gerufen, kommt auch schon mein kleiner Freund Valjean angeflattert und landet zielsicher auf Cassandras rechter Schulter. Dieses Verhalten ist so typisch für ihn. Beim ersten Zusammentreffen mit unbekannten Personen ist er zurückhaltend, doch von Mal zu Mal wird er zutraulicher – bis man sich vor seiner Anhänglichkeit kaum mehr retten kann.

„Hallo, Valjean“, begrüßt sie ihn. „Geht es dir gut?“

Valjean antwortet nicht, denn Cassandras glitzernder Ohrring vereinnahmt seine Aufmerksamkeit gerade voll und ganz.

Erleichtert atme ich aus, so gibt er zumindest keinen Schweinkram von sich.

Ein unterdrücktes Lachen entfährt ihr, als er den Versuch startet, seinen gebogenen Schnabel unter ihren Ohrring zu schieben.

Sie legt den Kopf zur Seite. „Das kitzelt. Warte, ich gebe dir lieber wieder meine Uhr.“ Sie lässt das Stück vom Handgelenk rutschen und platziert es auf dem Tisch, was Valjean augenblicklich von dem

Ohrring ablenkt.

Er hüpft von ihrer Schulter und landet genau neben der Uhr. Mit einem Füßchen hält er sie fest, bevor er mit dem Schnabel eifrig daran herumknabbert. Und schon schwebt er in anderen Sphären und wir beide sind abgemeldet.

Cassandra beobachtet ihn noch eine Zeit lang, dann sucht sie nach meinem Blick. „Wie ich zum FBI kam, willst du wissen: Das ist schnell erklärt. Bereits als Kind habe ich jedes Buch, das mir in die Hände fiel, geradezu verschlungen. Vor allem Krimis: über das FBI, CIA, Scotland Yard, Interpol und vieles mehr. Währenddessen setzte sich in meinem Kopf die Idee fest, Agentin zu werden. So bewarb ich mich nach dem College bei der US Army, wo ich aufgrund hervorragender Zeugnisse sofort angenommen wurde. Allerdings hatte ich kein Interesse an Kriegseinsätzen, vielmehr fühlte ich mich von Strategie und Logistik angesprochen."

Sie greift nach ihrem Glas und schwenkt den Wein gedankenverloren darin herum. „Anfänglich wurde ich in Fort Benning in Georgia eingesetzt, wo sich die Trainingszonen für Scharfschützen, Ranger und eine Luftlandedivision befinden. Ich entwickelte Versorgungs- und Einkaufsstrategien, die dem Staat Millionen einsparten, dadurch wurde das Pentagon auf mich aufmerksam und ich konnte ins Headquarter in Arlington wechseln, sodass ich wieder in der Nähe meiner Familie war."

Sie zuckt mit den Schultern. „Wahrscheinlich hätte ich auch im Pentagon Karriere machen können, doch nach wie vor war das FBI mein Traum. Als ich genügend Berufserfahrung gesammelt hatte, bewarb ich mich dort."

Nachdem sie einen Schluck Wein getrunken hat, sinniert sie sekundenlang. „Auch das FBI war von meinen Wahnsinnsnoten auf Anhieb begeistert und gab mir die Möglichkeit, in Quantico die Ausbildung zu absolvieren.

Die Sportprüfungen haben mir leichte Schwierigkeiten bereitet, doch alles andere war ein Kinderspiel für mich. Danach wurde ich im Headquarter in der Abteilung für Wirtschaftskriminalität eingesetzt. Dass mein Gehirn einer Datenbank gleicht, ist bei Ermittlungen unglaublich hilfreich. Dort lernte ich Liam – also meinen Ex - kennen."

„Sex", krächzt Valjean und lenkt die Aufmerksamkeit kurzzeitig auf sich.

„Ja, Ex", murmelt Cassandra.

Puh, ein Glück, dass sie nicht richtig hingehört hat.

Ein leises Seufzen entfährt ihr. „Er ist ein toller Mann, aber wir redeten grundsätzlich aneinander vorbei. Häufig studierte ich seine Fallakten und konnte mit Leichtigkeit die Zusammenhänge herstellen. Folglich wurde ich mehrfach befördert. Irgendwann stieg in Liam Neid auf. Wir sind beruflich auf dem gleichen Level, obwohl er einige Jahre länger beim FBI beschäftigt ist, damit konnte er nicht umgehen. Zu guter Letzt begann er, mit unfairen Mitteln gegen mich anzukämpfen und gab meine Erfolge als die seinen aus. Es kam zum Streit und wir trennten uns."

Sie sucht nach meinem Blick. Verhaltene Traurigkeit liegt in diesen wundervollen blauen Augen. „So ging es mir bisher bei jedem Mann, mit dem ich liiert war. Manchmal ist diese Intelligenz echt frustrierend. Erst in deiner Nähe hatte ich das Gefühl, auf einen Gleichgesinnten getroffen zu sein. Sich mit dir zu unterhalten, kommt für mich einem wahr gewordenen Traum gleich." Verdrossen schüttelt sie den Kopf. „Ich wünschte mir, wir wären uns unter anderen Umständen begegnet." Sie setzt das Weinglas an die Lippen und nimmt erneut einen großen Schluck. „Warum hast du keine Frau oder Freundin, Brandon?"

Nachdenklich streiche ich mir mit einem Finger über die Narbe an meinem Kinn. „Das kann ich dir gar nicht so genau sagen. Ich bin gewiss kein Kostverächter, aber bisher hat noch keine Frau den Wunsch in mir entfacht, mein gesamtes Leben mit ihr zu verbringen. Vielleicht geht es mir ja ähnlich wie dir. Manche Bekanntschaften langweilten mich. Die eine oder andere kam auch mit meinen sexuellen Vorlieben nicht zurecht."

Sie nickt verständnisvoll. „Na ja, offen gestanden haben mich die Spiegel in deinem Schlafzimmer im ersten Moment auch abgeschreckt. Woher kommt diese Neigung?"

Ich schmunzle. „Immer am Analysieren, Agent Andrews, richtig?"

Nun muss auch sie lächeln. „Tut mir leid, manchmal fällt mir das gar nicht auf."

„Meine Eltern waren früher häufig mit mir im Theater, das Zusehen macht mich seitdem unglaublich an. Es ist stets das Größte für mich, wenn sich der Vorhang hebt und Akteure die Bretter betreten, die die Welt bedeuten. Dennoch wäre ich niemals auf die Idee gekommen, selbst Schauspieler zu werden.

Ich will einfach bloß beobachten.“

Sie beißt sich nachdenklich auf der Lippe herum. „Aber du bist auch zu normalem Sex in der Lage, oder?“

„Definiere den Begriff normal.“

„Ich meine, du schläfst mit Frauen, nicht wahr?“ Eine sanfte Röte legt sich über ihre Wangen, die mir signalisiert, dass sie in dieser Hinsicht nicht sonderlich abgebrüht ist.

Echt niedlich, die Kleine.

„Was denkst du wohl, hatte ich mit dir vor, als du nackt in meinem Bett lagst? Wäre ich zu diesem Zeitpunkt nicht darüber informiert worden, dass du fürs FBI arbeitest, hätte ich dich mit Sicherheit um den Verstand gevögelt. Doch ich kann nicht leugnen, dass es mich ziemlich anmacht, mir währenddessen einen Porno anzuschauen oder selbst einen zu drehen und ihn sich hinterher gemeinsam anzusehen. Hast du das schon einmal getan?“

Sie schüttelt den Kopf.

„Du hast aber schon mal anderen Personen beim Sex zugesehen, oder?“

„Natürlich nicht!“, stößt sie im Brustton der Überzeugung aus.

Ihre Entrüstung entlockt mir erneut ein Grinsen. „Du sagst das, als käme es einem Verbrechen gleich. Ich rede hier nicht von dem Voyeur, der mit dem Feldstecher heimlich ein Pärchen beobachtet. Ich rede von Personen, deren Job es ist, vor anderen Menschen Sex zu haben, und die das sogar genießen.“

„So etwas gibt es?“

„Selbstverständlich.“ Ich mustere sie interessiert.

„Wie mutig bist du?“

Sie reißt erschrocken die Augen auf. „Nein, ich werde auf gar keinen Fall in aller Öffentlichkeit Sex haben! Und auch keinen Dreier oder so etwas in der Art.“

„Davon habe ich auch nicht gesprochen. Würde es dir helfen, wenn ich dir sage, dass einzig ich dich sehen könnte? Und teilen würde ich dich ohnehin mit niemandem.“

Erneut beißt sie sich auf der Unterlippe herum.

Ich schüttle lächelnd den Kopf. „Zweifel sind Verräter, sie rauben uns, was wir gewinnen können, wenn wir nur einen Versuch wagen.“

Meine Besucherin seufzt leise. „Wie könnte ich einem Mann, der Shakespeare zitiert, etwas abschlagen?“

„Ich wusste doch, dass es sich irgendwann auszahlen würde, all diese Wälzer zu lesen“, murmle ich schmunzelnd, greife währenddessen nach meinem Handy und presse eine Kurzwahltaste. „Brandon Quest hier, hallo Chloé. Schicken Sie mir bitte eine Limousine vorbei … Ich benötige ein Separee für zwei. Vielen Dank.“

Cassandra lässt mich derweil keine Sekunde aus den Augen. Neugier und Nervosität halten sich in ihrem Blick die Waage. „Limousine? Separee?“

„Du hörst dich schon an wie Valjean. Warte einfach ab, und vertrau mir.“

Sie schüttelt den Kopf. „Oh, nein, Brandon Quest. Ich werde viel tun, aber dir ganz sicher niemals wieder vertrauen.“

„Dass ihr FBI-Agenten immer derart misstrauisch sein müsst“, spotte ich.

„Glaube mir, das kommt nicht von ungefähr. Meistens haben wir einen verdammt guten Grund.“

Kapitel 15

Cassandra

Neugierig begutachte ich das Interieur der vornehmen schwarzen Limousine, die sich ihren Weg nach Brooklyn bahnt. Wenn Brandon denkt, er könnte mich mit diesem Luxus beeindrucken, dann irrt er sich gewaltig. Ja, ich finde diesen Mann heiß, aber genauso sehr will ich nach wie vor in Erfahrung bringen, was er vor mir und der Welt verbirgt.

Ich weiß, ich überschreite damit meine Kompetenzen, doch das ist mir mittlerweile gleich. Ich würde meine Hand dafür ins Feuer legen, hier etwas ganz Großem auf der Spur zu sein. Und sollte ich es erst ans Licht gebracht haben, wird meine Vorgehensweise niemanden mehr interessieren - rede ich mir jetzt einfach einmal ein, um mein schlechtes Gewissen zu beruhigen.

Unterdessen sind wir in Brooklyn angekommen und fahren durch eine Gegend mit Lagerhallen, die verlassen und unheilvoll wirkt. Es regnet in Strömen und auf der Straße haben sich bereits riesige Pfützen gebildet, die die Umgebung noch ungemütlicher machen. Jegliches Gespräch zwischen Brandon und mir ist versiegt, einzig das prasselnde Geräusch des Regens auf dem Autodach erfüllt die Limousine.

Aus dem Augenwinkel heraus mustere ich meinen Begleiter. Ich wusste doch, dass er in Jeans und Lederjacke ebenfalls eine beeindruckende Erscheinung darstellen würde. Der herbe Duft seines Rasierwassers hat sich wie eine Wolke im Wagen ausgebreitet und hüllt mich ein. Nervosität und Neugierde halten sich in meinem Inneren die Waage.

Wenn ich bloß erahnen könnte, was auf mich zukommt!

Auf gar keinen Fall werde ich mir jedoch vor Brandon die Blöße geben, mich dem zu entziehen, was er im Schilde führt.

Nach einiger Zeit biegt das Fahrzeug hinter einer dieser Lagerhallen ab und kommt zum Stillstand. Ein ungutes Gefühl klettert meine Wirbelsäule empor und veranlasst die feinen Härchen in meinem Nacken, sich aufzustellen.

Im Geiste vernehme ich Liams warnende Worte: *„Ich möchte dich nicht irgendwann mit Drogen vollgepumpt leblos aus der Gosse ziehen …"*

Mein Puls verfällt in einen rasenden Galopp. Ich schließe die Augen und rufe mich zur Ruhe, was mir allerdings bloß unzulänglich gelingt.

Was wenn Brandon mich wirklich aus dem Weg räumen will, bevor ich ihm endgültig auf die Schliche komme?

Unauffällig öffne ich meine Handtasche, schiebe meine rechte Hand hinein und umschließe mit den Fingern meine Waffe. Das kühle Metall vermittelt mir ein beruhigendes Gefühl.

Brandon ist inzwischen ausgestiegen, umrundet den Wagen und öffnet von außen die Tür, bevor er mir gentlemanlike die Hand reicht. Auch der Chauffeur hat die Limousine verlassen und folgt Brandon auf Schritt und Tritt, wobei er zuvorkommend einen Schirm über seinen Fahrgast hält, selbst aber von den Regenmassen unbarmherzig erwischt wird. Der arme Kerl tut mir richtiggehend leid und ich frage mich, was Brandon wohl für einen derartigen Service hinblättern muss.

Letztendlich reiche ich meinem Begleiter die linke Hand und lasse zu, dass er mich aus dem Wagen zieht. Meine Nerven sind zum Zerreißen angespannt, während die Finger meiner rechten Hand immer noch die Waffe umfassen.

Auch ich werde prompt vor dem Regen geschützt, wobei unser Fahrer inzwischen wirkt, als wäre er kopfüber in eine der riesigen Pfützen gefallen.

Wir nähern uns einer unauffälligen Tür. Brandon zückt eine Art Scheckkarte und hält sie vor ein Lesegerät. Mit einem Klacken springt die Tür auf.

Hand in Hand durchqueren wir eine düstere Halle, die mit altbackenen Lämpchen und Spiegeln verziert ist. Hinter einer Art Rezeption harrt eine bildhübsche blonde Frau im Kleinen Schwarzen aus.

Als sie Brandon erblickt, lächelt sie. „Hallo, Mr. Quest, schön Sie wieder in unserem Haus begrüßen zu dürfen. Geht Raum drei in Ordnung?“

Brandon nickt. „Perfekt, danke Chloé.“

Wir erklimmen eine schmale Holztreppe. Oben angekommen öffnet Brandon eine Tür zu unserer Rechten und lässt mir den Vortritt. In dem kleinen Raum befinden sich ein bequemer Sessel, ein Bett und eine Bar. Auch hier tauchen veraltete Lämpchen das Innere in ein dämmriges Licht. Der wunderschöne Rosenstrauß auf einem kleinen Beistelltisch verbreitet einen angenehm süßlichen Geruch, der das ganze Zimmer beherrscht. Auf der gegenüberliegenden Seite entdecke ich eine raumhohe Fensterscheibe.

In diesem Moment erhellt sich der Raum hinter der Scheibe und ein junges Paar tritt ein.

Während sich mein rasender Puls so langsam beruhigt, drückt Brandon mir ein Glas Wein in die Finger, das er zuvor eingeschenkt hat. Er gießt sich einen Gin Tonic ein und sinkt mit dem Drink in der Hand auf den Sessel.

„Komm her!“, befiehlt er, packt mich am Arm und beabsichtigt, mich rücklings auf seinen Schoß zu ziehen.

„Warte, bitte.“ Zögerlich löse ich endlich meine Finger von der Waffe, ziehe sie aus der Handtasche und stelle selbige auf einem Sideboard ab.

Ich kann mir nicht vorstellen, dass Brandon mich in ein derartiges Etablissement geführt hat, um mir den Garaus zu machen. Ich habe von diesen Clubs gehört, die man niemals im Internet finden wird und zu denen einzig eine ausgewählte, gut betuchte Klientel Zutritt hat. Aber Mord steht normalerweise nicht auf deren Programm.

Bereitwillig sinke ich auf Brandons Schoß.

Was bleibt mir auch anderes übrig? Das Zimmer beinhaltet lediglich eine Sitzmöglichkeit, und weder will ich rumstehen wie bestellt und nicht abgeholt noch es mir auf dem Bett bequem machen.

Automatisch richten meine Augen sich auf das Paar vor uns, das soeben einen leidenschaftlichen Kuss austauscht.

„Können sie uns sehen?“, erkundige ich mich, als Brandons Hand auf meinem Oberschenkel landet.

„Keine Sorge, die Scheibe ist auf der gegenüberliegenden Seite verspiegelt.“

„Wissen Sie, dass wir ihnen zuschauen?“

„Ich denke schon.“

Als das Kleid der jungen Frau zu Boden segelt

und sie darunter splitternackt ist, ahne ich, was ich zu sehen bekommen werde. „Brandon, ich kann das nicht.“

„Oh, doch.“ Als er mir einen sanften Kuss in den Nacken haucht, rieselt ein Schauer der Lust durch meinen Unterleib.

Wie paralysiert betrachte ich jetzt den Mann auf der anderen Seite der Scheibe, der zuerst sein Hemd und danach seine Hose zu Boden wirft, unter der er ebenfalls nichts trägt als nackte Haut. Sein riesiger Penis ist bereits steif.

Er packt die Frau an den Hüften, hebt sie mit Leichtigkeit hoch und setzt sie auf einer Art Tisch ab, danach sinkt er vor ihr auf die Knie. Prompt spreizt sie ihre Schenkel. Als er sich nach vorne beugt und anfängt, mit seiner Zunge genüsslich über ihre Scham zu lecken, wird mir heiß. Eine Flut von Gefühlen überschwemmt in Sekundenschnelle meinen Körper: Abneigung, Scham, aber auch Erregung.

Brandon hat mittlerweile sein Glas beiseitegestellt und mir den Wein aus den Fingern genommen, an den ich keinen Gedanken mehr verschwendet habe, derart hat mich das Liebesspiel des Pärchens in seinen Bann geschlagen.

Brandons Finger gleiten an meinen Seiten herab, bevor er mir mit beiden Händen das Shirt über den Kopf zieht. Achtlos lässt er es zu Boden fallen und tastet danach mit den Fingern zärtlich über meine Brüste. Durch den dünnen BH fühlen sich seine Berührungen auf meiner Haut an wie offenes Feuer. Ich keuche lustvoll auf, während meine Nippel sich aufrichten.

Gott, Brandon hat recht! Den beiden zuzusehen,

facht meine Lust stärker an, als ich es jemals für möglich gehalten hätte. Meinem Begleiter geht es offenbar ähnlich, denn sein Atem beschleunigt sich und ich spüre seine anwachsende Erektion unter meinem Hintern.

Unterdessen lutscht die Frau den steinharten Penis des Mannes. Ich kann es kaum glauben, den beiden scheint diese Nummer wirklich Freude zu bereiten.

Sonst wäre der Kerl nicht in solchem Maße erregt, oder?

„Zieh dich aus, mein Engel!“, fordert Brandon mich in dieser Sekunde mit rauer Stimme auf.

Ich zögere zuerst, doch dann erhebe ich mich und schiebe meine Jeans von den Hüften. Zum Glück trage ich heute einigermaßen passable Unterwäsche. Keine sexy Dessous, so etwas besitze ich nicht, da das unpraktisch für eine FBI-Agentin ist. Doch Höschen und BH sind neu und für meine Verhältnisse ziemlich schick.

„Ganz!“, befiehlt Brandon.

Ich weiß nicht, warum ich gehorche, aber ich entledige mich prompt auch meiner Unterwäsche. Splitternackt stehe ich jetzt im Raum und frage mich, wie genau ich eigentlich in eine derartige Situation geraten konnte.

Ich, die sittsame FBI-Agentin, in einem düsteren, verruchten Club, zusammen mit einem Mann, der vermutlich unter die Kategorie Krimineller fällt.

Brandon erhebt sich nun ebenfalls und greift nach meiner Hand. „Und jetzt komm her!“ Er zieht mich um den Sessel herum und beugt mich bäuchlings von hinten über die Lehne. „Sieh hin!“

Ich schaue auf und sehe, wie der Mann soeben mit

seinem steinharten Schwanz in die Frau eindringt. Ein Stöhnen entfährt mir bei dem Anblick, und noch eins, als Brandons Finger spielerisch meine Wirbelsäule hinabgleiten. In Sekundenschnelle ist mein ganzer Körper von einer heftigen Gänsehaut überzogen.

„Spreiz deine Beine!“ Seine dunkle Stimme törnt mich unsagbar an. Die Routine und Lässigkeit, mit der er die Führung übernommen hat, verleiht mir einen zusätzlichen Kick. Auch wenn ich im Alltag meinen Mann stehe, kann ich es beim Sex durchaus genießen, dominiert zu werden. Es ist schlicht und ergreifend aufregend, wenn ein Kerl weiß, was er tut. Daher gehorche ich unverzüglich.

Brandon fasst um mich herum und seine Hand gleitet über meinen Bauch hinab zwischen meine Schenkel. Er streichelt sanft über meine Schamlippen, bevor er einen Finger in mich hineinschiebt.

Seine Berührungen fühlen sich derart heiß an, dass ich laut aufstöhne.

„Ich sehe, es gefällt dir“, stellt er fest, als er meine Feuchtigkeit bemerkt.

„Brandon, ich …“, keuche ich, als er mich vorsichtig mit seinem Finger vögelt, bevor er einen zweiten hinzunimmt.

„Was, Cassandra? Sage es mir!“

Als würde mich der Anblick magisch anziehen, beobachte ich unablässig das Paar, das es jetzt wild miteinander treibt. Diese heiße Show in Verbindung mit Brandons geschickten Fingern raubt mir den Verstand. Ich kann nicht glauben, wie angetörnt ich bin. Die Stelle zwischen meinen Schenkeln brennt inzwischen vor Verlangen wie offenes Feuer.

„Brandon, bitte“, wimmere ich.

Leider tut er mir nicht den Gefallen, mir Erlösung zu verschaffen. Wo ich doch weiß, wie geschickt er darin ist. Doch ich muss ihm zugestehen, dass er das Spiel der Verführung beherrscht wie kein Zweiter.

„Du musst mir schon sagen, was du willst.“

Ich sollte einfach den Raum verlassen und meiner Würde hinterherlaufen, die wohl im Eiltempo geflüchtet ist, denn ich bin drauf und dran Brandon anzubetteln. Was mir gerade vollkommen gleich ist, denn seine Finger in mir zu spüren, genügt mir mittlerweile nicht mehr. Ich brauche mehr.

Viel mehr!

Ich benötige Sex.

„Brandon, ich weiß nicht, ob ich das jemals zu einem Mann gesagt habe. Aber ich brauche dich, bitte nimm mich.“

Er lacht leise. Ein sinnliches Geräusch, das mir durch und durch geht. „Der Wunsch einer schönen Frau ist mir stets Befehl. Es wird mir ein Vergnügen sein.“

Ein wohliges Gefühl breitet sich bei seinen Worten in mir aus. Liam hätte sich jetzt aufgrund meiner Unterwürfigkeit wie Tarzan mit den Fäusten auf die Brust getrommelt, bevor er sich auf mich gestürzt hätte. Brandon hingegen vermittelt mir das Gefühl, die aufregendste Frau dieser Welt zu sein.

Ich vernehme das Öffnen eines Reißverschlusses, dann das Knistern eines Kondoms, bevor mich zwei kräftige Hände von hinten an der Hüfte packen.

„Wage es nicht, die Augen zu schließen“, raunt er mir ins Ohr.

Ja, ja, hör einfach auf zu reden!

Als er mit einem festen Stoß in mich eindringt, überkommt mich das Gefühl, vor Lust zu vergehen.

„Ah, o mein Gott, Brandon!“, keuche ich.

Den Blick immer noch starr auf das Paar gerichtet, genieße ich es, von dem Mann hinter mir gedehnt und ausgefüllt zu werden. Leider konnte ich bisher keinen Blick auf seinen Penis werfen, doch er fühlt sich perfekt in mir an. Nicht zu groß, aber auch kein mickriges Cocktailwürstchen.

„Alles in Ordnung mit dir?“, erkundigt Brandon sich fürsorglich.

„Ja, doch!“, stoße ich voller Ungeduld aus, was ihm ein belustigtes Schnauben entlockt.

Als er endlich anfängt, sich in mir zu bewegen, kann ich ein lautes Stöhnen nicht länger unterdrücken.

Er sieht das wohl als Aufforderung an, denn prompt schiebt er sich in stetem Rhythmus tief in mich hinein, was mich vor Lust beinahe vergehen lässt. Er ist steinhart und rasch werden seine Stöße kraftvoller und schneller.

Brandon nimmt mich besitzergreifend und fordernd, doch das ist genau das, was ich jetzt brauche. Sein raues Stöhnen in Verbindung mit dem, was sich vor meinen Augen abspielt, treibt mich auf einen tiefen Abgrund zu. Ich stehe in Flammen und kann mich nicht daran erinnern, jemals zuvor derart erregt gewesen zu sein.

Halt suchend krallen sich meine Finger in die Lehnen des Sessels. Und als Brandon um mich herumfasst und seine Hand auf meine empfindlichste Stelle legt und sanft darüber reibt, lasse ich mich bereitwillig in diesen Abgrund fallen.

Eine heiße Welle der Lust jagt durch meinen Körper und lässt mich einen erstickten Schrei ausstoßen. „Brandon, oh, ja!“ Das Feuerwerk der Leidenschaft, das in meinem Schoß explodiert, lässt mich kurzzeitig in eine andere Welt abtauchen, die einzig aus lustvoller Erfüllung und wohligen Gefühlen besteht.

„Meine Güte, Cassandra“, holt mich Brandons dunkle Stimme nach einigen Sekunden in die Gegenwart zurück. „Gott, bist du geil!“

Er hält in der Bewegung inne, bevor er mir sanft in den Nacken beißt. Es ist ein süßer Schmerz, der mich ein klein wenig erdet. Brandons Atem geht dabei stoßweise und prickelt über meine erhitzte Haut.

Ich kann nicht nachvollziehen, ob er ebenfalls gekommen ist, zu sehr war ich mit mir selbst beschäftigt. Leider bin ich durch die Position außerstande ihm ins Gesicht zu schauen, doch ich spüre die Anspannung in seinem Körper und kann bloß vermuten, dass er sich zurückgehalten hat und gerade mächtig um Beherrschung ringt.

Nur zu gerne würde ich in Erfahrung bringen, was ihn derart auf Touren gebracht hat. Ich, oder das Pärchen hinter der Scheibe, das immer noch hemmungslosen Sex praktiziert?

„Komm noch einmal für mich“, haucht er mir die Aufforderung ins Ohr, während er erneut in mich hineinstößt.

Nach wie vor ist er steinhart. Mit beiden Händen umfasst er jetzt von hinten meine Brüste und zwirbelt dabei sanft die aufgerichteten Brustwarzen.

„Liebend gerne, aber ich weiß nicht, ob das funktionieren wird.“

„Ich garantiere dir, das wird es.“

„Wenn du das sagst.“

Er lacht leise. „Ich versichere dir, vorher werden wir diesen Raum nicht verlassen.“

Na, das ist ja mal eine Ansage! Aber mir soll es recht sein.

Zu meinem Missfallen löst er in diesem Moment seine Hände von meinen Brüsten und umfasst damit meine Hüften, um mich in die richtige Position zu bringen. Und dann vögelt er mich mit der Kraft und Routine eines erfahrenen, durchtrainierten Mannes.

Unverzüglich schwappen neue Lustwellen durch meinen Körper und lassen mich erbeben. Auch das Paar vor uns scheint soeben, die Ziellinie erreicht zu haben, denn der Frau entfährt ein lauter Lustschrei.

Ich kann es kaum glauben, aber Brandon gelingt es tatsächlich, mir einen weiteren Orgasmus zu bescheren. Und dieses Mal erklimmen wir enthemmt stöhnend gemeinsam den Gipfel der Lust.

Kapitel 16

Cassandra

Ich sitze an meinem Schreibtisch und studiere einen Bericht des Observer über Datensicherheit. Mehrere Softwarefirmen wurden getestet, natürlich schneiden die Programme von Secur am besten ab. Kein Wunder, das Unternehmen gehört schließlich Eric Carpenter.

Zähneknirschend wende ich mich dem nächsten Artikel zu. Die Fahrzeuge von General Motors werden über den grünen Klee gelobt, wohingegen bei anderen Wagen einiges bemängelt wird.

Als Brandon mich damals zum Hotel fuhr, geschah das in einem nagelneuen Cadillac. Dass Cadillac zu General Motors gehört, ist eine Tatsache, die mich kein Stück verwundert. Ich würde meinen FBI-Ausweis darauf verwetten, dass der Vorstand von GM ebenfalls ein Freund von Brandon Quest ist.

Entnervt seufzend lehne ich mich in meinem Bürostuhl zurück.

Das ist doch zum aus der Haut fahren! Es muss doch irgendeine Möglichkeit geben, diesem Treiben einen Riegel vorzuschieben.

Momentan bin ich geschäftlich auf Preisabsprachen zwischen zwei Erdölfirmen angesetzt, kann mich diesem Job jedoch nicht vorbehaltlos widmen, da Brandon Quest und seine Machenschaften ständig durch meinen Kopf geistern.

Der Sex mit ihm hat selbstverständlich auch nicht gerade dazu beigetragen, Abstand aufzubauen. Dadurch, dass ich ihm dabei jedoch nicht ins Gesicht gesehen, sondern ein wildfremdes Paar beobachtet habe, bin ich Brandon emotional nur unwesentlich nähergekommen. Es hätte schließlich jeder x-beliebige Mann sein können, der hinter mir stand und mich vögelte. Es ging einzig um Befriedigung, nicht um Gefühle oder Zwischenmenschliches.

Zugegeben, es war ein außergewöhnliches Erlebnis und ich wollte es nicht missen, denn Brandons Geschick eine Frau mehrmals hintereinander zum Höhepunkt zu bringen, hat alles in den Schatten gestellt, was ich bisher kannte. Zwar gab es in meinem Leben lediglich vier weitere Bettgenossen, doch keinem ist es gelungen, mich in solche Höhen zu entführen, wie Brandon das getan hat.

Auch seine raue heisere Stimme hat sich mir eingeprägt, genau wie seine kräftigen Hände, die mich während des Aktes besitzergreifend festhielten.

Das ist dann aber auch schon alles, was mir nachhaltig in Erinnerung geblieben ist. Und solange ich mich nicht gefühlsmäßig in die Sache verstricke, kann ich zumindest weiterhin mit kühlem Kopf ermitteln.

Sind es wirklich einzig mächtige Freunde, die ihm diesen beruflichen Vorteil verschaffen, kombiniert mit Brandons messerscharfer Intelligenz und umfassender Allgemeinbildung? Oder ist da doch mehr?

Natürlich, es ist allseits bekannt, dass vermögende Zeitgenossen zusammenhalten. Bestes Beispiel sind die Lions oder Rotary Clubs. Aber niemals darf dabei das Gesetz übertreten werden und ich könnte wetten, Brandon Quest lebt ein Dasein jenseits jeglicher Regeln. Er ist ein Mensch, der Grenzen auslotet, ein Spieler, der grundsätzlich aufs Ganze geht.

Ja, man hat mir verboten, mich weiterhin mit dem Observer zu beschäftigen, aber ich würde verrückt werden, wenn ich es nicht täte. Schon als Kind wollte ich allem auf den Grund gehen. Etwas ungelöst beiseitezulegen, treibt mich in den Wahnsinn.

Folglich reiche ich Hals über Kopf eine Woche Urlaub ein und fliege erneut nach New York. Einmal mehr steige ich in dem schicken Hotel am High Line Park ab und hefte mich verdeckt ermittelnd an Brandons Fersen.

Dabei entdecke ich eine hochinteressante Begebenheit, die mich ermittlungstechnisch allerdings kein Stück weiterbringt. Mit geschultem Auge erkenne ich, dass die Frau, die Brandon zu einer Gala begleitet, erneut seine Schwester ist. Mit dem kurzen schwarzen Bob und dem schrillen Make-up wirkt sie völlig verändert, doch als FBI-Agentin bin ich nun mal aufs Beobachten trainiert.

Mir imponiert die Wandlungsfähigkeit dieser Frau und ich entscheide, ihr jetzt endlich einen Besuch abzustatten, denn sie scheint mit Brandon unter einer Decke zu stecken und könnte mir vielleicht unbewusst einen Hinweis geben.

Aber warum lässt Brandon sich konstant von ihr begleiten?

Er könnte an jedem Finger zehn Frauen haben, hegt jedoch offensichtlich kein Interesse daran. Ich vergleiche Fotos der vergangenen Jahre und stelle fest, dass er und seine Schwester bereits seit geraumer Zeit die Presse zum Narren halten. In Wirklichkeit ist Brandon Quest weit davon entfernt der Womanizer zu sein, den man ihm unterstellt.

Ob das mit seinen sexuellen Neigungen zusammenhängen mag? Doch bislang fand ich diesen Hauch von Voyeurismus nicht abstoßend. Im Gegenteil. Warum also sollten sich andere Frauen daran stören? Ich kann es kaum erwarten, seiner Schwester auf den Zahn zu fühlen.

So stehe ich am nächsten Tag in einem gepflegten Altbau in Greenwich Village Emily Quest gegenüber. Mit meinem FBI-Ausweis habe ich mir Zutritt zu dem Gebäude verschafft. Da meine Tarnung ohnehin aufgeflogen ist, kann ich jetzt auch dieses kleine Privileg nutzen, das mir Tür und Tor öffnet.

„Habe ich etwas verbrochen?“, erkundigt Emily sich ein wenig beunruhigt, nachdem ich aus dem Fahrstuhl gestiegen und auf sie zumarschiert bin.

Sie trägt einen weißen Bademantel und duftet verführerisch. Ohne Make-up wirkt sie völlig verändert. Das kurze blonde Haar verleiht ihr einen lausbubenhaften Touch. Mit dieser Frisur würde jede andere Frau gewöhnlich wirken, doch nicht so Emily Quest. Ihre feinen Gesichtszüge und die grünen Augen mit den dichten Wimpern und Brauen machen sie ungemein interessant. Für mein Leben gerne würde ich diese außergewöhnliche Person näher kennenlernen.

Ich zucke mit den Schultern. „Das kann ich für den Moment nicht einschätzen, deswegen würde ich Ihnen gerne ein paar Fragen stellen.“

Sie betrachtet mich ausgiebig aus schmalen Augen. „Sie sind die junge Frau vom Presseball!“, stellt sie schließlich fest.

Ich nicke. „Korrekt, eigentlich bin ich auch eher wegen Brandon hier.“

„Er hat mir gar nicht verraten, dass Sie vom FBI

sind. Ich hielt Sie für eine Reporterin.“ Sie tritt beiseite. „Kommen Sie doch herein. Was hat mein Brüderchen denn jetzt schon wieder verbrochen? Brandon ist immer gut darin, sich in Schwierigkeiten zu bringen. Bereits als Kind musste er seine Nase ständig in Dinge stecken, die ihn nichts angingen.“

Ich betrete ein elegant eingerichtetes Apartment und lasse mich auf dem Ledersofa inmitten des weitläufigen Wohnzimmers nieder, zu dem Emily mich geleitet hat. Mit einer fließenden Bewegung sinkt sie auf einen Sessel. Diese Frau bewegt sich mit solch natürlicher Eleganz und Lässigkeit, dass man sie bloß bewundern kann. Selbst der Bademantel tut ihrer Ausstrahlung keinerlei Abbruch.

Ich suche nach ihrem Blick. „Es liegt der Verdacht vor, dass Ihr Bruder in einen Abhörskandal verwickelt sein könnte. Hat er Ihnen gegenüber jemals etwas davon erwähnt? Vielleicht auch nur eine Andeutung gemacht? Jeder noch so kleine Hinweis kann hilfreich sein.“

Sie reißt überrascht die schönen grünen Augen auf, die mich sogleich an ihren Bruder erinnern. „Brandon? Wen in Dreiteufelsnamen soll er denn abgehört haben?“

„Das darf ich Ihnen leider nicht mitteilen. Tatsache ist jedoch, Ihr Bruder ist immer über die neuesten Ereignisse im Bilde, und zwar lange, bevor die Konkurrenz davon erfährt. Das wirft die eine oder andere Frage auf. Warum zum Beispiel begleiten Sie ihn zu jedem Empfang, stets in verändertem Aussehen? Man könnte darauf schließen, dass Sie mit ihm unter einer Decke stecken.“

Sie winkt hektisch ab. „Nein, nein. Brandon liefen

schon als Jugendlichem die Mädchen hinterher. Vor allem, als er noch Eishockey spielte. Er hat daran kein Interesse mehr, das ist der einzige Grund."

„Aber warum wehrt er sich mit Händen und Füßen gegen eine Beziehung? Steht er womöglich auf Männer und möchte nicht, dass das publik wird?", führe ich sie bewusst in die Irre, um sie aus der Reserve zu locken, denn ich habe ja am eigenen Leib erfahren, dass das nicht der Fall ist.

Sie lächelt. „Himmel, nein! Brandons emotionale Zurückhaltung hat andere Gründe. Es gab da dieses eine Mädchen, das ihm das Herz gebrochen hat. Seitdem lässt er keine Frau mehr an sich heran."

Was für eine interessante Neuigkeit!

Ich unterdrücke den Drang, diese Aussage genauer zu hinterfragen.

„Verstehe, aber zurück zu dem Abhörskandal. Wie ich schon erwähnte, ist der Observer den anderen Blättern bei Eilmeldungen stets voraus. Haben Sie eine Erklärung hierfür?"

„Nun ja, Brandon ist ein cleverer Bursche, arbeitet bis zum Umfallen und hat ein breites Netzwerk an Informanten."

„Sie sind sicher, dass er nichts Ungesetzliches tut? Eben Politiker oder Wirtschaftsbosse abhören?"

„Das hat er schlicht und ergreifend nicht nötig. Mein Bruder ist ehrgeizig und strebt nach Macht. Unser Vater hat uns stets klein gehalten, nie konnte man etwas zu seiner Zufriedenheit erledigen. Darunter haben wir sehr gelitten. Und seit Brandon die Firma übernommen hat, versucht er, aller Welt zu beweisen, wie erfolgreich er sein kann. Das ist seine einzige Motivation. Aber er bedient sich dabei ganz sicher nicht illegaler Mittel.“

Macht!

Die ganze Zeit über habe ich nach einem Motiv gesucht. Geld scheidet aus, das besitzt Brandon in Hülle und Fülle. Macht wäre jedoch durchaus ein Ansporn für einen Menschen wie ihn.

„Ich benötige Namen von Brandons Bekannten, damit wir überprüfen können, ob sie ebenfalls in diesen etwaigen Skandal verstrickt sind“, bemerke ich mit betont nebensächlicher Stimme.

Emily atmet zischend aus. „Warum befragen Sie Brandon eigentlich nicht selbst?“

„Das können wir leider nicht, sonst würde er jegliche unerlaubten Aktivitäten postwendend einstellen. Sie dürfen ihm auch auf gar keinen Fall von unserem Gespräch erzählen, damit würden Sie sich mitschuldig machen. So, und nun nennen Sie mir bitte Namen!“

Sie schluckt vernehmlich. „Brandon kennt Gott und die Welt, das ist schwierig. Sein bester Freund ist Eric Carpenter, aber der würde genauso wenig gegen das Gesetz verstoßen wie mein Bruder.“

Ich seufze innerlich. Einmal mehr scheint das hier eine verdammte Sackgasse zu sein. Egal, was ich anstelle, ich komme einfach nicht weiter, laufe unentwegt gegen Wände. Wir sollten Brandon einen Heiligenschein verpassen.

Nichtsdestotrotz imponiert mir Emilys Haltung. Sie steht in jeder Hinsicht hinter ihrem Bruder. Etwas, was für ein Einzelkind wie mich schwer vorstellbar ist.

„Sie halten es also nicht für denkbar“, gebe ich mich so schnell nicht geschlagen, „dass Eric Carpenter, der ja ein technisches Genie sein soll, die elektronischen Möglichkeiten für Abhörmaßnahmen zur Verfügung stellen könnte?“

„Auf gar keinen Fall!“, stößt sie aus.

Ich erhebe mich, denn das hier ist vergeudete Zeit. „Danke für Ihre Hilfe. Ich bin übrigens ein großer Fan von Ihnen und warte sehnsüchtig auf Ihren ersten Hollywoodfilm.“

Sie springt ebenfalls auf und lächelt ein wenig gezwungen. „Das ist nicht so einfach, da ich nicht einschätzen kann, wie unsere Mutter es verkraften würde, falls ich nach Hollywood ginge.“ Sie bedenkt mich mit einem prüfenden Blick. „Weiß mein Bruder, dass Sie fürs FBI arbeiten?“

Ich nicke. „Mittlerweile ja.“

„Irgendwie schade, ich hatte den Eindruck, er mag sie.“ Nachdenklich legt sie die Stirn in Falten. „Sie haben sich also lediglich als Reporterin ausgegeben, um in seinem Leben herumzuschnüffeln?“

„Um Tatsachen ans Licht zu bringen, hört sich für mich um Längen besser an. Wissen Sie …“

„Ich sage Ihnen jetzt einmal etwas“, fällt sie mir schroff ins Wort. Währenddessen strafft sie die Schultern und baut sich bedrohlich vor mir auf. Dass sie einzig einen Bademantel trägt, hindert sie kein Stück daran, sich mit mir anzulegen. „Das bleibt aber ebenso unter uns, denn ich würde es glattweg abstreiten. Wenn Sie meinem Bruder wehtun, dann tue ich Ihnen weh. Haben Sie mich verstanden?“

Erstaunt starre ich diese Frau an, die noch vor wenigen Minuten sanft wie ein Lämmchen daherkam. Schon klar, sie ist eine begnadete Schauspielerin, folglich habe ich keine Ahnung, ob sie hier gerade eine Riesenshow abzieht oder ob ihre Worte todernst gemeint sind.

„Ich hoffe, das wird nicht nötig sein", antworte ich ausweichend. „Aber darf ich Ihnen einen Rat geben? Bedrohen Sie nie wieder einen FBI-Agenten, das könnte verheerende Folgen haben."

Sie schüttelt unwirsch den Kopf. „Sie verstehen nicht. Ich habe Sie nicht als Agentin bedroht, sondern als Frau. Ich schätze Menschen, die ihren Job gewissenhaft machen, aber gaukeln Sie meinem Bruder niemals Gefühle vor, um ihn danach in die Pfanne zu hauen."

„Sie denken ernsthaft, ausgerechnet ich wäre dazu in der Lage, Brandons harte Schale zu durchdringen?"

Sie verdreht theatralisch die Augen. „Sie sind eine echt lausige Profilerin, wenn Sie bisher nicht realisiert haben, wie sensibel mein Bruder im Grunde genommen ist."

Echt jetzt? Ein Mann, der mir beim Sex nicht einmal ins Gesicht sieht, soll sensibel sein?

In dieser Sekunde legt sich in meinem Gehirn ein Schalter um und zum ersten Mal begreife ich Brandons Handeln. Er schottet beim Sex jegliches Gefühl ab, daher die Spiegel und das Beobachten.

Gerne würde ich Emily jetzt mit weiteren Fragen bombardieren, doch ich will mein Gesicht nicht vollends verlieren.

Folglich ignoriere ich ihre offensichtliche Anschuldigung einfach. „Wie schon gesagt, ich hoffe, dass sich unser Verdacht nicht bewahrheitet."

Sie scannt mich erneut mit Blicken. „Warum sollten Sie das hoffen? Für Ihre Karriere wäre es doch dienlicher, einen solchen Fall lösen zu können, richtig?“

Vielleicht weil ich mit Brandon atemberaubenden Sex hatte und das gerne wiederholen würde?

Ich räuspere mich. „Ich mag Ihren Bruder und es würde mir sehr wehtun, ihn einsperren zu müssen.“

„Verstehe.“

Ich wende mich der Ausgangstür zu, halte dann jedoch noch einmal inne. „Ach, eine Frage hätte ich noch: Wie ist der Name seiner Jugendliebe?“

Kapitel 17

Cassandra

Am nächsten Tag harre ich in einem unscheinbaren Mietwagen in der Nähe von Brandons Wohnung aus. Wie gut, dass ich jede Menge Krimis über mein Handy lesen kann, sonst würde ich vor Langeweile sterben.

Als ich mich gerade zum gefühlt hundertsten Mal Sherlock Holmes widmen will, steuert Brandon seinen Cadillac aus der Tiefgarage. Das heißt, ich gehe davon aus, dass es mein Verdächtiger ist, denn die Scheiben dieser verdammten Limousine sind dunkel getönt, sodass man den Fahrer nicht einmal annähernd erkennen kann.

In gebührendem Abstand folge ich dem Wagen.

Er fährt gen Norden. Als er den Central Park erreicht hat, biegt er rechts ab und manövriert die Limousine in eine Einfahrt, die auf den ersten Blick gar nicht als solche erkennbar ist, denn sie besteht einzig aus einem unscheinbaren schwarzen Tor. Kaum ist das Fahrzeug darin verschwunden, verschließt es sich hinter ihm, sodass es wirkt, als wäre das Auto mitsamt Fahrer soeben verschluckt worden.

Ich parke den Mietwagen ein Stück entfernt, schleiche an der Hauswand entlang, da diese bei Überwachungskameras häufig einen toten Winkel bietet, und versuche ebenfalls in die Garage einzudringen. Doch das Tor ist verriegelt und lässt sich weder aufschieben noch bewegen. Da es in der Tat mit mehreren Kameras versehen ist, unterlasse ich es, mir gewaltsam Zutritt zu verschaffen.

Ich umrunde den Häuserblock - außer einer kleinen Kirche entdecke ich nichts Auffälliges. So harre ich in der Nähe aus, bis Brandon seinen Wagen wieder aus der Ausfahrt heraussteuert. Zwei weitere Fahrzeuge sind in der Zwischenzeit in die Tiefgarage gefahren, von denen ich Fotos gemacht habe. Dass es sich dabei ebenfalls um Luxuslimousinen handelte, hat meine Sinne erneut geschärft. Sobald ich wieder an meinem Rechner bin, werde ich die Kennzeichen überprüfen.

Bislang hat mich Brandons Verfolgung jedoch kein Stück weitergebracht. Vielleicht hat er ja eine Freundin oder Geliebte, die hier lebt. Womöglich ist sie vermögend, das würde die Abschottung erklären. Sie könnte aber auch verheiratet sein und ist nicht erpicht darauf, dass ihr Verhältnis an die Öffentlichkeit dringt. Das würde zudem begründen, warum Brandon sich stets mit seiner Schwester zeigt.

Ein unterdrücktes Seufzen löst sich aus meiner Kehle. Mir würden noch Hunderte weiterer Szenarien einfallen, denn meiner Fantasie sind keine Grenzen gesetzt, doch ich zwinge mich dazu, mich wieder auf Fakten zu konzentrieren.

Natürlich könnte ich mir unter Zuhilfenahme meines FBI-Ausweises Zutritt zu dem Gebäude neben der Einfahrt verschaffen. Da ich jedoch nicht einschätzen kann, wer darin residiert, unterlasse ich diesen Vorstoß lieber, denn sollten meine Vorgesetzten davon Wind bekommen, wäre ich geliefert. Dass sich auf der gegenüberliegenden Seite eine Kirche befindet, hilft mir leider auch nicht weiter.

Zu dumm! Mir bleibt wohl nichts anderes übrig, als Brandons Wohnung zu durchsuchen und das wird sicher kein Spaziergang werden.

In dunkler Kleidung husche ich am Abend über den High Line Park. Tagsüber wird die stillgelegte Bahnstrecke von Touristen geflutet, doch jetzt ist die Umgebung ausgestorben und wirkt gespenstig. Zum Glück bin ich in Selbstverteidigung ausgebildet und trage obendrein eine Waffe. So schnell wird mich also niemand überwältigen.

Von hier aus sollte ich problemlos auf das Dach von Brandons Haus gelangen. Einmal mehr besucht er mit seiner Schwester eine Theatervorstellung, mir verbleiben also mindestens drei Stunden.

Ob Emily ihm von meinem Besuch erzählen wird, kann ich nicht einschätzen. Möglicherweise ist es mir ja gelungen, sie einzuschüchtern, aber ich würde keine Wetten darauf abschließen. Sobald ich nächste Woche nach Washington zurückkehre, werde ich erfahren, ob ich nach wie vor beim FBI beschäftigt bin, oder ob Brandon eine Beschwerde gegen mich eingereicht hat.

Aber jetzt ist es zu spät für Gewissensbisse, ich habe mich bereits viel zu tief in diese Angelegenheit verstrickt. Und genau genommen geht es längst nicht mehr um den Job. Ich muss einfach herausfinden, ob Brandon Dreck am Stecken hat. Denn sollte er wider Erwarten unschuldig sein, würde ich ihn gerne näher kennenlernen.

Keine Ahnung, ob er mir eine Chance einräumen würde. Ich bin nun wirklich keine außergewöhnliche Schönheit, aber dennoch denke ich, dass wir mental auf einer Ebene liegen.

Doch darüber werde ich mir später den Kopf zerbrechen, jetzt muss ich mich konzentrieren, um keinen Fehler zu begehen.

Mit einem gewagten Sprung hüpfe ich auf das Dach des Wohnhauses und klettere über die Feuerleiter nach unten, sodass ich durch ein Fenster ins Treppenhaus gelange.

Die Details der Alarmanlage habe ich mir bereits eingeprägt, als wir nach dem Besuch des Marquess Brandons Wohnung betreten haben.

Dummerweise hatte ich meine Uhr vergessen, auf der Valjean bei unserer Rückkehr tief und fest schlief. Nachdem ich sie dem Papagei stibitzt hatte, bin ich schnell wie der Wind in mein Hotel verschwunden, denn ich hatte kein gesteigertes Interesse daran, ein weiteres Mal aus Brandons Wohnung geworfen zu werden. Außerdem musste ich erst einmal verarbeiten, was sich in dem Club zugetragen hat.

Glücklicherweise konnte ich bei dieser Stippvisite den Code erkennen, den Brandon in die Alarmanlage eintippte. Nun kann ich bloß hoffen, dass er ihn nicht geändert hat.

Vor der Wohnungstür angekommen, gebe ich die Zahlenkombination ein und schlage drei Kreuze, als das Schloss mit einem kaum vernehmlichen Klacken aufschnappt.

Das Licht meiner Taschenlampe tastet sich wie ein Finger durch den Eingangsbereich seines Lofts und erhellt mir den Weg. Wie gut, dass ich mit den Räumlichkeiten einigermaßen vertraut bin.

Hm, wo soll ich anfangen?

Ich öffne eine Tür zu meiner Rechten und bestaune ein professionell ausgestattetes Fitnessstudio. Mein Blick schweift über die Geräte und bleibt zu guter Letzt an einer Glasvitrine hängen, in der sich glänzende Pokale und Medaillen befinden. Als ich näher herantrete, stelle ich fest, dass er sie beim Eishockey gewonnen haben muss.

Brandon hat niemals über diesen Sport gesprochen. Seltsam!

Ich schleiche aus dem Raum und öffne die nächste Tür, hinter der sich eine Sauna verbirgt.

Meine Herren, was für ein Luxus!

Endlich entdecke ich ein Büro und finde auch prompt einen Laptop.

Rasch lasse ich ihn in meinem Rucksack verschwinden, da ich entschieden habe, einen Raub vorzutäuschen. Obendrein bleibt mir dann alle Zeit der Welt, um mich mit dem Rechner zu befassen.

Vorsichtig spähe ich in das Zimmer, in dem Brandon Valjean untergebracht hat. Wäre ja möglich, dass er hier etwas verbirgt, denn wer widmet einem Vogel schon einen eigenen Raum?

Doch ich finde einzig einen schlafenden Papagei vor, der das Köpfchen in den Federn vergraben hat. Als der Strahl der Taschenlampe ihn erfasst, reckt er sich. Die Räumlichkeit, die er bewohnt, macht von der Größe her manchem Apartment Konkurrenz.

„Tut mir leid, Valjean. Schlaf weiter."

Er gibt ein verärgertes Krächzen von sich und flüstert etwas.

Überrascht reiße ich die Augen auf.

Hat der Vogel soeben *fick dich!* gesagt? Es könnte aber auch *fick mich*! gewesen sein.

Nein, das ist absurd! Ich muss mich verhört haben.

Flugs verlasse ich den Raum und suche weiter,

durchstöbere Schubladen, einen begehbaren Kleiderschrank, der mich aufgrund seiner Vielfalt an Anzügen, Hemden und Krawatten zum Staunen bringt, und entdecke letztendlich hinter einem riesigen Bild im Wohnzimmer einen Tresor.

Uff, das Gemälde herunterzuheben ist wahrlich kein Kinderspiel.

Mit einem Spezialbohrer mache ich mich ans Werk, um das Schloss des Safes aufzubohren. Leider ist es mehrfach abgesichert. Bereits jetzt ist mir klar, dass ich etwas Interessantes finden werde. Warum sonst sollte Brandon einen derart komplexen Tresor besitzen?

Als ich schon kurz vorm Aufgeben bin, öffnet sich endlich die zentimeterdicke Metalltür.

Ich stoße auf Bargeld, Uhren, Manschettenknöpfe (muss man die allen Ernstes in einem Safe aufbewahren?), sowie Unmengen von Dokumenten.

Auf einem Fach ruht eine kostbar aussehende Schatulle. Neugierig ziehe ich sie heraus. Ihr Äußeres besteht aus schwarzem Samt, auf dem sich ein silberner Oktopus befindet.

Wie außergewöhnlich!

Eine unglaubliche Erregung durchfährt mich. Womöglich halte ich soeben des Rätsels Lösung in Händen. Ich versuche, die Schatulle zu öffnen, doch auch sie ist abgeschlossen.

Wozu zum Geier eine weitere Sicherheitsmaßnahme? In einem Safe, der Fort Knox alle Ehre macht!

Erneut setze ich meinen Spezialbohrer an, und in dem Moment, als die Kassette aufspringt, erklingt ein schriller Alarmton.

Scheiße, diese Kiste war offenbar mit einer separaten Alarmanlage verbunden!

Rasch schnappe ich sie, stopfe sie ebenfalls in meinen Rucksack und verlasse die Wohnung wieder über das Dach.

Gerade noch rechtzeitig, ehe die Security auftaucht.

Ich weiß, das kann mich meinen Job kosten, doch inzwischen bin ich derart von Brandon Quest besessen, dass das keine Rolle mehr spielt.

Kapitel 18

Brandon

An der ergreifendsten Stelle von Hamlet geht der Alarm meines Handys los. Ich fluche mindestens so laut wie die anderen Besucher, die sich über die Ruhestörung echauffieren. Mit dem rechten Handrücken wische ich mir eine kleine Träne aus dem Augenwinkel, denn Dramen bewegen mich grundsätzlich. Flugs springe ich auf und verlasse mit großen Schritten den Saal.

„Eric, was ist denn los?“, knurre ich im Foyer ungehalten ins Telefon.

„Kannst du sofort in den Besprechungsraum kommen?“

Hm, das hört sich beunruhigend an.

„Ist das denn wirklich nötig?“

„Wenn du nicht möchtest, dass deiner süßen FBI-Agentin etwas geschieht, dann schon.“

Herr im Himmel, ich ahne Fürchterliches!

„Geht klar, ich bin ohnehin in der Nähe.“

Als ich Minuten später den Raum unter der Kirche betrete, befindet sich Catwick ebenfalls dort. Die wenigen grauen Haare, die ihm verblieben sind, stehen wirr ab. Es liegt auf der Hand, dass der Alarm ihn aus dem Schlaf gerissen hat.

Interessiert fliegen meine Blicke zwischen den beiden Männern hin und her. „Wo brennt es denn?“

„Schau hin!“ Eric deutet in Richtung des großen Bildschirms an der Wand.

Ein Film startet, der allerdings recht düster ist.

Und deswegen wurde ich aus dem Theater geholt? Um mir einen schwarzen Kater bei Nacht anzuschauen?

Erst Sekunden später erkenne ich, dass die Aufnahme aus meinem Loft stammt. Der Lichtstrahl einer Taschenlampe ist erkennbar.

Schockiert schließe ich für einen Moment die Augen. Die Wohnungen und Häuser der Circle-Mitglieder sind mit speziellen Überwachungskameras versehen, die von Erics Firma hergestellt werden und technisch kaum zu überlisten sind. Sie sind unvorstellbar klein, in die Zimmerdecken eingelassen und zeichnen jede noch so sanfte Bewegung auf. Natürlich kommen diese Aufnahmen erst zum Einsatz, sobald es einen Notfall gibt, denn wer will schon pausenlos unter Beobachtung stehen. Und aller Voraussicht nach war das jetzt der Fall.

Es ist nicht nötig zu sehen, wer in mein Loft eingebrochen ist, ich weiß auch so, dass ich den Täter kenne. Genauer gesagt, die Täterin.

Die Aufnahme zeigt eine Gestalt in Schwarz, die soeben die Schatulle des Circle aufgebohrt hat, woraufhin automatisch ein Alarm an alle Mitglieder gesendet wurde und die Überwachungskamera ansprang.

Mit unerbittlicher Gewissheit wird mir in dieser Sekunde klar, dass wir jetzt handeln müssen. Nicht zuletzt, da Cassandra obendrein die Frechheit besitzt, die komplette Kassette mitgehen zu lassen. Doch ich kann ihr diese Neugier nicht einmal verdenken, da auch ich der Kategorie Mensch angehöre, die sich voll und ganz in etwas verbeißen kann und sich erst zufriedengibt, sobald sie der Sache auf den Grund gegangen ist.

Auf eine Reaktion wartend mustere ich Eric, der gerade ziemlich unschlüssig wirkt. Hektisch fährt er sich mit einer Hand durch sein ewig zerzaustes schwarzes Haar. In einer für ihn typischen Haltung lehnt er sich auf seinem Stuhl zurück und starrt gedankenverloren die Decke an.

Schon nach kurzer Zeit hat sich der Besprechungsraum gefüllt. Fast alle New Yorker Circle-Angehörigen sind aufgetaucht, die sich jetzt interessiert der Aufnahme widmen.

Mit einer Fernbedienung schaltet Catwick den Film letztendlich aus und räuspert sich. Sein Blick landet auf mir. „Es tut mir leid, Brandon, aber wir können ihr das nicht länger durchgehen lassen."

„Sie wird den PC nicht starten können und die Krawattennadel mit dem Türöffner hilft ihr auch nicht weiter, solange sie nicht herausfindet, wo sie zur Anwendung kommt", bringt sich Eric rasch ein. „Ich werde die Codierung schnellstmöglich ändern."

Catwick schüttelt den Kopf. „Eric, dein Mitgefühl in allen Ehren, aber sie weiß zu viel. So langsam sehe ich keine andere Möglichkeit mehr, als diese naseweise Agentin auszuschalten."

Eric verzieht das Gesicht. An seinem Kinn zuckt ein Muskel, was mir verdeutlicht, dass die Ereignisse ihn nicht kalt lassen. Mein Kumpel ist nicht der Typ, der kaltblütig eine Person aus dem Weg räumt. In dieser Hinsicht ähnelt er mir. Catwick hingegen scheint kein Problem damit zu haben, wo er doch mit dem grauen Bart und dem karierten Jackett wirkt, als könnte er kein Wässerchen trüben.

Eric wendet sich Catwick zu. „George, du hast

mir mal erzählt, es gibt andere Alternativen, als einen Menschen zu töten. Wovon genau sprachst du da?"

Catwick seufzt. „Okay, ich verrate es euch, doch ich bin mir sicher, es wird euch ebenso wenig gefallen. Eric, du als Vorsitzender, verfügst letztendlich über die Entscheidungsgewalt, aber da diese Agentin wohl auch nicht von höchster Stelle einzuschüchtern ist, kannst du sie nicht länger verschonen. Wir können nicht riskieren, ihretwegen aufzufliegen."

Eric atmet vernehmlich aus. „George, sag mir einfach, welche Alternativen es gibt!"

„Ja, das würde mich auch interessieren", bringe ich mich ein.

Catwick starrt mich verdrossen aus seinen kleinen Äuglein an. „Ihr jungen Leute treibt mich noch irgendwann in den Wahnsinn." Er räuspert sich einmal mehr. „Nun gut, ich werde es euch erzählen. Solltet ihr eine bessere Idee haben, dann lasst es mich einfach wissen", brummelt er in seinen Bart. „Also …"

Kapitel 19

Cassandra

Nach dem Einbruch habe ich mich mitsamt Diebesgut in einem abgelegenen New Yorker Hotel verschanzt, das ich bar bezahlen konnte. Im High Line Hotel zu bleiben, erschien mir zu riskant. Seit einer gefühlten Ewigkeit sitze ich jetzt an einem wackeligen Holztisch und unternehme den Versuch, den PC mit dem silbernen Oktopus, der sich in der Schatulle befand, zum Laufen zu bringen.

Ja, es ist in der Tat ein Oktopus, ausnahmsweise kein angenagter Apfel.

Einen derart flachen und futuristischen Laptop habe ich niemals zuvor zu Gesicht bekommen und ich kann mir nur vorstellen, dass es sich um eine ausgeklügelte Sonderanfertigung handelt.

Irgendwann gebe ich entnervt auf. Da das Gerät keinen Startknopf besitzt, habe ich mittlerweile alle Tastenkombinationen ausprobiert, die mir eingefallen sind.

Nichts! Der Rechner weigert sich standhaft, hochzufahren.

Wenngleich ich zu der IT-Abteilung des FBI einen recht guten Draht besitze, traue ich mich nicht, den PC dort abzugeben. Das Teil würde sicher Aufsehen erregen.

Gedankenverloren drehe ich die Krawattennadel zwischen meinen Fingern, die ich ebenfalls in der samtenen Kiste gefunden habe. Auch sie ist mit einem Oktopus versehen, auf dessen Rückseite eine Art Sender angebracht ist.

Was zur Hölle könnte das sein?

Ein Notruf? Ein Handy? Ein Lautsprecher? … Ich komme zu keiner Lösung und bete, dass man darüber nicht meinen Standort ermitteln kann, sonst bin ich so was von geliefert.

Ein Türöffner!, schießt mir plötzlich der Gedanke durch den Kopf.

Im Geiste erscheint mir die Tiefgarage in Manhattan, in die Brandon gefahren ist.

Hektisch springe ich auf, schnappe die Krawattennadel sowie den Laptop und jage nach draußen.

Minuten später stelle ich meinen Mietwagen in der Nähe der kleinen Kirche ab, neben der sich diese mysteriöse Einfahrt befindet.

Einmal mehr schleiche ich, an die Hauswand gepresst, auf das schwarze Tor zu. Zaghaft halte ich die Nadel an das Schloss und kann es kaum fassen, als sich die Tür mit einem dezenten Klacken öffnet.

Auf leisen Sohlen husche ich in die Garage hinein, in der jede Menge teure Wagen parken. Doch leider kann ich weder eine Tür noch einen Fahrstuhl ausmachen.

Vorsichtig taste ich mich an den Wänden entlang. Das alles hier erscheint mir wie ein Kellergewölbe, das ausgebaut wurde, und ich könnte wetten, dass es hier irgendwo eine verborgene Tür gibt. Die Vermutung liegt nahe, dass ich mich gar nicht unter einem Gebäude befinde, sondern unter dieser Kirche. Die Sache wird immer mysteriöser.

In diesem Augenblick vernehme ich ein Rascheln hinter mir. Ich fahre herum und stehe einem kahlköpfigen Schrank von Mann gegenüber. Er ist in einen dunklen Anzug gekleidet und wirkt ziemlich bedrohlich.

Als er nach mir greifen will, springe ich geistesgegenwärtig beiseite. Er stürzt sich auf mich, doch es gelingt mir, ihn mit mehreren Tritten zu Boden zu befördern.

Während er sich blitzschnell aufrappelt, ziehe ich meine Waffe und richte sie auf ihn. „Keine Bewegung!“

Er zögert, sieht dann jedoch ein, dass er trotz all seiner Muskeln gegen eine ungesicherte Pistole, die auf seinen Kopf gerichtet ist, nicht die geringste Chance hat. Gemächlich hebt er die Hände in die Luft.

„Na also, geht doch! Und jetzt sagen Sie mir, wo die verborgene Tür ist.“

Sein Blinzeln nach rechts genügt mir als Anhaltspunkt. Ich nähere mich der Wand, ohne meinen Angreifer auch nur eine Sekunde außer Acht zu lassen, und fahre mit der Krawattennadel über das Mauerwerk. Schon nach kurzer Zeit klackt es. Ich drücke gegen den Stein und eine Tür fährt beiseite.

Wow! Ich dachte immer, so etwas gibt es im wahren Leben nicht, sondern einzig bei James Bond.

Das Adrenalin jagt jetzt ungebremst durch meine Venen. Was werde ich gleich entdecken? Ein Bordell? Eine Schaltzentrale? Ein illegales Spielcasino? Ein Waffenlager? Dutzende wirrer Eingebungen schießen wie ein Squashball in meinem Kopf umher.

Mit meiner Pistole wedle ich in Richtung des männlichen Schrankes. „Sie gehen vor!“

Widerwillig gehorcht er.

Durch einen düsteren Gang betreten wir eine Art unterirdische Höhle. Rechter Hand ist ein Vorhang angebracht, hinter dem ich aufgeregte Stimmen vernehme. Mehrere Männer diskutieren lautstark. Ich verstehe einzig Gesprächsfetzen, aber die Worte Gehirnwäsche, Drogen und Sanatorium ernüchtern mich.

Du lieber Himmel, was wird hier gespielt?

Die Stimme der Vernunft rät mir, schnellstmöglich das Weite zu suchen. Doch das würde gegen all meine Prinzipien verstoßen. Jetzt bin ich schon so weit gekommen und stehe womöglich kurz davor, etwas ganz Großes aufzudecken. Es wäre unverantwortlich, nun einen Rückzieher zu machen.

Ich atme mehrmals tief durch und wappne mich, den wohl größten Fehler meiner Karriere zu begehen. Mit einer fließenden Bewegung reiße ich den Vorhang beiseite und springe mit gezückter Waffe in den Raum, wo mir prompt die Kinnlade herunterklappt, denn die meisten Männer, die an einem edlen Holztisch in protzigen schwarzen Ledersesseln sitzen, sind keine Unbekannten für mich.

„Cassandra!“, stößt Brandon aus.

„Agent Andrews!“, äußert der FBI-Leiter zeitgleich.

Ich erkenne Eric Carpenter, einen hohen Politiker und einen Senator. Auch Richter Evans kann ich ausmachen, und es verwundert mich kein Stück, ihn hier zu entdecken. Er war schließlich derjenige, der Eric Carpenter einige Monate zuvor aus dem Knast geboxt hat.

Den anderen Männern kann ich auf Anhieb keine Namen zuordnen, weiß aber, dass es sich auch bei ihnen um ranghohe Persönlichkeiten handelt. Irritiert richten sich meine Augen auf die brünette Frau, die sich ebenfalls in dem Raum befindet. Eine weibliche Teilnehmerin hätte ich in dieser illustren Runde nicht erwartet.

Der FBI-Leiter springt auf. „Legen Sie auf der Stelle die Waffe weg, Agent Andrews!“, befiehlt er.

Ich zögere, letztendlich lasse ich die Pistole sinken. Was auch immer ich hier aufgedeckt habe, er ist mein höchster Chef. Und sollte ich mich ihm erneut widersetzen, würde ich mich vermutlich noch weiter in die Scheiße reiten.

Ein grauhaariger Mann mit Bart und Brille erhebt sich ebenfalls und macht Anstalten, in einen Nebenraum zu verschwinden.

Intuitiv richte ich meine Pistole auf ihn. „Wagen Sie es nicht, den Raum zu verlassen!“

Augenblicklich verharrt er wie angewurzelt.

„Agent Andrews!“, fährt mich Rick Masters erneut an. „Wenn Sie nicht auf der Stelle die Waffe aus der Hand legen, geschieht ein Unglück.“

Sein Tonfall duldet keinen Widerspruch mehr und lässt mich gehorchen, so stecke ich die Waffe hinter meinem Rücken in den Bund der Hose. „Würde mir bitte jemand erklären, was hier gespielt wird!“, finde ich endlich meine Stimme wieder. Leider klingt sie lange nicht so überzeugend, wie ich mir das wünschen würde.

Währenddessen verschwindet der ergraute Opa schnell wie der Wind aus dem Raum.

Verdammt, das hat sicher nichts Gutes zu bedeuten.

Mein höchster Chef schreitet auf mich zu, wobei seine Schritte gespenstig auf dem Steinboden klappern. „Wenn ich mich recht entsinne, habe ich Sie von dem Fall abgezogen, richtig? Was genau haben Sie an dieser Anordnung nicht verstanden?“

Rick Masters ist mit seinen breiten Schultern, die grundsätzlich in einem teuren schwarzen Anzug stecken, eine einschüchternde Persönlichkeit und ich fühle mich unter dem stechenden Blick seiner eisblauen Augen winzig und idiotisch.

Was habe ich nur getan?

Von meinem aufregenden Leben als FBI-Agentin werde ich mich dann wohl verabschieden müssen. Jetzt kann ich bloß hoffen, mit einem blauen Auge davonzukommen.

„Bitte erklären Sie mir einfach, dass Sie hier nichts Ungesetzliches tun, dann ist alles in bester Ordnung“, murmle ich kleinlaut.

Er schüttelt verärgert den Kopf. „Natürlich tun wir nichts Ungesetzliches, was dachten Sie denn? Meinten Sie, wir halten hier Sitzungen des organisierten Verbrechens ab oder halten Kriegsrat?“ Er hebt theatralisch eine Hand in die Luft. „Ach nein, im Prinzip planen wir gerade den Dritten Weltkrieg, aber erst, nachdem wir die Außerirdischen verscharrt haben, die uns unentwegt angreifen. Verdammt noch mal, Agent Andrews, ich schätze Sie als Mitarbeiterin sehr, doch ein weiteres Mal kann ich Ihren Ungehorsam nicht durchgehen lassen!“

Er nickt jemandem zu, der unterdessen hinter mich getreten sein muss. Noch ehe ich reagieren kann, spüre ich einen stechenden Schmerz am Oberarm.

Ich fahre herum und blicke in das Gesicht des kahlköpfigen Mannes, der mich in der Tiefgarage entdeckt hat. Erneut mache ich Anstalten, den Kerl zu Boden zu schicken, doch meine Glieder gehorchen mir nicht mehr. Innerhalb von Sekunden schwinden mir die Sinne und mich umgibt nur mehr Dunkelheit.

Kapitel 20

Brandon

Bereits seit Stunden tigere ich ruhelos in meinem Loft auf und ab. Cassandras Schicksal geht mir einfach nicht aus dem Sinn. Zwar hat Catwick uns mehrfach versichert, ihr würde nichts geschehen, doch so richtig überzeugen konnte er mich nicht. Der alte Kauz beabsichtigt, sie fürs Erste wegzusperren. Währenddessen soll sie einer Art Gehirnwäsche unterzogen werden, bis sie keine Gefahr mehr für den Circle darstellt.

Eric, Ava und meine Wenigkeit haben mit allen Mitteln versucht, ihm dieses Vorgehen auszureden, doch die Alternative wäre Cassandras Tod gewesen. Das wollten wir natürlich erst recht nicht riskieren, so haben wir uns zähneknirschend auf seinen Plan eingelassen. Im Nachhinein betrachtet, fühlt es sich für mich an, als hätten wir die Wahl zwischen Pest und Cholera gehabt.

Zugegeben, Cassandra ist selbst für ihre Misere verantwortlich, wenngleich sie nichts gemacht hat, als ihren verdammten Job.

Nachdenklich starre ich, lediglich in Boxershorts gekleidet, aus dem Fenster meines Lofts und blicke über das beleuchtete Manhattan hinweg. Den Versuch, Schlaf zu finden, habe ich bereits vor Stunden aufgegeben, und auch jetzt will sich das Durcheinander in meinem Kopf nicht lichten. Daran ändert auch das zweite Glas Gin Tonic nichts, das ich inzwischen in mich hineingeschüttet habe.

Letztendlich greife ich nach dem Telefon und rufe

Eric an. Dass es mitten in der Nacht ist, stellt gerade kein Hindernis für mich dar.

Er meldet sich bereits nach dem zweiten Klingeln, was mich vermuten lässt, dass er ebenfalls nicht geschlafen hat. „O nein, Brandon, nicht du auch noch! Ich höre mir schon den ganzen Abend über Vorwürfe von Ava an", schimpft er sofort los.

„Eric, tut mir leid, aber ich komme einfach nicht zur Ruhe. Ich allein trage die Schuld an alledem. Einzig meiner bescheuerten Berichterstattung ist es zu verdanken, dass Cassandra jetzt darunter leiden muss. Ich kann nicht zulassen, dass ihr etwas geschieht, das würde ich mir niemals verzeihen. Konntest du mittlerweile in Erfahrung bringen, was genau Catwick mit ihr vorhat?"

„Nein, detailliert hat er noch nicht mit der Sprache herausgerückt. Brandon, wir sollten erst einmal abwarten und sobald ein wenig Gras über die Sache gewachsen ist, versuchen wir, Cassandra zu helfen. Glaube mir, falls wir jetzt eingreifen würden, könnte das ihren Tod bedeuten."

„Aber du bist doch der Vorsitzende!", stoße ich vorwurfsvoll aus. „Ich werde einen Teufel tun und Cassandra ihrem Schicksal überlassen."

„Ich weiß, aber unser aller Leben wäre bedroht, wenn sie den Circle auffliegen lässt. Wir haben unter Eid geschworen, diese Gemeinschaft vor allen Gefahren und äußeren Einflüssen zu beschützen, du erinnerst dich?" Er holt vernehmlich Luft. „Und ja, ich bin der Vorsitzende, doch ich kann nicht riskieren, die älteren Mitglieder samt und sonders gegen mich aufzubringen. Du weißt, dass sie meinen antiautoritären Führungsstil ohnehin kritisch betrachten.

Sollte ich die Kleine jetzt ungeschoren davonkommen lassen, würde das alles bloß noch verschlimmern."

Ich nicke, was Eric natürlich nicht sehen kann. „Schon klar."

Auch wenn es mir im Moment schwerfällt, Erics Argumente zu akzeptieren, hat er recht. Der Präsident der Vereinigten Staaten gehört ebenfalls dem Circle an, zwar hält er sich meistens im Hintergrund und entsendet seinen engsten Vertrauten zu den Zusammenkünften, doch für das Weiße Haus wäre es sicherlich ein Klacks, Eric und mich aus dem Weg zu räumen, sollten wir ihnen in den Rücken fallen.

„Vertrau mir einfach, Brandon", setzt er wieder an. „Uns sind momentan die Hände gebunden, aber ich werde nicht zulassen, dass deiner Süßen etwas geschieht, versprochen."

Hektisch reibe ich mir über die Narbe an meinem Kinn. „Verdammt, ich bekomme das mit der Gehirnwäsche einfach nicht aus dem Kopf! Ich will nicht, dass irgendjemand an Cassandras Synapsen herumpfuscht. Sie soll ganz genau so intelligent und nervtötend bleiben, wie sie ist." Ich seufze verhalten. „Wenn ich morgen nicht einen wichtigen Termin hätte, würde ich mich zur Abwechslung einmal wieder sinnlos volllaufen lassen."

Eric lacht leise. „Ich hätte da eine bessere Idee. Warum gehst du nicht eine Runde eislaufen, das hat dich doch früher immer zur Ruhe gebracht?"

„Hast du mal auf die Uhr gesehen? Es ist mitten in der Nacht."

„Wenn du möchtest, lasse ich den Madison Square Garden einzig und allein für dich aufschließen und beleuchten."

Ist das jetzt sein Ernst oder nimmt er mich auf den Arm?

Eric ist manchmal unberechenbar und verfügt obendrein über einen recht trockenen Humor, daher weiß man bei ihm leider nie so genau, ob er scherzt.

„Deal!", antworte ich herausfordernd.

„Perfekt. In einer halben Stunde dort!"

„Echt jetzt?"

„Aber sicher doch."

Auch wenn ich noch nicht ganz von der Ernsthaftigkeit seiner Worte überzeugt bin, werfe ich das Telefon beiseite und springe in Jeans und ein Eishockey-Shirt, das noch aus meiner Zeit bei den New York Rangers stammt. Danach haste ich in mein Fitnessstudio und zerre die Schlittschuhe aus einem Schrank, in dem sie jetzt seit gut drei Jahren auf ihren Einsatz gewartet haben.

Draußen auf der Straße ergattere ich auf der Stelle ein Taxi und steige fast zeitgleich mit Eric und Ava vor dem Madison Square Garden aus.

Ava stürzt augenblicklich auf mich zu und haucht mir ein sanftes Küsschen auf die Wange. Mit ihrer wilden brünetten Lockenmähne und den einfühlsamen braunen Augen ist Erics Gattin eine echte Schönheit. „Brandon, ich konnte auch nicht schlafen. Mir lässt Cassandras Schicksal ebenfalls keine Ruhe."

Lächelnd werfe ich ihr einen Arm um die Schultern und führe sie auf den Madison Square Garden zu. Diese Frau ist wirklich ein Goldstück. Eric kann von Glück sagen, dass er sie gefunden hat, wenn auch auf eine etwas eigentümliche Art und Weise.

Er telefoniert unterdessen. „Wir sind jetzt da, Chris.“

Prompt wird eine seitliche Eingangstür geöffnet und ein junger Typ im dunklen Overall starrt uns erwartungsvoll entgegen. „Hallo, Mr. Carpenter“, äußert er an Eric gewandt, „schön Sie einmal persönlich kennenzulernen. Ich wünsche Ihnen viel Vergnügen!“

In der Sekunde, als wir die gigantische Halle betreten, springt das Flutlicht an und blendet mich im ersten Moment.

Nachdem ich mich an die Helligkeit gewöhnt habe, gleitet mein Blick über die leeren Stehplätze und Tribünen hinweg. Plötzlich fühle ich mich um Jahre zurückversetzt. Im Geiste vernehme ich Musik und die Durchsagen des Stadionsprechers. Das Grölen der Fans dringt zu mir durch, genau wie das Knistern des Eises, wenn die scharfen Kanten der Schlittschuhe darüber gleiten. In dieser Sekunde stellt sich mir die Frage, ob ich meine Prioritäten während der letzten Jahre eventuell falsch gesetzt habe.

Zugegeben, altersbedingt hätte ich mich ohnehin irgendwann aus dem Profisport zurückziehen müssen, aber ich hätte dieses Hobby ja nicht gleich vollständig aufgeben müssen. Zwar war ich häufig lediglich als Ersatzspieler eingesetzt, da ich nebenbei studierte und nicht bei jedem Auswärtsspiel vor Ort sein konnte, doch Eric hat es auf den Punkt gebracht, wenngleich Eishockey manchmal ein recht harter Sport sein kann, hat er mich grundsätzlich zur Ruhe gebracht.

Ich lasse von Ava ab, die sich prompt an Eric schmiegt, und eile mit großen Schritten in Richtung der Eisfläche. Hastig springe ich in meine Schlittschuhe und stürze mich ins Vergnügen.

Seit drei Jahren stand ich nicht mehr auf dem Eis, doch bereits nach wenigen Sekunden habe ich den Dreh wieder raus. Die Kufen gehorchen mir, als wären sie mit meinen Füßen verwachsen. Wie entfesselt schieße ich minutenlang in wahnwitzigem Tempo kreuz und quer über die leere Eisfläche. Übermütig bremse ich ein ums andere Mal ab, sodass glitzernde Wolken aus Eisstückchen aufsteigen, bevor die kleinen Flocken gemütlich auf mich herabregnen. Ich wirble herum und flitze rückwärts weiter, währenddessen beobachte ich Ava und Eric, deren Blicke mir folgen.

Arm in Arm verharren sie glücklich lächelnd hinter der Bande, und in dieser Sekunde würde ich mir wünschen, ebenfalls eine Partnerin an meiner Seite zu haben, die alle Höhen und Tiefen gemeinsam mit mir durchlebt.

Kapitel 21

Cassandra

Ich schlage die Lider auf und blinzle. Der Versuch, mich aufzurichten, misslingt, denn meine Gliedmaßen gehorchen den Befehlen meines Gehirns nicht. Ein ungewohnter Geruch steigt mir in die Nase, der mich an Reinigungs- oder Desinfektionsmittel erinnert. Das kühle Licht, einer an der Decke angebrachten Neonröhre, blendet mich im ersten Moment.

Was zur Hölle ist mit mir geschehen?

Unsagbar langsam meldet sich mein Gedächtnis zurück. Ich entsinne mich des geheimen Treffens, in das ich hineingeplatzt bin. Und dann war da plötzlich dieser stechende Schmerz an meinem Oberarm.

Oh, mein Gott, ich wurde betäubt! Aber wo befinde ich mich jetzt?

Wild flitzt mein Blick umher. Ich liege auf einer Pritsche in einem kleinen, fensterlosen Raum, mit sterilen weißen Wänden. Zudem bin ich an Hand- und Fußgelenken gefesselt.

„Hilfe“, krächze ich. Erst nachdem ich mich mehrere Male geräuspert habe, bringe ich einen lauten Ton hervor. „Zu Hilfe!“ Ich brülle so lange, bis endlich die Tür von außen geöffnet wird.

Ein Mann in Weiß tritt ein.

Ein Arzt?

„Bitte, Sie müssen mir helfen! Ich wurde betäubt, ich muss auf der Stelle hier raus. Wo bin ich überhaupt?“

Die blauen Augen des blonden Mannes mustern mich interessiert. „Nun mal langsam, Schätzchen, wie geht es Ihnen?“

„Woher soll ich das wissen, ich kann mich ja nicht bewegen. Bitte, binden Sie mich los. Und sagen Sie mir, wohin man mich gebracht hat!“

„Dahin, wo man Ihnen helfen wird.“

Sein Ton missfällt mir. Er behandelt mich, als stünde er einem Kleinkind oder einer geistig minderbemittelten Person gegenüber.

„Was genau wollen Sie damit ausdrücken?“

Er beugt sich vertrauensvoll über mich. „Sie hatten einen Zusammenbruch, Kleines. Diese Drogen bringen einen echt um. Wir werden Ihnen helfen, wieder zu sich selbst zu finden. Sorgen Sie sich nicht weiter, wir sind für Sie da.“

Fieberhaft zerre ich an meinen Fesseln, die allerdings kein Stück nachgeben. Das Einzige, was ich damit erreiche, ist, dass sie sich schmerzhaft in mein Fleisch graben. „Nein, das ist nicht wahr! Kein Zusammenbruch. Und ich nehme erst recht keine Drogen. Man will mich fertigmachen. Bitte, Sie müssen mir glauben, ich bin FBI-Agentin. Ich muss dringend hier raus.“

„Aber sicher doch, Ihr Freund James Bond befindet sich drei Zimmer weiter, und jemanden vom russischen Geheimdienst haben wir auch an Bord. Wenn es Ihnen wieder etwas besser geht, können Sie sich gerne mit den Kollegen über die Rettung der Welt austauschen.“ Er wendet sich ab und hantiert auf einem Tisch herum.

„Bitte, sagen Sie mir zumindest, wo ich mich befinde“, starte ich einen erneuten Anlauf.

„An einem wundervollen Ort, friedfertig und idyllisch gelegen. Perfekt zur Erholung.“

Ich schlucke den Brechreiz hinunter, der in meiner Kehle aufsteigt.

Ganz ruhig!, rede ich mir zu. *Du findest eine Lösung, um zu entkommen.*

Als der Mann mir wieder seine Aufmerksamkeit schenkt, hält er eine Spritze in der Hand. Ehe ich noch intervenieren kann, hat er mir die Nadel bereits in den Oberarm gejagt.

Sekunden später bin ich abermals weggetreten.

Dieses Szenario wiederholt sich auch am nächsten Tag. Sobald ich einen lichten Moment habe, versuche ich mich meiner Fesseln zu entledigen, allerdings erfolglos. Der Pfleger oder Arzt, der häufig nach mir sieht, lässt sich auf keinerlei Gespräch ein, vollkommen gleich, ob ich bettle, weine, ihm drohe oder ihn verfluche.

Als er versucht, mich zu füttern, spucke ich ihm das Essen mitten ins Gesicht, was er emotionslos hinnimmt. Erst als der Hunger kaum mehr zu ertragen ist, lasse ich die Demütigung über mich ergehen, von ihm gefüttert zu werden. Auch gegen die Katzenwäsche, der er mich unterzieht, kann ich mich nicht wehren. Darüber hinaus dauert es eine gefühlte Ewigkeit, bis der Druck auf meiner Blase das Schamgefühl übersteigt und ich die Bettpfanne fülle, die mir unter den Hintern geschoben wurde.

Jedes Mal, wenn ich renitent werde und kurz vorm Ausflippen bin, werde ich betäubt. Und so langsam wird mir klar, dass ich die Sache anders angehen muss.

Ich kann es immer noch nicht so recht glauben, dass man mich in eine Irrenanstalt gesteckt hat, um mich aus dem Weg zu räumen. Niemals hätte ich vermutet, dass mein Boss oder auch Brandon mir Derartiges antun würden.

Tja, so kann man sich täuschen!

Bei dem Gedanken an Brandon zieht sich mein Herz schmerzhaft zusammen. Es war ein dummer Fehler zu denken, ich würde ihm etwas bedeuten.

Doch nun weiß ich mit Gewissheit, dass ich einen gefährlichen Geheimbund aufgedeckt habe, der offensichtlich mächtiger ist, als ich in meinen kühnsten Träumen vermutet hätte. Gut verborgen, unter einer Kirche in Manhattan. Manchmal kommt mir die Glaubwürdigkeit meiner Aussagen selbst grenzwertig vor. Kein Wunder, dass mein Betreuer überhaupt nicht auf das eingeht, was ich ihm unablässig erzähle.

Meine einzige Chance, jemals wieder hier herauszukommen, ist, mich in Geduld zu üben und eine günstige Gelegenheit zur Flucht abzuwarten. Doch das fällt mir unsagbar schwer.

Die Stille, die über dem Gebäude liegt, verunsichert mich. In der Nähe scheint es weder eine Bahnlinie noch eine Straße und erst recht keinen Flughafen zu geben. Manchmal vernehme ich im Gang Schritte oder das Geräusch von Rollen, als würde ein Wägelchen vorbeigeschoben werden.

Was mich gleichermaßen verstört wie auch beruhigt, sind die Schreie von anderen Menschen, die gelegentlich zu mir durchdringen. Immerhin scheine ich mit meinem Schicksal nicht alleine zu sein, aber was genau geschieht mit diesen Personen?

Eventuell sucht Liam ja nach mir, klammere ich mich an jeden Grashalm.

Womöglich hat man mich aber auch für Tod erklärt.

Oh, Liam, du lagst ja so richtig! Vielleicht wirst du meinen leblosen Körper wirklich irgendwann mit Drogen vollgepumpt aus der Gosse ziehen.

Dicke Tränen kullern mir jetzt übers Gesicht. Ich verliere die Fassung und hyperventiliere. Panik durchfährt jede einzelne Faser meines Körpers und lässt mich unkontrolliert schreien und schluchzen. Auch wenn man uns in der FBI-Ausbildung auf eine solche Situation vorbereitet hat, gelingt es mir im Moment nicht, die Kontrolle zurückzuerlangen.

Die Tür wird aufgerissen und mein Betreuer stürzt herein. „Gott, Mädchen, was ist denn los?"

„Will nicht sterben", nuschle ich. „Nein, nicht, bitte!"

Beruhigend greift er nach meiner Hand. „Keine Sorge, Kleines, alles wird gut. Diese Entzugserscheinungen sind die Hölle. Aber Sie schaffen das." Er wendet sich ab und kurz darauf spüre ich den schon vertrauten Einstich am Oberarm.

Und zum ersten Mal in meinem Leben bin ich froh, betäubt worden zu sein. Wie kleine Vögel, die flügge werden und nach und nach das Nest verlassen, flattert die Panik aus meinen Gliedern, bevor ich in tröstlicher Dunkelheit versinke.

„Danke, dass Sie mir geholfen haben", richte ich am nächsten Tag das Wort an meinen Pfleger, als er nach mir sieht.

„Ach, Schätzchen, dafür bin ich doch da. Geht es Ihnen besser?"

Ich nicke. „Ich hatte niemals zuvor eine Panikattacke. Es ist mir echt peinlich, derart die Kontrolle verloren zu haben. Aber ich hatte plötzlich fürchterliche Angst.“

Erneut drückt er aufmunternd meine Hand. „Wir bekommen das hin, ganz sicher.“

„Wie ist Ihr Name?“, erkundige ich mich vorsichtig.

Er zögert. „Dr. West“, äußert er zu guter Letzt. „Richard West.“

Okay, dass er in der Tat Arzt ist, trägt ein klein wenig zu meiner Beruhigung bei.

„Cassandra Andrews“, sage ich.

Zum allerersten Mal lächelt er. „Ich weiß.“

„Was wissen Sie sonst noch über mich?“

Sofort verschließt sich seine Miene wieder. „Dass Sie Hilfe benötigen.“ Mit diesen Worten jagt er mir erneut eine Spritze in den Arm.

Schon verstanden! Notiz an mich selbst: Auf weitere dumme Fragen zukünftig verzichten.

Auch während der nächsten Tage bin ich unentwegt am Grübeln. Durch die Betäubung fühle ich mich müde und antriebslos, aber mein Verstand arbeitet glücklicherweise noch recht klar. Und unter gar keinen Umständen will ich den Rest meines Lebens in dieser Anstalt verbringen.

Also ändere ich meine Taktik und stelle jeglichen Widerstand ein. Ich lasse alles über mich ergehen und heuchle Freude, wenn Dr. West das Zimmer betritt.

Endlich bringt meine Zurückhaltung einen kleinen Erfolg. Er löst die Fesseln an meinen Händen, sodass ich eigenständig essen und mich waschen kann, bindet mich danach aber sofort wieder fest.

Und als ich längst keine Ahnung mehr habe, wie viel Zeit mittlerweile vergangen ist, nimmt er mir zum ersten Mal Hand- und Fußfesseln ab, damit ich mir die Füße vertreten kann.

Wenngleich meine Beine beim ersten Schritt nachzugeben drohen, scheint mich die Möglichkeit zur Flucht zu beflügeln. Ich mobilisiere all meine Kräfte und ehe Dr. West noch begreift, was mit ihm geschieht, habe ich ihn schon mit zwei Tritten zu Boden geschickt.

Als er sich wieder aufrappeln will, jage ich ihm eine Spritze in den Arm, die eigentlich für mich bestimmt war. Bereits Sekunden später sackt er in sich zusammen und schläft den Schlaf der Gerechten. Ich durchsuche ihn, kann jedoch weder einen Schlüssel noch irgendetwas anderes finden, das mir bei meiner Flucht nützlich sein könnte. Dann muss es eben ohne Hilfsmittel gehen.

So husche ich aus dem Raum und lande in einem düsteren Flur. Mehrere Türen zweigen ab und mit Überraschung stelle ich fest, dass das Gebäude ein runder Bau ohne jegliche Fenster zu sein scheint.

Meine Glieder sind von der langen Bewegungslosigkeit und den Beruhigungsmitteln wie gelähmt, folglich taste ich mich mit zittrigen Knien an der Wand entlang. Ich rüttle an jeder Tür, doch keine lässt sich öffnen, bis ich endlich eine erreiche, die in ein Treppenhaus führt. Hastig stolpere ich die Stufen hinab. Ein lautes Fluchen entfährt mir, als ich letztendlich vor einem verschlossenen Tor stehe.

Ich mache kehrt und erklimme die Treppe wieder, bin jedoch außerstande, in das Gebäude zurückzukehren, da der Zutritt einzig durch Zahlencode oder

Fingerabdruck aktiviert werden kann. Mit meinem ganzen Gewicht werfe ich mich mehrfach gegen die Tür, doch sie bewegt sich keinen Millimeter.

Auch im Treppenhaus kann ich nichts finden, das mir eventuell helfen könnte. Verzweifelt schaue ich an mir hinab, Uhr und Ohrringe hat man mir abgenommen. Selbst wenn ich mir nicht vorstellen kann, dass ich mit dem Schmuck etwas hätte ausrichten können, schmerzt der Verlust der Ohrringe ein wenig, denn sie waren ein Geschenk meiner Mutter.

Dann bleibt mir wohl nichts anderes übrig, als abzuwarten, bis jemand nach mir sucht. Mein betäubter Bewacher dürfte für die nächsten Stunden außer Gefecht gesetzt sein, daher schlurfe ich die Treppe wieder hinab, setze mich in eine kleine Nische und harre der Dinge, die da kommen.

Einige Zeit später vernehme ich von außerhalb Schritte und es schließt wirklich jemand das Tor auf. Ich überwältige auch diese Person, bei der es sich ebenfalls um einen Mann in weißer Kleidung handelt, und renne hinaus.

Nur um erschüttert stehen zu bleiben.

Wellen schlagen mehrere Meter unter mir gegen die steil abfallenden Klippen. Verwirrt schaue ich um mich. Das Gebäude, in dem ich festgehalten wurde, ähnelt einem Leuchtturm und befindet sich auf einer kleinen Insel. Weit und breit entdecke ich nichts als Wasser.

Ich umrunde den Turm und stoße auf einen Bootsanlegesteg. In einiger Entfernung kann ich ein davonjagendes Motorboot ausmachen. Diese Fluchtmöglichkeit scheidet dann wohl aus.

Auf der gegenüberliegenden Seite der Insel befindet sich eine aufs Meer hinausgebaute Start- und Landebahn, auf der eine Cessna parkt.

Verdammt, trotz meiner umfassenden Ausbildung in Quantico und meiner Zeit bei der Army, in der ich einige Flugstunden absolviert habe, fehlt mir die Routine ein solches Teil zu fliegen. Nichtsdestotrotz habe ich häufig im Simulator geübt und die Handbücher gelesen.

Habe ich eine Wahl?

Nein, lieber stürze ich mitsamt dieses stählernen Vogels ins Meer, als hier in einem Gefängnis zu verrotten.

So schnell ich kann, laufe ich auf die Maschine zu, klettere ins Cockpit und versuche, mir in Erinnerung zu rufen, wie man ein Flugzeug startet. Um mich zu konzentrieren, schließe ich die Lider, bis eine Art Checkliste vor meinem geistigen Auge erscheint.

Hurra! Hin und wieder kann dieses fotografische Gedächtnis durchaus von Vorteil sein.

Rasch ziehe ich den Gas- und Gemischhebel heraus, schalte den Hauptschalter und die Hilfskraftstoffpumpe ein, bevor ich den Zündschalter drücke. Der Motor springt augenblicklich an und der Propeller setzt sich knirschend in Bewegung. Nachdem ich noch das Höhenruder eingestellt habe, gebe ich Vollgas. Während das Flugzeug losrollt, umklammere ich mit zittrigen Fingern den Steuerknüppel.

Die Startbahn ist unglaublich kurz und dahinter geht es steil ins Meer hinab. Als das Bugrad wenige Meter vor dem Ende der Piste abhebt, ertönt ein metallisches Knirschen, bei dem mir um ein Haar das Herz stehen bleibt. Die kleine Maschine gerät ins

Schlingern und ich befürchte schon, die Kontrolle über sie zu verlieren. Prompt bricht mir der Schweiß aus und mein Puls beginnt zu rasen.

Offenbar bin ich mit einem Rad gegen einen am Boden angebrachten Scheinwerfer gestoßen. Glücklicherweise scheint die Cessna jedoch nichts abbekommen zu haben und erlangt ihre Stabilität zurück. Mutig steuere ich sie aufs offene Meer hinaus. Sollte sich meine Vermutung bewahrheiten, befindet sich die Insel irgendwo im Atlantik, daher fliege ich gen Westen.

Jetzt kann ich bloß hoffen, dass ich Land entdecke, bevor mir das Kerosin ausgeht.

Keine Stunde später lande ich das Flugzeug recht wackelig auf einem abgelegenen Feldweg auf dem Festland, in dessen Nähe ich ein Dorf ausgemacht habe. Gott sei Dank war die Insel nicht weit von der Küste entfernt. Allerdings habe ich keine Ahnung, wo ich mich befinde.

Ich springe heraus und haste über Wiesen und Felder, als wäre der Teufel persönlich hinter mir her. Dass ich barfuß bin und mir spitze Steine oder Äste ein ums andere Mal die Fußsohlen aufritzen, versuche ich zu ignorieren.

In dem Dorf angekommen läute ich an einem Haus und kurz darauf öffnet mir eine nette Oma, der ich etwas von einem Überfall mit anschließender Entführung erzähle. Sogleich lässt sie mich eintreten und versorgt mich mit Speisen und Getränken.

Das widerliche Nachthemd, das ich trage, wird durch eine dunkle Stoffhose und einen schwarzen Pulli ersetzt. Meine malträtierten Fußsohlen werden fürsorglich verarztet. Leider passen mir die Schuhe der alten Frau nicht, daher quetsche ich mich in ein Paar Badelatschen, was bei den vielen Pflastern, die jetzt meine Füße zieren, sicher nicht das Schlechteste ist.

Eigentlich kann ich mich so nirgendwo blicken lassen, doch ich möchte mich nicht allzu lange hier aufhalten, zu groß ist die Sorge, die Cessna könnte entdeckt werden und etwaige Verfolger auf meine Fährte locken.

Ich überlege, ob ich jemanden anrufen und um Hilfe bitten kann. Falls mein Ausbruch bereits publik geworden ist, wird man sicher das Haus meiner Eltern und meine Wohnung observieren. Nach Washington kann ich daher unter gar keinen Umständen zurück.

Liam?

Ich bin mir einfach nicht sicher, ob ich ihm trauen kann.

Natürlich gibt es für FBI-Agenten in Gefahr geheime Telefonnummern, Apartments und Codes. Allerdings ist es durchaus möglich, dass Rick Masters meine verfahrene Situation mitzuverantworten hat, daher verwerfe ich diesen Gedanken recht schnell wieder.

Wut über das Geschehen steigt in mir auf und bringt mein Blut zum Kochen. Bloß einer einzigen Person habe ich diese missliche Lage zu verdanken.

Das wird Brandon Quest mir büßen!

Flugs erkundige ich mich bei der alten Dame, wie ich am unauffälligsten nach New York komme.

Kapitel 22

Brandon

„Sie ist entkommen!“, schleudert uns Catwick die Worte geradezu an den Kopf, nachdem Eric und ich den Raum unter der Kirche betreten haben.

Als uns Catwicks Notruf erreichte, schmiedeten wir in Erics New Yorker Penthouse gerade Pläne, um Cassandra aus ihrem Gefängnis inmitten des Atlantiks zu befreien, denn vor Kurzem konnte mein Freund endlich ihren Aufenthaltsort in Erfahrung bringen. Allerdings wollten wir noch ein paar Tage ins Land gehen lassen, damit es nicht allzu offensichtlich erscheinen würde, wer dahintersteckt. Doch es hat fast den Anschein, als hätte sich dieser Einsatz soeben in Wohlgefallen aufgelöst.

Ich unterdrücke ein Schmunzeln, während mir ein Stein vom Herzen fällt.

Perfekt, besser hätte es nicht laufen können!

„Im Ernst?“, hakt Eric nach, wobei mir der scheinheilige Unterton in seiner Stimme nicht entgeht. „Wie ist ihr denn das gelungen?“

„Sie hat die Ärzte überwältigt und eine Cessna gestohlen.“

Ein verräterisches Zucken bildet sich um Erics Mundwinkel. Ganz klar, er genießt diese Information genauso sehr wie ich.

Ich kann nicht leugnen, dass ich während der letzten Wochen oft an Cassandra gedacht habe. Wenngleich uns Catwick mehrfach versichert hat, ihr würde kein Haar gekrümmt werden, kam ich nicht zur Ruhe.

Anscheinend hat der Circle schon mehrfach Menschen, die ihnen in die Quere kamen, auf dieser abgelegenen Insel weggesperrt. Erics verstorbener Vater, der lange den Vorsitz innehatte, konnte sich nämlich ebenso wenig damit anfreunden, jemanden töten zu lassen, wie sein Sohn. Folglich erstand er eine kleine Insel im Atlantik und ließ den dortigen Leuchtturm in eine Klinik umbauen.

Zwar betont Catwick jedes Mal ausdrücklich das Wort Sanatorium, doch ich befürchte, die Bezeichnung Irrenanstalt würde es eher auf den Punkt bringen. Sollten seine Schilderungen ansonsten der Wahrheit entsprechen, verweilen die Patienten für gewöhnlich so lange dort, bis sie sich mit ihrer Situation abgefunden haben. Danach wird anhand psychologischer Manipulation versucht, ihnen eine andere Realitätswahrnehmung zu vermitteln – sprich Gehirnwäsche.

Angeblich konnte bereits die eine oder andere Person wieder entlassen werden, da die Patienten irgendwann selbst nicht mehr an das Bestehen des Circle glaubten.

Dennoch stand ich der Sache skeptisch gegenüber, denn wer kann schon so genau nachvollziehen, was an einem derart abgelegenen Ort mit einer betäubten jungen Frau angestellt wird.

Folglich saß ich die ganze Zeit über auf glühenden Kohlen. Dass ich jetzt wieder regelmäßig eislaufen gehe, hat die Umstände zumindest einen Hauch erträglicher gemacht.

Mit dieser spektakulären Flucht hat Cassandra weitere Pluspunkte bei mir gesammelt. Ich wusste zwar, dass sie der Army angehört hat, aber eine Cessna zu fliegen, ist sicher kein Kinderspiel. Neben Emily ist sie ungelogen die aufregendste Frau, die mir jemals begegnet ist.

Catwick fixiert uns derweil aus schmalen Augen. „Sagt mir, dass ihr nichts mit ihrer Flucht zu tun habt!“

„Natürlich nicht!“, antworten wir beide, wie aus der Pistole geschossen.

Unser alter Freund runzelt argwöhnisch die Stirn. Es ist nicht zu übersehen, dass er uns kein Wort abkauft. „Eric, wir müssen auf der Stelle eine umfassende Suchaktion starten. Falls sie mit ihrem Wissen an die Presse gehen sollte, sind wir geliefert.“

Eric nickt. „Geht klar, ich kümmere mich darum, aber im Grunde genommen liegen ihr viel zu dürftige Fakten vor, um uns gefährlich werden zu können.“

„Dein Wort in Gottes Ohren“, brummt Catwick und wackelt aus dem Raum.

Eric und ich wechseln einen Blick, der mehr aussagt als tausend Worte.

„Weißt du was? Ich mag die Kleine“, verkündet er grinsend.

„Wem sagst du das?“ Auch ich kann jetzt ein zufriedenes Schmunzeln nicht länger unterdrücken.

„Hast du eine Idee, wo sie sich verstecken könnte?“

Ich schüttle den Kopf. „Sie wird ganz sicher nicht nach Washington zurückkehren, dazu ist sie zu clever. Womöglich versucht sie ja, das Land zu verlassen. Ich traue ihr allerdings wirklich zu, dass sie Informationen an die Presse weitergeben könnte.“

„Gut, dann lass uns zusehen, dass wir sie vor dem FBI oder der CIA finden. Ich versuche herauszufinden, wo die Cessna gelandet ist.“

„Klingt gut. Halte mich bitte auf dem Laufenden!“

„Hände hoch und keine Bewegung!“, fordert mich eine weibliche Stimme auf, als ich am darauf folgenden Abend mein Loft betrete. Aus dem Augenwinkel heraus erkenne ich, dass jemand in dunkler Kleidung eine Pistole auf mich gerichtet hat.

Wie festgefroren verharre ich, während ein Anflug von Panik in mir aufsteigt. Rasch begreife ich jedoch, wer einmal mehr in meine Wohnung eingedrungen ist. Ein Wechselspiel der Gefühle durchfährt mich: Zorn, dass sie es allen Ernstes wagt, mich mit einer Knarre zu bedrohen, aber auch Erleichterung, denn offenbar scheint sie gesund und munter zu sein.

Ich atme vernehmlich aus. „Haben sie dir zu viele Drogen eingeflößt oder warum wagst du dich ausgerechnet in die Höhle des Löwen?“

„Sein oder Nichtsein, ist die Frage, die sich mir gerade stellt. Ich habe nichts mehr zu verlieren.“

Ich weiß nicht, ob mir die Richtung gefällt, in die das hier soeben läuft. Unabhängig davon, wie ich jetzt reagiere, könnte das der größte und womöglich letzte Fehler meines Lebens sein. Denn ich sehe mich schon hinter Gittern, oder noch schlimmer mit einer Kugel im Kopf.

Ich kann bloß hoffen, dass der Circle mein Haus nicht überwachen lässt. Wenngleich Eric der neue Vorsitzende ist, ziehen manche der älteren Mitglieder hin und wieder ihr eigenes Ding durch. Einige haben aus Angst vor Entdeckung geradezu eine Paranoia entwickelt und würden mir niemals glauben, dass ich nicht mit Cassandra unter einer Decke stecke.

Aber wie sagte bereits einer der begnadetsten Schauspieler, die ich kenne, Sir Anthony Hopkins: *Niemand von uns kommt hier lebend raus ...*

Ich nehme all meinen Mut zusammen und wende mich der Einbrecherin langsam zu.

Sofort zuckt ihr Arm nach oben und sie richtet die Pistole auf meine Stirn. „Keine Bewegung, habe ich gesagt!“

Cassandras Anblick erschreckt mich. Sie ist leichenblass, die Haare hängen ihr wirr ins Gesicht und sie wirkt völlig erschöpft.

Armes Ding!

„Cassandra, würdest du bitte aufhören, mit diesem Teil vor meiner Nase herumzufuchteln, das macht mich nervös.“

Sie zögert, dann wedelt sie mit der Pistole in Richtung Wohnzimmer. „Geh hinein und setz dich!“

Widerwillig gehorche ich, marschiere voraus und falle auf das Sofa, wo ich nach einer Flasche Whiskey greife, die auf einem Sideboard steht. Auf den Schreck hin brauche ich jetzt erst einmal einen Drink.

„Keine Bewegung!“, fährt mich meine ungebetene Besucherin abermals an.

Rasch lasse ich die Hände wieder sinken. „Keine Sorge, es liegt nicht in meiner Absicht, dir die Flasche über den Kopf zu ziehen. Ich wollte einzig etwas zur Beruhigung.“

Ein Flattern erfüllt die Luft, bevor Valjean auf Cassandras Schulter landet. „Keine Bewegung“, krächzt er.

Erzürnt starrt Cassandra ihn an, doch dann lockert sich ihre angespannte Miene. „Hallo, mein Schatz, geht es dir gut?“

„Keine Bewegung“, gibt er erneut von sich.

Ich war noch nie so froh, Valjean zu sehen, denn er scheint Cassandra zu besänftigen.

„Würdest du jetzt bitte die Pistole runternehmen. Ich bin nicht so verrückt, eine bewaffnete FBI-Agentin anzugreifen. Und dann sag mir, ob alles mit dir in Ordnung ist.“

„Was denkst du wohl?“, zischt sie. „Niemals hätte ich vermutet, dass du mir so etwas antun würdest.“ Sie lässt die Pistole sinken und hält Valjean die andere Hand hin, auf die dieser sofort springt. Vorsichtig setzt sie ihn auf der Lehne eines Sessels ab.

„Ich hatte leider keine Wahl, und sag jetzt nicht, ich hätte dich nicht mehrfach gewarnt. Doch du musstest ja unbedingt weiter rumschnüffeln.“ Meine Augen folgen Valjean, der soeben auf den Tisch hüpft. „Die Alternative wäre dein Tod gewesen. Hättest du das bevorzugt? Obendrein hatten Eric und ich schon Pläne geschmiedet, um dich dort rauszuholen.“

„Und das soll ich dir glauben?“

„Du kannst Eric gerne anrufen und ihn befragen. Er hat bereits zwei Typen engagiert, die den Auftrag hatten, dich von dieser Insel zu entführen.“

Sie beißt sich verunsichert auf der Unterlippe herum, wägt ab, ob sie mir vertrauen kann. „Brandon, in welches Wespennest habe ich da gestochen?“

„Das kann ich dir nicht verraten, du weißt ohnehin schon viel zu viel. Lass uns einfach überlegen, wie es mit dir weitergehen soll. Ich denke, du musst das Land verlassen und woanders ganz von vorne anfangen. Ich werde dir dabei helfen.“

Sie starrt mich entsetzt an. „Ernsthaft?“

„Cassandra, es tut mir leid, aber du wirst niemals wieder beim FBI oder als Reporterin arbeiten können."

„Das denkst aber auch nur du! Ich habe da eine völlig andere Vorstellung meines künftigen Lebens: *Du* wirst einen Artikel über eure nette Zusammenkunft unter dieser alten Kirche veröffentlichen und alle Welt darüber informieren, was ihr dort treibt. Mit Namen, Titeln und Zuständigkeiten. Und dann werden wir mal sehen, ob ich nicht doch weiterhin als FBI-Agentin tätig sein werde. Vielleicht sogar in gehobener Position."

Ich ziehe eine Augenbraue hoch. „Meinst du im Ernst, die Bevölkerung würde sich für unseren kleinen Stammtisch interessieren? Du weißt, wie das bei wohlhabenden Männern so ist. Wir reden über unsere Häuser, Pferde, Autos …"

„Hör auf, mich zu verarschen!", fährt sie mich ungehalten an und richtet die Pistole wieder auf mich. „Du gehst jetzt an deinen Computer, loggst dich in den Observer ein und verfasst diese Mitteilung. Hast du mich verstanden? Mit allen Namen! Los, lass uns die Öffentlichkeit ein wenig aufrütteln."

Ich schlucke. Offensichtlich ist es ihr wirklich ernst damit. „Cassandra, glaube mir, das wäre unser sicherer Tod."

„Was du nicht sagst! Euer Stammtisch scheint ja eine blutrünstige kleine Gesellschaft zu sein. Aber deiner Meinung nach hat mein Dasein in den Staaten ja ohnehin keine Zukunft. Also was habe ich schon zu verlieren?" Fragend hebt sie die Hand mit der Pistole in die Luft. „Und jetzt beweg deinen Arsch und schreib diese Pressemitteilung!"

„Arsch“, krächzt Valjean und reißt mich aus meinen Überlegungen. Den Vogel hatte ich völlig vergessen.

Zögerlich richte ich mich auf.

Denkt nach!, fordere ich die kleinen grauen Zellen in meinem Schädel unterdessen auf. Ich muss Cassandra unbedingt davon abbringen, diesen Riesenfehler zu begehen, der uns tatsächlich beide das Leben kosten könnte.

Gemächlich gehe ich einen Schritt auf Cassandra zu, die sofort zurückweicht und wieder in Abwehrhaltung übergeht. Ihr Verhalten schmerzt. Jegliches Vertrauen, das sich zwischen uns aufgebaut hatte, ist dahin. Eine unüberwindbare Kluft scheint sich aufgetan zu haben.

„Cassandra, denk doch mal logisch! Dein höchster Chef ist in diese Sache involviert. Was meinst du, kannst du gegen ihn ausrichten?“

„Er hat immerhin auch einen Vorgesetzten, richtig? Und den würde vielleicht interessieren, was ihr da in euren Katakomben treibt.“

Ich ziehe provozierend die Augenbrauen hoch. „Du redest vom Präsidenten? Na, ich weiß nicht.“

Erschrocken reißt sie die Augen auf. „Nein, o mein Gott! Er gehört ebenfalls zu euch? Das glaube ich jetzt nicht.“ Hektisch schnappt sie nach Luft.

„Hör zu, mein Engel, ich mache dir einen Vorschlag. Meine Schwester besitzt eine Wohnung auf Long Island. So gut wie niemand weiß davon. Dort könnten wir dich erst einmal unterbringen, um zu überlegen, wie es mit dir weitergehen soll. Was meinst du?“

„Ist das eine Falle?“

„Ich bitte dich, traust du mir das wirklich zu?"

„Brandon, ich saß wochenlang mit Drogen vollgepumpt in einem Gefängnis inmitten des Atlantiks, das hätte ich dir auch nicht zugetraut."

„Wie oft noch? Ich hatte keine Wahl."

Ich bemerke, dass ihr Widerstand bröckelt. Sie ist mental und körperlich am Ende und es tut mir im Herzen weh, sie so leiden zu sehen.

Gemächlich verkürze ich die Distanz zwischen uns, als ich nach ihr greifen will, stößt sie mich jedoch von sich. „Ich muss darüber nachdenken." Mit großen Schritten marschiert sie auf die Ausgangstür zu.

„Warte, lass mich dir zumindest ein wenig Geld geben! Woher hast du eigentlich die Waffe?"

„Ich habe einen Polizisten überwältigt."

Perplex ziehe ich die Augenbrauen hoch. „Ah, verstehe."

Ich zerre ein paar Hundert-Dollar-Scheine aus meiner Brieftasche und reiche sie ihr. „Ich hole dir noch den Schlüssel für Long Island, falls du eine Unterkunft benötigst. Bitte, lauf nicht davon." Hastig eile ich ins Büro.

Nachdem ich zurückgekehrt bin und sie den Schlüssel eingesteckt hat, verschwindet sie aus meiner Wohnung, ehe ich noch imstande bin, ihr die genaue Adresse mitzuteilen. Ich kann also davon ausgehen, dass sie das Angebot mit Long Island nicht annehmen will.

Frustriert sinke ich auf das Sofa, schenke mir nun endlich einen Drink ein und beobachte den Papagei, der auf dem Tisch mit einer glänzenden Schüssel spielt. „Meine Güte, Valjean, da sind wir aber in eine echt blöde Situation geraten. Nur weil ich das Gefühl hatte, ich könnte Gott spielen und die ganze Pressewelt beherrschen, sitzen wir jetzt mächtig in der Scheiße. Ich war ein solcher Idiot. Wie kann ich das bloß wieder gutmachen?"

„Idiot!", krächzt er wie zur Bestätigung, bevor er davonflattert und sein Zimmer ansteuert.

Noch lange sitze ich da und starre ins Leere, wobei ich mir unablässig überlege, wie weit ich gehen würde, um Cassandra zu helfen.

Kapitel 23

Cassandra

Gedankenverloren schaue ich die schäbige Decke des kleinen Hotelzimmers an. Die Klimaanlage brummt lautstark vor sich hin, während der Straßenlärm Manhattans jede noch so winzige Ecke des Raums erfüllt. Doch ich will mich nicht beklagen. Einzig dank Brandons Geld konnte ich mir überhaupt ein Bett für die Nacht und ein paar neue Klamotten leisten. Sonst wäre mir vermutlich nichts anderes übrig geblieben, als erneut jemanden zu überfallen.

Das mit dem Polizisten war keinesfalls mein Plan gewesen, doch als ich ihn da am Busbahnhof stehen sah, überkam mich ein ungewohnter Drang nach Sicherheit. Da es mir zu riskant erschien, ihn um Hilfe zu bitten, entschied ich, mir stattdessen seine Pistole auszuleihen. Ich gebe es ungern zu, aber die Zeit auf der Insel sitzt mir nach wie vor in den Knochen. Angst war niemals mein Begleiter, doch momentan reicht jedes noch so leise Geräusch aus, um mich zusammenzucken zu lassen.

Unruhig werfe ich mich in dem kleinen Bett von einer Seite auf die andere. Das Zimmer wäre gar nicht nötig gewesen, denn ich finde keinen Schlaf. Unentwegt frage ich mich, ob das, was Brandon angedeutet hat, der Wahrheit entsprechen kann. Sollten sich wirklich alle mächtigen Männer der Staaten in diesem Verein – so nenne ich diese Verbindung jetzt einfach mal – zusammengeschlossen haben, habe ich nicht die geringste Chance, diese Seilschaften zu zerschlagen.

Eher werden sie mich zerstören.

Brandon liegt vermutlich richtig. Es wird darauf hinauslaufen, dass ich das Land verlassen muss.

Aber wie? Ohne Ausweis, Kreditkarte oder Geld.

Meine Gedanken wandern zu meinen Eltern. Sie sind sicher besorgt, immerhin haben sie seit Wochen nichts von mir gehört. Doch ich traue mich nicht, sie zu kontaktieren, da ich sie damit womöglich ebenfalls in Gefahr bringen würde.

Verzweiflung steigt in mir auf.

Was soll ich bloß tun? Und wie konnte mein geregeltes Leben nur derart schnell aus den Fugen geraten?

Mit dem Handrücken meiner rechten Hand wische ich die Tränen beiseite, die mir über die Wangen rinnen. Als ob mir Selbstmitleid in meiner derzeitigen Situation helfen würde.

Dummerweise bin ich nicht imstande einzuschätzen, ob ich Brandon vertrauen kann. Aber leider ist er gerade der einzige Mensch auf dieser Welt, der mir überhaupt unter die Arme greifen könnte. Ich muss herausfinden, ob seine Aussagen der Wahrheit entsprechen oder ob er mich lediglich einschüchtern wollte.

Nachdem sich auch Stunden später noch kein Schlaf eingestellt hat und die Morgendämmerung das kleine Zimmer bereits in ein sanftes Licht taucht, springe ich auf, schlüpfe in meine Klamotten und rausche aus dem Hotel. Schnurstracks marschiere ich zur Grand Central Station und löse ein Busticket nach Boston, um meine Verfolger auf eine falsche Fährte zu locken.

Dort angekommen gönne ich mir zu allererst in

einer abgelegenen Kneipe ein deftiges Frühstück, bestehend aus Eiern, Würstchen und Speck. Ein Fehler, wie sich schnell herausstellt, denn mein Magen ist solche Leckereien nicht mehr gewohnt und reagiert darauf mit einem heftigen Völlegefühl und Brechreiz.

Ich atme mehrmals tief durch und schlucke die aufsteigende Magensäure hinunter. Trotz quälender Übelkeit verlasse ich die Kneipe und mache mich auf die Suche nach einem Internet-Café.

Schon nach kurzer Zeit werde ich fündig und nehme an einem PC in einer nicht einsehbaren Ecke Platz. Dort starte ich den Versuch, mich in meinen FBI-Account einzuloggen, doch erfolglos.

Ich wurde wirklich gesperrt!

Diese Anordnung kann nur von Rick Masters persönlich gekommen sein. Ich habe ihn mir in der Tat zum Feind gemacht.

Rasch sende ich einen Notfallcode an eine geheime Mailadresse. Binnen Sekunden wird das FBI wissen, wo ich mich befinde. In wenigen Minuten sollte mir der nächste Streifenwagen unauffällig zur Hilfe eilen. Dieser Code ist dafür gedacht, Agenten in Sicherheit zu bringen, ohne ihre Deckung auffliegen zu lassen.

Ich flüchte aus dem Café und verberge mich hinter einer Häuserecke.

Es dauert nicht lange, bis fünf Polizeiwagen auftauchen, die Straße abriegeln und mit gezückten Waffen das Café betreten.

Verzweifelt schließe ich die Augen. Brandon lag richtig, ich habe mich mit den falschen Menschen angelegt und werde in diesem Land keinen Fuß mehr auf den Boden bekommen.

Ich eile davon, um Boston schnellstmöglich zu verlassen, bevor die Polizei die Ausfahrtsstraßen sperrt. Keine zwei Minuten später sitze ich in einem Bus, der mich wieder nach New York bringt.

Ich weiß, es ist gefährlich, an den Ort des Vergehens zurückzukehren. Aber habe ich eine Wahl?

Kapitel 24

Brandon

Während ich mich ein paar Tage später mit Emily an meiner Seite auf eins der Broadway-Theater zubewege, zupft mich plötzlich jemand am Ärmel. Ich fahre herum und nehme überrascht die dunkel gekleidete Gestalt in Augenschein, die die Kapuze eines Hoodies tief ins Gesicht gezogen hat.

„Brandon, gilt dein Angebot mit der Wohnung noch?“, murmelt die Kapuze.

Als ich die Stimme erkenne, schaue ich hektisch um mich. „Verdammt, Cassandra, hier wimmelt es nur so von Überwachungskameras. Bist du verrückt geworden?“, zische ich ihr leise zu.

„Daher die Mütze“, brummt sie.

„Natürlich gilt mein Angebot noch. Long Beach, vorne am Strand, Haus Nr. 23“, flüstere ich ihr zu. „Soll ich dich hinbringen?“

„Nein, das wäre zu auffällig. Ich komme schon zurecht. Ich hoffe nur, das ist keine Falle.“

„Wenn du das wirklich glauben würdest, wärst du nicht erneut zu mir gekommen, oder? Ich werde morgen bei dir vorbeischauen und dann sehen wir weiter. Fühle dich dort ganz wie zu Hause.“ Ich greife in die Innentasche meines Jacketts. „Hier, mein Autoschlüssel und der Schlüssel für die Tiefgarage. Und tu mir den Gefallen und sei vorsichtig.“

Sie nickt. „Danke, Brandon“, haucht sie und ist auch schon wie ein Dieb in der Nacht zwischen den Menschenmengen verschwunden.

„Erklärst du mir, wem du gerade meine Wohnung

und deinen Wagen vermacht hast?“, will Emily mit verwundertem Unterton wissen.

Ich seufze. „Lange Geschichte. Ich habe dir doch von dieser hochintelligenten Reporterin erzählt, die ich auf dem Presseball im Plaza kennengelernt habe. Nun ja, sie schwebt in Gefahr. Ich denke, dort sollte sie erst einmal in Sicherheit sein.“

Emily mustert mich kritisch. Da sie keine Ahnung von dem Bestehen des Secret Circle hat, kann ich ihr leider nicht die volle Wahrheit offenbaren.

„Du weißt, dass sie in Wirklichkeit FBI-Agentin ist?“

Erstaunt starre ich sie an. „Gibt es da etwas, das du mir erzählen möchtest?“

Sie zögert. „Sie hat mich aufgesucht, da sie dich verdächtigte, Politiker oder Wirtschaftsbosse abzuhören.“

Ich kann ein Grinsen nicht unterdrücken.

Typisch, Cassandra. Aber die Idee war nicht schlecht.

„Warum hast du es mir verschwiegen?“

„Sie meinte, wenn ich dich vorwarne, würde ich mich mitschuldig machen. Aber das war nicht der Hauptgrund. Irgendwie hatte ich das Gefühl, da wäre etwas zwischen euch, das ich nicht zerstören wollte, daher habe ich vorerst einmal meinen Mund gehalten.“ Sie mustert mich. „Junior, sag mir, dass du unschuldig bist.“

„Natürlich, was denkst du denn?“

„Gut, ich hatte auch nichts anderes erwartet. Du magst die Kleine, richtig?“

„Wäre möglich.“

„Schön, ich habe lange auf die Frau gewartet, die

dir endlich einmal wieder diesen Ausdruck aufs Gesicht zaubert, denn das ist seit Patricia keiner mehr gelungen. Aber willst du dich wirklich auf eine FBI-Agentin einlassen?“

Ich seufze.

Patricia, meine erste und einzige große Liebe!

Dummerweise war sie ein paar Jahre älter als ich und ihre biologische Uhr tickte. Letztendlich trennten wir uns schweren Herzens, da ich mit zwanzig noch nicht bereit für eine Familie war.

Aber Emily liegt richtig, vergessen habe ich diese Frau niemals.

„Ich weiß nicht, ob das mit Cassandra und mir etwas werden könnte“, erwidere ich schließlich. „Sie ist ungelogen die außergewöhnlichste Frau, die mir seit sehr langer Zeit über den Weg gelaufen ist. Doch es gibt da ein paar Hürden zu überwinden, und dabei handelt es sich nicht ausschließlich um ihren Job.“

Sie nickt verständnisvoll. „Du wirst es mir aber sagen, falls ich dir helfen kann.“

„Selbstverständlich. Aber jetzt komm, sonst verpassen wir noch die Vorstellung.“

Rasch realisiere ich jedoch, dass ich mich heute nicht auf das Theaterstück konzentrieren kann, zu sehr sorge ich mich um Cassandra.

In der Pause greift Emily in ihre Clutch und drückt mir ihren Autoschlüssel in die Hand. „Na los, fahr zu ihr! Du kommst sonst ohnehin nicht zur Ruhe.“

Ich beuge mich zu ihr hinüber und hauche ihr ein Küsschen auf die Wange. „Ich danke dir. Wenn ich dich nicht hätte.“ Mit großen Schritten verlasse ich das Theater und schwinge mich in Emilys kleinen Sportflitzer, der direkt dahinter auf einem Privatparkplatz steht.

Als ich mitten in der Nacht in Long Beach eintreffe, läute ich, trete dann aber rasch beiseite. Ich will nicht Gefahr laufen, mir doch noch eine Kugel einzufangen.

Tatsächlich öffnet Cassandra mit der Knarre in der Hand. Als sie mich erkennt, lässt sie die Pistole sofort sinken. Sie trägt einen Morgenmantel, der mit Sicherheit Emily gehört, denn er ist ihr um eine Handbreit zu lang.

Mit einem Ausdruck der Verwunderung betrachtet sie mich. „Wolltest du nicht erst morgen vorbeikommen?“

„Ich habe mir Sorgen um dich gemacht. Störe ich dich etwa?“

Sie schüttelt den Kopf, geht beiseite und lässt mich eintreten. Nachdem sie die Tür geschlossen hat, legt sie die Waffe auf einem Sideboard ab und wirft sich in meine Arme.

Überrascht fange ich sie auf und torkle mit ihr einen Schritt nach hinten.

Ihr Kopf fällt gegen meine Schulter und sie bricht in haltloses Schluchzen aus.

Tröstend drücke ich sie an mich und streiche ihr mit einer Hand übers Haar.

Eigentlich ging ich bislang davon aus, diese Frau könnte nichts erschüttern, doch momentan scheint sie am Ende ihrer Kräfte zu sein. Und irgendwie macht dieser emotionale Ausbruch sie unglaublich menschlich. „Ist ja gut, mein Engel, beruhige dich. Alles wird gut.“

„Brandon, ich will nicht dorthin zurück. Es war so furchtbar. Bitte, du darfst mich nicht verraten. Ich weiß gerade nicht, wer mir sonst helfen könnte."

Sie zittert am ganzen Leib und es tut mir im Herzen weh, sie so verletzlich und entmutigt zu sehen. Ich hauche ihr einen Kuss aufs Haar, das nach Emilys Rosenshampoo duftet. „Dich auffliegen zu lassen, ist das Letzte, was mir vorschwebt. Also mach dir keine Gedanken."

Nachdem sie ein wenig zur Ruhe gekommen ist, löst sie sich von mir und wischt sich die Tränen von den Wangen. „Rick Masters lässt tatsächlich Jagd auf mich machen."

„Und das weißt du woher?"

„Ich bin nach Boston gefahren und habe dem FBI einen Notfallcode geschickt, der bedeutet: Agentin soll unauffällig in Sicherheit gebracht werden. Keine zehn Minuten später war die komplette Bostoner Polizei vor Ort."

„Das heißt, sie vermuten dich in Boston."

„Jep."

„Guter Plan."

Sie wendet sich ab, läuft zum Sofa und fällt erschöpft darauf. „Ich denke, ich muss mir eine neue Identität zulegen."

Ich setze mich gegenüber in einen Sessel. „Hast du eine Idee, wie du das anstellen willst?"

„Mein Ex könnte mir möglicherweise helfen und deine Schwester."

„Das wirst du mir schon genauer erklären müssen."

„Na ja, ich denke da an so eine Art Zeugenschutzprogramm, und deine Schwester ist gut darin, das

Aussehen einer Person zu verändern."

„Nachdem, was du mir über deinen Ex erzählt hast, scheint ihm seine Karriere enorm wichtig zu sein. Meinst du nicht, dass er dich hochgehen lassen würde?"

Sie zuckt mit den Schultern. „Ganz sicher bin ich mir nicht, aber sobald ich ihm sage, dass ich in großer Gefahr schwebe, lässt er sich vielleicht darauf ein. Was ist mit deiner Schwester?"

„Sie würde dir auf jeden Fall helfen, wenn ich sie darum bitte."

Sie beißt sich gedankenverloren auf der Unterlippe herum. „Ich war übrigens vor einiger Zeit bei Emily und leider hatten wir keinen besonders guten Start", murmelt sie kleinlaut.

Ich schmunzle. „Keine Sorge, Emily ist nicht nachtragend. Du dachtest also Eric und ich würden Politiker und Wirtschaftsbosse belauschen. Interessante These."

„Wer konnte schon ahnen, dass das gar nicht nötig ist, da ihr euch regelmäßig von Angesicht zu Angesicht gegenübersitzt. Aber was ist jetzt, würdest du Emily fragen, ob sie mir helfen könnte?"

„Selbstverständlich, doch lass uns nichts überstürzen. Hier bist du vorerst einmal sicher." Ich bedenke sie mit einem eindringlichen Blick. „War es sehr schlimm in der Klinik?"

„Schon, doch da ich betäubt war, schlief ich die meiste Zeit. Irgendwann vertraten sie die Meinung, ich hätte meine Gegenwehr eingestellt und nahmen mir die Fesseln ab. Das war meine Gelegenheit, die Ärzte zu verprügeln und abzuhauen."

Mit dieser Aussage entlockt sie mir ein Lächeln.

Ich mag die Kleine wirklich und bin unglaublich erleichtert, dass ihr nichts zugestoßen ist. „Du hast mir niemals verraten, dass du in der Lage bist, eine Cessna zu fliegen. Meine Bewunderung ist dir dadurch sicher. Wie sieht es mit Kampfjets aus? Passagierflugzeuge? Helikopter?"

Sie lächelt ein wenig gezwungen. „Weder noch. Ich hatte ein paar Flugstunden, und als ich bei der Army war, habe ich häufig im Simulator geübt. Aber das Leben gerettet hat mir mein Verstand." Sie tippt sich mit den Fingern einer Hand an die Schläfe. „Ich habe die meisten Handbücher hier oben abgespeichert."

Grinsend schüttle ich den Kopf. „Einverstanden, wenn du möchtest, kann ich mich mal mit deinem Ex-Freund unterhalten. Dich verstecken wir besser so lange, bis wir wissen, ob er auf unserer Seite ist."

„Was willst du ihm erzählen?"

„Dass dein höchster Boss dich für irre hält, da du dich daran festgebissen hast, in New York gäbe es eine Organisation, die mit Mafia-Methoden arbeitet. Sollte dein Verflossener sich in der Tat darauf einlassen, dir eine neue Identität zu beschaffen, sehen wir weiter."

Sie legt den Kopf ein wenig schief und mustert mich. „Warum willst du mir helfen?"

„Wie sagte schon Oscar Wilde: In der Wahl seiner Feinde kann man gar nicht vorsichtig genug sein. Und du bist die letzte Person, die ich zum Feind haben möchte."

„Das heißt, du magst mich doch irgendwie?"

„Ja, mein Engel, das tue ich."

„Danke, das bedeutet mir viel. Verrätst du mir,

was es mit diesem silbernen Oktopus auf sich hat?“

„Nicht für alles Geld dieser Welt!“

„Die Frau, die bei euch in dieser Höhle war, ist Eric Carpenters Gattin, richtig?“

Ich nicke. „Sie war ähnlich neugierig wie du. Er hat sie geheiratet, um ihren süßen Arsch zu retten.“

Sie reißt die Augen auf. „O mein Gott! Und jetzt sind die beiden für alle Ewigkeit aneinandergebunden?“

„Halb so wild, sie haben sich mittlerweile ineinander verliebt, das hilft ungemein.“

„Wow! Warum hast du dich überhaupt auf diesen Verein eingelassen? Wurdest du dazu gezwungen?“

Ich seufze und frage mich, wann dieses Verhör enden wird. „Nein, im Großen und Ganzen ist dieser Verein, um es mit deinen Worten auszudrücken, eine gute Sache. Vielleicht habe ich es mit den Pressemitteilungen einfach ein wenig übertrieben. Ich glaube, ich wollte zu viel. Zukünftig werde ich vorsichtiger sein.“

„Wer gehört noch dazu?“

„Cassandra, du kannst die Befragungen jetzt einstellen, du wirst nicht mehr erfahren.“

Sie zuckt mit den Schultern. „Tut mir leid, alte Gewohnheit.“

Ich muss erneut schmunzeln. Und dann kann ich mich nicht länger zurückhalten, denn insgeheim hatte ich eine furchtbare Angst, sie niemals wiederzusehen. Auch schwirrte mir mehrfach die Vorstellung durch den Kopf, sie würde mir irgendwann mit einem durch und durch debilen Lächeln auf dem Gesicht gegenübertreten. Ähnlich Jack Nicholson in „Einer flog über das Kuckucksnest“.

Rasch erhebe ich mich, umrunde den Tisch und setze mich neben sie, während sie mich mit verwundertem Gesichtsausdruck in Augenschein nimmt.

Ich suche nach ihrem Blick und umfasse mit einer Hand ihren Nacken, bevor ich sie küsse.

Kapitel 25

Cassandra

Die Glut, mit der Brandon mich küsst, trifft mich völlig unvorbereitet und ich verstehe gerade die Welt nicht mehr. Leidenschaft, Verlangen, aber auch ein Anflug von Verzweiflung liegen in seinem Kuss.

Wenn er sich wirklich derart um mich gesorgt hat, warum ließ er dann zu, dass ich in diese Klapse gesperrt wurde? Übt diese Vereinigung etwa eine solche Macht aus, dass selbst ein Mann wie Brandon nichts dagegen ausrichten kann?

Als sich seine Zunge in meinen Mund schiebt, verflüchtigen sich die wirren Gedanken jedoch rasch. Ich erwidere Brandons Kuss, schlinge meine Arme um seinen Nacken und sinke gegen ihn. Nach dieser schrecklichen Zeit vermittelt mir seine Nähe ein beruhigendes Gefühl.

Bisher habe ich meine Schlachten meistens alleine geschlagen, doch im Moment kann ich nicht einschätzen, ob mir das gelingen würde. Ich glaube, ich habe mich niemals zuvor mit einem derart mächtigen Gegner angelegt, daher genieße ich die Vertrautheit zwischen Brandon und mir gerade umso mehr.

Erst nach einer gefühlten Ewigkeit löst er sich schwer atmend von meinen Lippen und sucht nach meinem Blick. Das Grün seiner Augen hat einen dunkleren Farbton angenommen. Wärme und unverkennbare Lust liegen darin und zum ersten Mal, seitdem ich ihn kennengelernt habe, vertraue ich ihm in vollem Umfang. Es ist eher eine Intuition, nichts Greifbares. Obwohl ich ein Mensch bin, der sich für gewöhnlich auf Fakten stützt, bin ich mir in dieser Sekunde sicher, dass Brandon mich niemals verraten oder fallen lassen würde.

„Gott, Cassandra, du kannst dir gar nicht vorstellen, welche Sorgen ich mir um dich gemacht habe. Ich muss dich jetzt spüren. Geht das für dich in Ordnung?"

Seine Worte bringen mich ein wenig aus dem Konzept, da ich nicht im Entferntesten einzuschätzen vermag, was ihm gerade vorschwebt. „Und wie genau stellst du dir das vor?"

Er fährt mir zärtlich mit einem Finger über die Wange, während er mir ein sexy Lächeln schenkt, das mein Herz zum Rasen bringt. „Ich würde jetzt für mein Leben gerne mit dir schlafen."

„Klingt gut", hauche ich, da ich mich ebenfalls nach seiner Nähe sehne.

Schlagartig unterbricht er den Blickkontakt, springt auf und packt mich seitlich unter Armen und Beinen. Als er mich mit Leichtigkeit hochhebt, lasse ich glücklich seufzend den Kopf gegen seine starke Schulter fallen. Er hat mir wirklich gefehlt. Als ich jedoch bemerke, wohin er mich trägt, reiße ich überrascht die Augen auf.

Ins Badezimmer? Äh hallo, warum das denn?

Er stellt mich vor dem Waschbecken ab, öffnet den Morgenmantel, den ich nach dem Duschen entdeckt habe, und lässt ihn mir von den Schultern gleiten. Da ich mich nicht auch noch an der Unterwäsche seiner Schwester vergreifen wollte, stehe ich jetzt nackt vor ihm.

Sein verhangener Blick tastet über meinen Körper, scheint dabei jeden Millimeter förmlich in sich aufzusaugen und entfacht kleine Flammen der Lust in mir. Etwas Dunkles zieht in Brandons Augen auf, als er auf meinen malträtierten Oberarm aufmerksam wird, der durch die vielen Spritzen immer noch von Hämatomen übersät ist.

„Es tut mir leid", flüstert er, und küsst liebevoll die geschundenen Stellen. „Unsagbar leid."

Diese Geste bohrt sich ganz tief in mein Herz und lässt es vor Glück beinahe zerspringen. Eine wohltuende Wärme steigt in meinem Inneren auf und rückt die schrecklichen Tage, die ich durchlebt habe, in den Hintergrund. Es ist, als hätte Brandon mich soeben vor allem Bösen abgeschirmt, mich in einen Kokon gepackt, den nichts Widerwärtiges mehr durchdringen kann. Als wäre ich endlich am Ende einer langen Reise angekommen.

Nach einiger Zeit lässt er von meinem Arm ab, zerrt sich ungeduldig das Hemd über den Kopf und öffnet seine Hose, die kurz darauf mitsamt Boxershorts zu Boden geht. Seine mächtige Erektion bringt mich zum Schlucken.

Er greift nach meinen Schultern und dreht mich um die eigene Achse, sodass ich jetzt in den Spiegel über dem Waschbecken schaue.

„Beug dich nach vorne und stütz dich mit den Händen auf dem Beckenrand ab!", weist er mich an. „Und keine Sorge, ich werde so vorsichtig wie möglich mit dir umgehen."

Widerwillig gehorche ich. Nach dem, was mir widerfahren ist, benötige ich dringend Zärtlichkeit und keinen unpersönlichen Sex, doch offenbar ist Brandon dazu außerstande. Alle Glücksgefühle, die sich in mir aufgebaut haben, lösen sich in Sekundenschnelle in Luft auf und machen bitterer Enttäuschung Platz.

Hinter mir höre ich das Knistern eines Kondoms. „Spreiz deine Beine für mich!“, fordert er mich auf.

Unwillkürlich versteife ich mich. „Brandon, lass mich dich zumindest dabei ansehen“, wage ich einen Vorstoß.

„Das kannst du. Schau in den Spiegel!“

„Nein, nicht über den Spiegel!“ Meine Frustration bricht sich Bahn und offensichtlich ist mein Ton wesentlich schärfer ausgefallen, als es in meiner Absicht lag, denn Brandon hält prompt in der Bewegung inne und schweigt sekundenlang, bevor er vernehmlich die Atemluft einzieht. „Verzeih mir, ich dachte, du würdest dich ebenfalls nach meiner Nähe sehnen.“

„Brandon, das tue ich, wahrscheinlich stärker, als du dir vorstellen kannst. Doch weißt du, wo das Problem liegt? Du lässt überhaupt keine Nähe zu.“

„Das, was du gerade von mir verlangst, habe ich seit einer Ewigkeit nicht mehr getan. Ich kann nicht einschätzen, ob ich noch dazu in der Lage bin.“

Und in dieser Sekunde begreife ich, dass ich mit meinen Vermutungen richtiglag: Durch das Zuschauen und die Spiegel schottet Brandon sich vor tiefer gehenden Gefühlen ab.

Was Emily mir über seine Jugendliebe erzählt hat, kommt mir wieder in den Sinn. Leider kam ich nicht mehr dazu, Genaueres über diese Dame herauszufinden, da mich ein paar größenwahnsinnige Millionäre in ein Gefängnis inmitten des Ozeans verfrachtet haben. Ob diese Lady allerdings der einzige Grund für Brandons Verhalten ist, kann ich für den Moment nicht mit Bestimmtheit sagen.

„Brandon, wollen wir es nicht versuchen. Ich könnte gerade ein wenig Zärtlichkeit vertragen."

Er schweigt eine Weile. „Entschuldige, ich bin ein Idiot. Ich will dich so sehr, dass ich nicht mehr klar denken kann."

Sanft packt er mich an der Taille und dreht mich erneut um die eigene Achse. Vorsichtig, als wäre ich eine Porzellanpuppe, hebt er mich hoch und setzt mich mit dem Hintern auf einer Ablage neben dem Waschbecken ab.

Ich kann ein Grinsen nicht unterdrücken. Warum fällt es Männern eigentlich immer derart schwer, auf die Gefühlslage einer Frau einzugehen? Beim besten Willen muss er mich nicht in Watte packen.

Währenddessen beugt Brandon sich über mich und verwöhnt meine Brüste mit sanften Küssen, was mir ein genüssliches Stöhnen entlockt. Mit beiden Händen spreizt er dabei meine Beine. Er küsst sich meinen Bauch hinab, und ehe ich mich versehe, ist er schon vor mir auf die Knie gesunken und hat seinen Kopf in meinem Schoß vergraben.

„Nein, Brandon, das habe ich nicht gemeint. Ich … Oh, mein Gott!" Mir ersterben die Worte auf den Lippen, als Brandon zärtlich über meine Scham leckt.

Halt suchend krallen sich meine Finger in sein Haar.

Himmel, fühlt sich das gut an!

Ich werfe den Kopf in den Nacken, schließe die Augen und lasse es geschehen. Von Brandon geleckt zu werden, ist atemberaubend.

Gekonnt bearbeitet er mich mit liebevollen Zungenschlägen, sodass pure Lust rasend schnell meinen kompletten Leib flutet. Ich erbebe unter seinen Lippen, stöhne laut auf und sehne einen Höhepunkt herbei, in der Erwartung, dass dieser mir nicht bloß körperliche, sondern obendrein seelische Erleichterung verschafft.

„Brandon, verdammt, ist das gut", keuche ich. Dass mir sein Name in einer solchen Situation unsagbar leicht über die Lippen geht, verdeutlicht mir, wie oft ich unterbewusst an diesen Mann gedacht habe.

Er liebkost mich jetzt mit Mund, Zunge und Fingern, beißt mich ab und an spielerisch und lässt mich behutsam davonschweben, in andere Gefilde, in denen all meine Probleme verblassen wie die Kondensstreifen der Flugzeuge am Himmel. Die schrecklichen Ereignisse werden zu einer vagen Erinnerung und ich gebe mich der Hoffnung hin, dass sie mein Denken und Wirken niemals wieder vereinnahmen können.

„Oh, ja!", ich schreie vor Lust auf, als mich ein gigantischer Orgasmus durchfährt, der nicht zu enden scheint. Brandon leckt mich unablässig weiter, trägt mich durch diesen Höhepunkt hindurch und verlängert ihn.

Erst als ich langsam zur Ruhe komme, lässt er von mir ab. Er richtet sich auf, spreizt meine Schenkel um ein weiteres Stück und presst sich dazwischen.

„Cassandra, ich bin verrückt nach dir. Meine Selbstbeherrschung ist gerade völlig dahin. Geht das für dich in Ordnung, wenn ich dich jetzt nehme?"

Ich nicke abwesend. „Gott, Brandon, glaubst du wirklich, ich wäre jetzt imstande, Nein zu sagen? Nach dem, was du soeben mit mir angestellt hast?"

Er stößt ein heiseres Lachen aus. „Eigentlich nicht, doch ich wollte auf Nummer sicher gehen.“

Keine Sekunde später keuche ich laut auf, als er seinen harten Schwanz in mich hineinschiebt. Ich bin noch empfindlich von dem heftigen Höhepunkt und habe keine Ahnung, wie ich diese intensiven Emotionen ertragen soll.

„Brandon, du bringst mich um!“ Mein Kopf fällt gegen seine Schulter, während sich meine Finger in seine Oberarme bohren. Ich brauche Halt, sonst falle ich ins Bodenlose.

„Frag mich mal!“ Er holt vernehmlich Luft. „Möchtest du, dass ich aufhöre?“

„Um Himmels willen, nein.“

„Dann schling deine Schenkel um meine Hüften und lehn dich zurück.“

Ich gehorche prompt, nehme meine Arme nach hinten, um mich mit den Händen abzustützen, und drücke das Kreuz durch. Brandon umfasst indessen meine Pobacken und zieht mich ein weiteres Stück zu sich nach vorne. Dass er dabei noch tiefer in mich hineingleitet, bringt mich beinahe um den Verstand und entlockt mir ein sinnliches Stöhnen.

Ich schaue auf und meine Augen heften sich auf seinen muskulösen Brustkorb und die breiten Schultern.

Du liebe Güte, ist dieser Mann schön!

Der Anblick nimmt mich sekundenlang gefangen und raubt mir den Atem.

Letztendlich lege ich den Kopf in den Nacken und suche nach Brandons Blick, doch er vermeidet es, mich anzusehen und stiert in den Spiegel hinter meinem Rücken.

Ich schnappe nach Luft.

Nein, das kann unmöglich sein Ernst sein!

Prompt öffne ich den Mund, um zu intervenieren, als er jedoch erneut in mich hineinstößt, verlässt einzig ein Wimmern meine Lippen.

Während er mich rhythmisch nimmt, entfährt nun auch ihm das eine oder andere kehlige Stöhnen. Bereits nach kurzer Zeit kann er sich nicht mehr zurückhalten, denn seine Stöße werden härter und kraftvoller.

„Verzeih mir, Kleines, du bist so heiß.“ Seine raue Stimme ist Erotik pur. „Ich kann das heute nicht zärtlicher. Aber ich verspreche dir, ich werde es wieder gutmachen.“

Ich genieße es unsagbar, dass dieser beeindruckende Mann derart scharf auf mich ist, doch nach wie vor gelingt es mir nicht, diesen Hauch Unbehagen abzuschütteln. „Nimm mich, so fest du willst. Aber kannst du nicht wenigstens versuchen, mir dabei in die Augen zu sehen?“

Er hält in der Bewegung inne und holt vernehmlich Luft. „Cassandra, bitte zwing mich nicht dazu. Ich will jetzt einfach bloß in dir kommen, sonst drehe ich durch.“

Seine Stimme bebt und mir ist klar, dass er sich kaum mehr zügeln kann. Wenngleich ich mir das hier ein wenig anders vorgestellt hätte, steigt ein Gefühl des Triumphes in mir auf. Gibt es etwas Schöneres für eine Frau, als derart begehrt zu werden?

„Dann fick mich, Brandon“, hauche ich mit betont heiserem Tonfall, um ihn noch mehr anzutörnen. „Und hol dir, was du brauchst.“

Meine Worte verfehlen ihre Wirkung nicht, denn

ihm entfährt ein Keuchen, während ein Zittern seinen kompletten Körper durchläuft. „Weißt du eigentlich, was du da gerade mit mir anstellst?“, presst er zwischen zusammengebissenen Zähnen hervor.

Seine Muskeln verkrampfen sich, er zuckt in mir und wird noch einen Tick härter. Als er sich kurze Zeit später laut stöhnend in mir ergießt, läuft mir gänzlich ungewollt eine vereinzelte Träne über die Wange.

Zum Teufel, Brandon Quest erreicht Stellen in meinem Herzen, zu denen Liam oder seine Vorgänger nicht einmal ansatzweise durchgedrungen sind.

Voller Verzweiflung schließe ich die Augen. Denn soeben wird mir klar, dass ich mich Hals über Kopf in ihn verliebt habe. In einen Mann, der völlig verkorkst ist und mir beim Sex nicht einmal in die Augen sehen kann.

Geht es noch schlimmer?

Kapitel 26

Brandon

Als ich mich aus Cassandra zurückziehe, meldet sich prompt mein schlechtes Gewissen zu Wort. Aus dem Augenwinkel heraus nehme ich wahr, wie sie sich verstohlen eine Träne vom Gesicht wischt.

Sie so zu sehen, tut mir im Herzen weh. Natürlich hat sie sich etwas anderes von mir erhofft. Doch das kann ich ihr nicht geben. Meine Sexpartnerinnen über einen Spiegel oder im Fernseher zu beobachten, ist mir derart in Fleisch und Blut übergegangen, dass ich für den Moment nicht einzuschätzen vermag, ob ich diese Angewohnheit jemals wieder ablegen kann.

Ohne Cassandra ins Gesicht zu sehen, wirble ich herum und mache Anstalten, das Bad zu verlassen. Es kann sicher nicht schaden, wenn wir uns zuerst ein wenig sammeln.

„Ist es wegen Patricia, Brandon?“, erkundigt sie sich hinter meinem Rücken.

Ich verharre in der Bewegung, bevor ich mich ihr langsam wieder zuwende. „Woher weißt du von ihr?“

„Das spielt doch keine Rolle. Willst du mir erzählen, was damals geschehen ist?“

Augenblicklich fühle ich mich in die Enge gedrängt und Unmut steigt in mir auf. Ich besitze nicht viele Schwachstellen, aber Patricia ist definitiv eine davon. „Haben deine cleveren FBI-Computer ihren Namen ausgespuckt?“, erkundige ich mich einen Tick schärfer, als beabsichtigt.

Sie schüttelt den Kopf. „Bitte, sei nicht böse. Deine Schwester hat sie erwähnt, aber sie hat mir kaum etwas verraten. Brandon, sprich mit mir darüber! Ich will dich verstehen, das ist alles."

„Da gibt es nicht viel zu verstehen. Sie war meine Jugendliebe und ein paar Jahre älter als ich. Ich war gerade mal zwanzig, da wollte sie eine Familie gründen. Doch dazu war ich nicht bereit, daher haben wir uns getrennt. Ende der Geschichte."

Sie beißt sich gedankenverloren auf der Lippe herum.

Verflucht, ich stehe hier splitternackt wie ein Idiot im Badezimmer und bekomme ein Gespräch aufgedrückt, das mir stärker widerstrebt, als beim Eishockey auf der Strafbank zu sitzen. Warum bloß müssen Frauen immer dermaßen kompliziert sein?

„Hast du sie jemals wiedergesehen?"

„Nein", gebe ich wortkarg zurück.

„Das solltest du aber, denn du hast noch nicht mit ihr abgeschlossen."

„Falls du wirklich nicht mehr fürs FBI arbeiten kannst, solltest du dich unter die Psychologen mischen", äußere ich zynisch und verlasse das Bad.

Schon klar, ein getroffener Hund bellt.

Cassandra liegt leider richtig. Ich habe mich oft gefragt, wie mein Leben verlaufen wäre, hätte ich damals den Mut gefunden, auf Patricias Wünsche einzugehen. Sie zu heiraten und vielleicht eine Familie mit ihr zu gründen.

Aber wäre ich dann heute glücklicher?

Ich wage es zu bezweifeln.

Um diese irrwitzigen Gedanken aus meinem Kopf zu verdrängen, eile ich in das zweite Bad, nehme rasch eine Dusche und kleide mich an.

Als ich ins Wohnzimmer zurückkehre, ist Cassandra wieder in den Morgenmantel geschlüpft und hat auf dem Sofa Platz genommen. Nach wie vor ist sie blass um die Nase und man sieht ihr die Strapazen der letzten Wochen deutlich an.

Und ich bin gerade über sie hergefallen wie ein Sträfling, der jahrelang keine Frau berührt hat.

Tolle Leistung, Quest!

Ich sinke abermals neben sie auf das Sofa, greife nach ihrer Hand und drücke sie aufmunternd. „Entschuldige bitte, dass mir vorhin die Kontrolle entglitten ist. Ich hätte das nicht tun dürfen, nicht so. Aber du hast mir gefehlt."

Sie schluckt und blinzelt mich ein wenig verunsichert an. „Mach dir keine Vorwürfe. Es hat mich zumindest für kurze Zeit die Umstände vergessen lassen."

„Ich hatte schon Angst, du würdest es mir nachtragen." Sanft streiche ich ihr mit dem Daumen über den Handrücken. „Auch wenn es mir widerstrebt, wird meine Anwesenheit dringend in New York benötigt. Tu mir bitte den Gefallen und bleib hier. Keine Einsätze mehr auf eigene Faust. Ich muss in der Redaktion ein paar Artikel überprüfen und freigeben, dann versuche ich mit deinem Ex in Kontakt zu treten und danach kehre ich so schnell wie möglich zu dir zurück."

Sie taxiert mich mit gesundem Misstrauen in den Augen.

„Vertrau mir, mein Engel, ich würde dich niemals verraten. Wir werden eine Lösung finden, ganz sicher. Mit Geld und Macht lässt sich so einiges regeln."

Sie schluckt vernehmlich. „Die besten Dinge im

Leben sind nicht die, die man für Geld bekommt", zitiert sie Albert Einstein und bringt mich damit zum Schmunzeln.

„Wohl wahr." Ich beuge mich zu ihr hinüber und küsse sie zärtlich auf den Mund. „Aber vergiss nicht: Keine Festung ist so stark, dass Geld sie nicht einnehmen kann", kontere ich mit einem Zitat von Cicero, lasse ihre Hand los, springe auf und marschiere in Richtung der Ausgangstür.

„Ein reicher Mann ist oft nur ein armer Mann mit sehr viel Geld", gibt Cassandra mir einen Spruch von Aristoteles Onassis mit auf den Weg, der mich auf der Fahrt nach Manhattan tatsächlich zum Nachdenken bewegt.

Kapitel 27

Brandon

„Brandon Quest, schön Sie einmal persönlich kennenzulernen. Ich habe schon viel von Ihnen gehört", begrüßt mich Liam Stewart zwei Tage später in einem Hotel in Washington mit Handschlag. „Bitte sagen Sie mir, dass Sie eine Ahnung haben, wo Cassie sich aufhält. Diese Ungewissheit macht mich wahnsinnig."

Wenngleich ich gerade nicht weiß, wie ich meine ganzen Termine unter einen Hut bringen soll, bin ich nach Washington geflogen. Manchmal ist es wirklich von Vorteil, einen eigenen Jet zu besitzen. Das Flugzeug stammt noch aus dem Besitz meines Vaters, der stets der Angst unterlag, er könnte bei irgendeinem Ereignis nicht schnell genug vor Ort sein. Schon häufiger habe ich aus Kostengründen darüber nachgedacht, den Jet zu verkaufen. Doch in letzter Zeit hat er sich mehrfach ausgezahlt.

Ich mustere den gut aussehenden FBI-Agenten mir gegenüber. Mit dem schwarzen Haar und den dunklen Augen wirkt er wie der Inbegriff des Latin Lovers. Mir ist schon bewusst, wie sehr Frauen auf diesen Typ Mann abfahren. Dass dieser Kerl jedoch kein Stück zu Cassandra passt, würde selbst ein Blinder erkennen. Und dass er ihren wundervollen Namen auf eine Bezeichnung reduziert, die ebenso zu einem Hund passen würde, missfällt mir erst recht.

Ich versuche, meine Voreingenommenheit zu unterdrücken und das Ganze sachlich anzugehen. „Was genau hat man Ihnen über Cassandras Verschwinden erzählt?“

„Nichts!“ Theatralisch hebt er beide Handflächen in die Luft. „Sie soll sich von heute auf morgen abgesetzt haben. Aber das passt nicht zu Cassie. Ich befürchte eher, ihr könnte etwas zugestoßen sein.“ Er seufzt leise. „Ich war erleichtert, als man sie von Ihrem Fall abgezogen hat, da ich befürchtete, sie würde sich da in etwas verrennen. Danach wurde sie auf Preisabsprachen zweier Erdölfirmen angesetzt, was für mich vergleichsweise harmlos klang. Doch dann hat sie Hals über Kopf Urlaub eingereicht und ist seitdem nicht mehr aufgetaucht.“

Er bedenkt mich mit einem Blick, der mir vor Augen führt, dass er weit davon entfernt ist, mein Freund zu sein. „Sagen Sie mir, dass Sie nichts mit ihrem Verschwinden zu tun haben!“

Die Eindringlichkeit in seiner Stimme lässt darauf schließen, dass Cassandra ihm immer noch viel bedeutet. Eine Erkenntnis, an der ich keinen Gefallen finde.

Ich beuge mich zu ihm nach vorne und schaue ihm herausfordernd in die Augen. „Wie weit würden Sie gehen, um ihr zu helfen?“

Überraschung macht sich auf seiner Miene breit, bevor kleine Funken der Wut in seinen dunklen Augen aufblitzen. Ich bin mit Sicherheit kein Feigling, aber der hasserfüllte Blick, den mir mein Gesprächspartner soeben zuwirft, lässt mich kurzzeitig die Luft anhalten.

„Sie wissen also etwas! Verdammt, sagen Sie mir, was Sache ist, oder ich lasse Sie auf der Stelle verhaften!“, zischt er mit bedrohlich leiser Stimme.

Ich unterdrücke ein Seufzen.

Warum denken diese FBI-Typen eigentlich prinzipiell ihnen würde die Welt gehören?

„Davon würde ich an Ihrer Stelle lieber Abstand nehmen.“ Ich zücke mein Smartphone und wähle die Nummer von Rick Masters, der sich auch prompt meldet. „Rick, eine Bitte, mir sitzt gerade einer deiner Mitarbeiter gegenüber, der gerne mehr über den Verbleib von Cassandra Andrews in Erfahrung bringen würde. Darf ich das Telefon kurz an ihn weiterreichen?“ Ohne eine Antwort abzuwarten, strecke ich dem verdutzt dreinblickenden Liam das Handy entgegen.

Mit sichtlichem Widerwillen greift er danach, hält es sich ans Ohr und lauscht einige Zeit stillschweigend. „Geht klar, Mr. Masters“, äußert er schließlich und gibt mir zähneknirschend mein Telefon zurück.

Mit einer saloppen Handbewegung lasse ich es wieder in meinem Jackett verschwinden.

Na also, geht doch!

Erneut schaue ich ihn herausfordernd an. „Darf ich meine Frage nun wiederholen: Wie weit würden Sie gehen, um Cassandra zu helfen?“

Er fährt sich hektisch mit einer Hand durchs Haar. „Wissen Sie was, ich bin jetzt erst einmal raus aus der ganzen Nummer! Am Schluss verliere ich wegen dieser Verrückten noch meinen Job.“ Ohne sich zu verabschieden, springt er auf und verlässt mit großen Schritten die Hotellobby.

Versonnen starre ich ihm hinterher. Auf seine Unterstützung werden wir wohl verzichten müssen. Ich denke, ich sollte die Sache selbst in die Hand nehmen.

Nachdem mich mein Pilot wieder sicher in New York abgesetzt hat, befinde ich mich jetzt in Emilys Sportwagen auf dem Weg nach Long Island. Was für ein Glück, dass sie das Fahrzeug eigentlich kaum benötigt. Doch bei genauerer Überlegung missfällt es mir, dass Cassandra Zugriff auf meinem Cadillac hat. Nicht, dass sie noch auf irgendwelche blöden Ideen kommt.

Wenngleich ich es mehr schlecht als recht abwarten kann, wieder bei ihr zu sein, wende ich einer Eingebung folgend den Wagen und steuere White Plains an, eine Stadt die etwa dreißig Meilen nördlich von Manhattan liegt.

Mir ist bekannt, dass Patricia dort mitsamt Mann und drei Kindern in einer Vorstadtsiedlung lebt. Nach unserer Trennung vor gut zwölf Jahren haben wir hin und wieder telefoniert, doch irgendwann versiegte der Kontakt. Nicht zuletzt, weil mich diese Gespräche emotional herunterzogen, da ich mir grundsätzlich die Frage stellte, ob ich einen Fehler begangen hatte.

Vor ein paar Jahren schickte sie mir dann die Einladung zu ihrer Hochzeit. Was ein ziemlicher Schock für mich war, denn in diesem Moment begriff ich zum ersten Mal, wie austauschbar ein Mensch ist. Irgendwie hatte ich mir immer erhofft, sie würde zu mir zurückkehren und sich auf meine Art des Lebens einlassen.

Sprich: Eishockey, Weltreisen, Freiheit und Ungebundenheit. Luxus stand bei mir nie an erster Stelle, eher war es das höchste Gut für mich, keinem Zwang unterworfen zu sein. Was ein schlagartiges Ende nahm, als mein Vater starb.

Ich bat meine Assistentin, Patricia ein Hochzeitsgeschenk und eine Karte zu übersenden und ließ mich verleugnen. Danach brach ich den Kontakt zu ihr gänzlich ab.

Zu meinem Leidwesen telefoniert Patricia allerdings hin und wieder mit meiner Mutter, daher bin ich über die drei Kinder und das Häuschen in White Plains im Bilde.

Nicht, dass es zu meinem Seelenfrieden beitragen würde, diese Informationen zu besitzen. Doch meine Mum, die sich nichts sehnlicher als Enkelkinder wünscht, lässt im Normalfall keine Gelegenheit aus, um mich mit der Nase darauf zu stoßen.

Ich unterdrücke ein Seufzen. Cassandra hat recht: Ich muss mich endlich der Vergangenheit stellen, um herauszufinden, ob meine Entscheidung damals die richtige war. Und ich will gar nicht darüber nachdenken, wie ich mit der Erkenntnis umgehen werde, sollte ich Mist gebaut haben.

Nachdem ich die Straße, in der Patricia wohnt, gefunden habe, parke ich Emilys Wagen auf der gegenüberliegenden Seite und betrachte das Häuschen. Es wirkt auf mich bieder, winzig und bodenständig. Was nicht unbedingt schlecht ist.

Aber wollte ich hier leben?

Ich gebe mir einen Ruck, steige aus und überquere die Fahrbahn, bevor ich durch einen Vorgarten zur Eingangstür gelange. Nachdem ich all meinen Mut zusammengenommen habe, läute ich.

Ein strohblonder Typ in Shorts und einer Art Unterhemd öffnet mir Sekunden später und betrachtet mich interessiert. „Sie wünschen?“

„Entschuldigung, ich möchte nicht lange stören.

Ich war gerade in der Nähe. Patricia ist eine alte Freundin von mir. Ich dachte, ich schaue mal kurz vorbei, um Hallo zu sagen."

Er kratzt sich nachdenklich am Bauch, während er mich von oben bis unten mit Blicken taxiert.

Ich verdrehe innerlich die Augen. Mir ist schon klar, dass ich in meinem teuren Anzug nicht in diese Gegend passe, aber das kann ich jetzt auch nicht ändern.

„Patty", ruft er dann. „Kommst du mal!"

Patty!!

Was hat alle Welt nur mit diesen schrecklichen Abkürzungen? Patricia ist doch kein Pony.

Kurz darauf erscheint eine blond gelockte Frau mit einem Baby auf dem Arm. Sie stockt sekundenlang und starrt mich ungläubig an. „Brandon, bist du das wirklich?"

„Ja, ich war gerade in der Nähe, und dachte …" Weiter komme ich nicht, denn sie stößt einen Jubelschrei aus, drückt ihrem verdutzten Mann das Baby in die Hände und fällt mir um den Hals.

Überrascht stolpere ich mit ihr in den Armen einen Schritt rückwärts. Sie riecht nach Frittiertem, Marmelade und einigen anderen Dingen, die ich nicht zuordnen kann und will.

Als sie von mir ablässt, atme ich erleichtert aus.

Ihr süßes Lächeln hat sie beibehalten, doch sonst erinnert nichts mehr an die Frau, die ich einmal vergöttert habe.

In unserer Jugend waren wir unzertrennlich. Als Nachbarskinder wuchsen wir zusammen in Greenwich Village auf und haben uns irgendwann ineinander verliebt. Das funktionierte bis zu dem Tag, an dem ich begriff, dass wir völlig unterschiedliche Vorstellungen von der Zukunft hatten.

Patricia greift nach meiner Hand und reißt mich damit aus meinen Gedanken. Ehe ich es verhindern kann, hat sie mich auch schon ins Haus gezerrt, in dem es aussieht, als hätte eine Bombe eingeschlagen: Spielsachen haben sich weitläufig verteilt, der Gang wird von Klamottenbergen bevölkert, dazwischen mache ich ein weiteres Kind aus.

Meine Verflossene zerrt mich in die Küche und deutet auf einen Stuhl. „Setz dich doch! Ein Bier?“

Ich sinke darauf, lehne das Getränk jedoch dankend ab.

Strahlend fällt sie auf den Stuhl mir gegenüber, während ihr Mann sich mit der Hüfte an einen Schrank lehnt und uns argwöhnisch mustert. Das Baby, das er nach wie vor auf dem Arm hält, sabbert ihn derweil von oben bis unten voll, was ihm überhaupt nicht aufzufallen scheint.

Patricia beäugt mich ausgiebig. „Wie geht es dir? Erzähl! Ich lese ja oft von dir in irgendwelchen Magazinen. O Brandon, das mit deinem Dad tut mir furchtbar leid, aber ich lag gerade in den Wehen, sonst wäre ich selbstverständlich zur Beerdigung gekommen. Wie geht es deiner Mum? Kommt sie mit dem Verlust inzwischen klar? Und was macht eigentlich Emily? Wann zieht es sie endlich nach Hollywood?“

Ihr Redeschwall zehrt an meinen Nerven. Aus dem Hinterhalt schleicht sich ein weiteres Kind an und erschreckt mich.

Patricia lacht. „Das ist unser Jacko.“

Jacko!!!!

Was ist das? Ein Sportartikel oder ein Messerset?

„Benannt nach Michael Jackson", klärt Patricia mich sogleich auf.

Aha! Nun denn!

Um das Thema zu wechseln, berichte ich ein paar Nebensächlichkeiten aus dem Leben meiner Mutter und von Emily.

Jacko macht derweil Anstalten meine Beine mit einem Seil an den Stuhl zu fesseln.

Abgesehen von mir, finden das alle lustig.

„Und, bist du auch endlich dazu bereit, eine Familie zu gründen?", will *Patty* wissen, während ich gerade Anstrengungen unternehme, meinen Fuß aus einer Art Lassoschlinge zu ziehen. „Nun sag schon, Brandon, gibt es eine zukünftige Mrs. Quest? Die Ehe ist so etwas Schönes." Sie wirft ihrem Mann einen verliebten Blick zu.

„Die Ehe ist ein Versuch, zu zweit wenigstens halb so glücklich zu werden, wie man allein gewesen ist", murmle ich gedankenverloren ein Zitat von Oscar Wilde vor mich hin.

Alle mustern mich verdutzt.

Okay, schon kapiert. Das war unangemessen.

Ich erhebe mich ruckartig und trete dabei auf irgendein Gummitier, das durch lautes Quietschen auf sich aufmerksam macht und mir nahezu einen Herzinfarkt beschert.

„Entschuldige mich bitte, Patricia, ich muss leider weiter", äußere ich und stürze aus dem Haus, als wäre *Jacko* mit einem scharfen Messer hinter mir her. Draußen atme ich erst einmal tief durch.

In dieser Sekunde begreife ich, dass ich damals richtig gehandelt habe. Patricia und ich hätten genauso wenig zusammengepasst wie Feuer und Wasser, Tag und Nacht, Liam und Cassandra.

Liam und Cassandra? Nein, wenn ich es verhindern kann, wird es diese Konstellation niemals wieder geben.

Der unbändige Drang nach Cassandras Nähe durchfährt mich und lässt mich flugs in den Wagen steigen.

Wie der Henker brettere ich aus der Vorstadtsiedlung, stets darauf bedacht, weder einen Roller noch einen Fußball und erst recht kein Kind zu überfahren.

In meinem Kopf überschlagen sich die Gedanken geradezu. Im Grunde genommen ist Cassandra genau die Frau, die zu mir passen würde. Sie ist belesen, kennt die Welt, ging immer ihren eigenen Weg und lässt sich in keinerlei Klischee drängen.

Zugegeben, an der Sache mit dem Sex müssen wir noch ein wenig feilen, aber daran sollte es doch nun wirklich nicht scheitern.

Leider sprechen die Umstände momentan nicht einmal annähernd für eine funktionierende Beziehung: Cassandra muss untertauchen, ich hingegen habe mein Leben dem Circle verschrieben.

Was für eine vertrackte Situation!

Kapitel 28

Brandon

Eine gute Stunde später rase ich in Emilys Sportwagen über die Zufahrtsstraße nach Long Beach. Es gibt nichts, was ich gerade mehr vermisse, als Cassandra in meinen Armen zu halten. Zentnerschwere Lasten sind während der letzten Minuten von meinen Schultern abgefallen, denn jetzt weiß ich endlich, dass ich damals richtig gehandelt habe. Patricia war eine Jugendliebe, der Schwarm eines pubertierenden Jungen, da sie älter und erfahrener war, aber nichts für ein ganzes Leben. Was für ein Glück, dass diese süße FBI-Agentin mich aufgerüttelt hat.

Mit quietschenden Reifen bringe ich den Wagen vor dem Apartmenthaus zum Stillstand und hechte die Treppen empor, da ich nicht auf den Fahrstuhl warten will.

Ich atme erleichtert aus, als ich die Wohnung betrete, und Cassandra schlafend auf dem Bett vorfinde. Einmal mehr trägt sie Emilys Morgenmantel. Mein Blick wandert über sie hinweg. Mit Genugtuung stelle ich fest, dass ihre Gesichtszüge entspannt und friedlich wirken. Nach und nach scheint sie sich von der Tortur auf der Insel zu erholen.

Vorsichtig beuge ich mich über sie und hauche ihr einen zärtlichen Kuss auf die Lippen.

Sie zuckt zusammen, schlägt die Lider auf und schießt hoch. Ihre blitzschnelle Bewegung erschreckt nun wiederum mich, sodass ich mich ebenfalls aufrichte. Der Handkantenschlag, der mich um ein Haar am Hals trifft, lässt mich stolpern und rücklings gegen den Schrank knallen.

Entsetzt hält Cassandra in der Bewegung inne. „Brandon, entschuldige, ich bin gerade ein wenig schreckhaft. Hast du dich verletzt?“

Schmerzerfüllt reibe ich meine Schulter, die mit dem harten Holz Bekanntschaft gemacht hat. „Halb so wild. Cassandra, ich … ich war bei Patricia. Und, was soll ich sagen? Es war ein Albtraum.“

Ehe sie noch antworten kann, setze ich mich neben sie aufs Bett, greife nach ihren Oberarmen und drücke sie auf die Matratze zurück. Einmal mehr beuge ich mich über sie und verschließe ihr mit meinen Lippen den Mund.

Im ersten Augenblick gluckst sie überrascht, doch dann wird sie anschmiegsam und kommt mir entgegen. Mit einem Stöhnen reagiert sie auf meine Zunge, die sich in ihren Mund schiebt.

Das reicht aus, um mich hart werden zu lassen.

Habe ich jemals etwas mehr gebraucht als diese Frau?

Sollte das der Fall sein, kann ich mich nicht daran erinnern.

Ich löse mich von ihren Lippen, entknote den Gürtel ihres Morgenmantels und lasse meine Finger über ihre Brüste und den flachen Bauch hinabwandern. „Weißt du, dass du wunderschön bist?“

Abrupt greift sie nach meinen Handgelenken und hält sie fest. „Nein, Brandon, dieses Mal nicht! Ich werde erst wieder mit dir schlafen, wenn du mich dabei ansiehst. Ich bin keine Gummipuppe, die man einzig zur Befriedigung seiner Bedürfnisse nutzt.“

Ich schnappe nach Luft und setze mich auf.

Autsch!, das hat gesessen.

Was war gleich noch mal mit den willigen Gespielinnen nicht in Ordnung, mit denen ich mich während der letzten Jahre vergnügt habe?

Rasch schlucke ich den Funken Unmut, der in mir aufsteigt, hinunter. „Ich werde es versuchen."

Überrascht starrt sie mich an. „Ernsthaft?"

„Du wirst es vielleicht nicht glauben, aber ich will dich gerade mehr als alles auf der Welt. Dich, mit Haut und Haar. Nicht irgendeinen Körper, zu dem ich die größtmögliche Distanz wahre. Einzig und allein dich! Was nicht heißen soll, dass mir das leichtfallen würde."

Sie schluckt vernehmlich. „Dir ist aber schon bewusst, dass ich in Kürze das Land verlassen muss und wir uns womöglich niemals wiedersehen werden, oder?"

Nein, darüber möchte ich gerade am allerwenigsten nachdenken.

„Wo ein Wille ist, ist auch ein Weg", äußere ich daher.

Cassandra zögert einen weiteren Augenblick, doch dann tastet sich ihre Hand an der Knopfleiste meines Hemdes empor, bevor sie die Knöpfe mit sinnlicher Langsamkeit aufspringen lässt.

Ich unterdrücke den nahezu unbändigen Drang, mir den Stoff vom Leib zu reißen und lasse sie gewähren. Ich will ihr das Gefühl vermitteln, sie würde die Kontrolle ausüben, wenngleich ich nicht die geringste Ahnung habe, ob es mir gelingen wird, mich in mancherlei Hinsicht zu zügeln.

Als mein Hemd auseinanderfällt, schiebt sie es mir von den Schultern. Rasch schlüpfe ich heraus und werfe es achtlos zu Boden. Ihre Fingerspitzen tasten derweil über meinen nackten Bauch hinab bis zu dem Bund meiner Hose, bevor sie diese ebenfalls öffnet.

Sie schiebt eine Hand in meine Hose und streichelt durch die Boxershorts hindurch meinen harten Schwanz, was mir ein lustvolles Keuchen entlockt. Währenddessen beugt sie sich zu mir herüber und lässt zärtliche Küsse auf meinen nackten Oberkörper regnen.

Herr im Himmel, ich habe nicht den Hauch einer Ahnung, wie ich es hinbekommen soll, mich noch länger in Zurückhaltung zu üben. Und ich weiß erst recht nicht, ob es mir gelingen wird, ihr beim Sex in die Augen zu sehen und dabei eventuell Gefühle zuzulassen. Aber wenn ich das heute vermassle, war es das höchstwahrscheinlich mit uns beiden.

Mein Blick richtet sich auf ihre Lippen, die sich spielerisch meinen Bauch hinabküssen. Als sie am Bund meiner Shorts angelangt sind, durchfährt mich ein völlig unangemessenes Bedürfnis, doch ich bin außerstande, es länger zu ignorieren.

„Nimm ihn in den Mund, bitte“, fordere ich sie leise auf. Wohl wissend, dass das ein Fehler sein könnte, aber verdammt noch mal, ich muss ihre Zunge jetzt endlich an meinem Schwanz spüren. Zu oft habe ich mir das während der letzten Wochen vorgestellt.

Sie schaut auf und grinst verführerisch. „Nur, wenn du mich dabei ansiehst.“

Halleluja!

„Was immer du willst.“

Ein leises Lachen kriecht aus ihrer Kehle, während sie meine Erektion aus den Shorts befreit. Sie beugt sich darüber und leckt sanft über die Spitze, bevor sie meinen Penis genüsslich in ihren Mund saugt.

„Ah, Cassandra!“ Das Gefühl ist so unsagbar gut, dass ich ein lautes Stöhnen nicht unterdrücken kann. Prompt suche ich nach einem Spiegel, um den Blowjob darin zu beobachten. Dummerweise kann ich keinen finden. Ich sollte mal ein Wort mit Emily bezüglich der Einrichtung reden.

Just in diesem Moment kommt mir Cassandras Aussage wieder in den Sinn. Ich hole tief Luft und richte mein Augenmerk auf sie.

Ihre vollen Lippen, die gerade meinen Schwanz umschließen live und in Farbe zu sehen, bringt mich völlig aus dem Konzept. Fieberhaft schnappe ich nach Luft, denn der Anblick ist derart heiß, dass ich auf der Stelle kommen könnte.

„Cassandra, Engel, ich habe nie etwas Geileres gesehen.“

Sie schaut auf, nimmt meinen Blick gefangen und schmunzelt, bevor sie meine Härte ganz in ihren Mund gleiten lässt.

Ein heiseres Stöhnen stiehlt sich aus meiner Kehle, während ich krampfhaft versuche, nicht sofort abzuspritzen. Doch schon nach wenigen Sekunden halte ich es nicht mehr aus.

„Nein, ich will jetzt noch nicht kommen. Merk dir die Stelle und dann lass uns später genau dort weitermachen.“ Mit sanfter Gewalt schiebe ich ihren Kopf beiseite und drücke sie rücklings aufs Bett, während ich nun vollends aus meiner Hose mitsamt Boxershorts springe.

Nachdem Cassandra sich ihres Morgenmantels

entledigt hat, begrabe ich sie mit einer fließenden Bewegung unter mir und presse sie mit meinem Körper in die Matratze. Als Haut auf Haut trifft, entfährt uns beiden ein sehnsüchtiges Stöhnen.

Ich schaue ihr in die Augen und versinke darin. „Wahre Schönheit sah ich erst heute Nacht“, murmle ich vollkommen verzückt.

Ein vergnügtes, aber auch hitziges Glitzern blitzt in ihren Augen auf. „Ich liebe Shakespeare, möchte jetzt aber nicht über das Ende von Romeo und Julia nachdenken.“

„Womöglich würden wir ja ebenfalls in die Geschichte eingehen.“

Sie lacht leise. „Aber eher als Bonnie und Clyde.“

Nun muss auch ich schmunzeln. „Dann werde ich dich jetzt lieben, als wäre es unser letztes Mal.“

Sie fährt mir sanft mit den Fingerspitzen über die rechte Wange. „Weißt du, dass wir völlig irre sind, Brandon Quest?“

„Erzähl mir etwas Neues.“ Meine Hand gleitet an ihrem Körper hinab, zwischen ihre Schenkel und streichelt sie. Sie ist feucht und mehr als bereit für mich. Als ich einen Finger in sie hineingleiten lasse, entfährt ihr ein lustvolles Stöhnen.

In dieser Sekunde kann ich mich nicht länger zurückhalten. Es würde mich zerreißen, wenn ich sie jetzt nicht spüren könnte. Ich will endlich vollkommen mit dieser Frau vereint sein.

Daher entziehe ich ihr meinen Finger, was sie prompt mit einem leisen Seufzen kommentiert, das mich zum Lächeln bringt.

Ich hauche ihr einen zärtlichen Kuss auf die Lippen. „Keine Sorge, du bekommst etwas Besseres.“

Flugs spreize ich ihre Beine mit meinem Becken und schiebe meine Härte tief in sie hinein. Bei meinem ersten Stoß schreit sie lustvoll auf und ihre Augenlider klappen zu.

„Gott, ja, das ist wirklich besser“, haucht sie mit lustverzerrtem Gesichtsausdruck.

Im Geiste zähle ich langsam bis drei, um mich zu sammeln. „Wolltest du mir nicht in die Augen sehen, Kleines?“

Sie gehorcht unverzüglich, schlägt die Lider auf und unsere Blicke verschmelzen erneut. „Entschuldige, du hast mich gerade ein wenig überwältigt … Hast du …? Kondom?“, wispert sie kaum vernehmbar.

Ich verharre in der Bewegung.

Herr im Himmel! Quest wo bist du nur mit deinen Gedanken?

Doch rasch steigt ein Anflug von Widerwillen in mir auf. Wenn es mir nach vielen Jahren endlich einmal wieder gelingt, einer Frau beim Sex in die Augen zu schauen, dann will ich sie in vollem Umfang spüren.

„Oh, nein, du kannst unmöglich von mir verlangen, dass ich ihn jetzt rausziehe und in Gummi packe. Das wäre pure Folter.“

Ihre Fingerspitzen gleiten über meine Schulterblätter. „Normalerweise hätte ich bei dir kein Problem damit, aber ich konnte meine Pille während der letzten Wochen nicht nehmen.“

Eigentlich sollten mich ihre Worte ernüchtern, doch seltsamerweise geschieht das nicht, denn ich bin wie im Wahn. Niemals zuvor habe ich etwas Besseres gespürt, als ganz tief in Cassandra zu stecken. Für dieses Gefühl würde ich mein Leben geben.

„Ich werde immer für dich da sein, vollkommen gleich, was passiert. Vertrau mir.“ Dieses Versprechen kommt mir völlig unbewusst über die Lippen. Und ich frage mich, ob es einzig an dem wenigen Blut in meinem Kopf liegt, dass ich mich zu einer derartigen Aussage hinreißen lasse.

Cassandra starrt mir sekundenlang stillschweigend in die Augen. „Einverstanden“, haucht sie letztendlich kaum vernehmbar.

Und in diesem Moment zersplittert der letzte Rest meiner Selbstkontrolle in tausend winzige Teile und ich stoße tief und kraftvoll in diese wundervolle Frau hinein. Nehme sie mir, hart und besitzergreifend, mache sie zu der meinen. Indessen halten unsere Blicke sich fest. Die Welt um mich herum tritt in den Hintergrund. Die Frau unter mir nimmt mich gefangen, meinen Körper, meine Seele, meinen Verstand. Sie verändert soeben meine Weltanschauung, wirft sie aus ihrer geregelten Laufbahn und lenkt sie in eine andere, mir völlig unbekannte Galaxie.

Das hier ist so viel mehr als reiner Sex und ich hoffe, ich kann hinterher mit den Gefühlen umgehen, die momentan in mir ausgelöst werden, denn die nervige Stimme der Vernunft flüstert mir unentwegt zu, dass unsere Situation nicht gerade nach einem Happy End schreit.

Cassandras Fingernägel graben sich in meine Schultern, ihr Stöhnen wird lauter, ihr Atem geht flacher.

„Oh, ja, Brandon, du fühlst dich so verdammt gut an.“ Sie windet sich unter mir und drängt mir ihr

Becken entgegen, um Erlösung zu finden.

Als sie letztendlich mit einem heiseren Schrei zum Höhepunkt kommt, beißt sie sich lustvoll auf die Unterlippe.

Ihre Ekstase zu beobachten, ist das Geilste, was ich in meinem ganzen Leben gesehen habe. Das heisere Stöhnen, das sie ausstößt, genau wie der glutvolle Blick aus ihren umnebelten Augen, geben mir den Rest.

Und während ich mich heftig in ihr ergieße, weiß ich nicht, ob sie die Worte wirklich ausspricht oder einzig der Wunsch der Vater des Gedankens ist, denn es hört sich so verdammt gut an.

„Ich liebe dich, Brandon."

Kapitel 29

Cassandra

Als ich in Brandons Armen erwache, könnte das Glück perfekt sein, wäre da nicht die unumstößliche Tatsache, dass ein paar übermächtige Männer mich am liebsten tot sehen würden.

Die Sonne scheint schon hoch am Himmel zu stehen, denn der Raum ist in gedämpftes Licht getaucht. Durch die Jalousien blinzeln vereinzelte Strahlen herein, in denen Staubkörnchen übermütig tanzen. Sanft wie eine wundervolle Melodie dringt das Meeresrauschen an meine Ohren. Diese Wohnung ist traumhaft und lädt zum Entspannen ein. Ich verstehe, warum Emily sie sich zugelegt hat, ab und an muss man einfach dem Lärm und der Hektik der Großstadt entfliehen.

Mein Blick wandert über Brandons hübsches Gesicht und die zerzausten dunkelblonden Haare. Er scheint noch zu schlafen, hält mich aber dennoch fest.

In der vergangenen Nacht haben wir uns wieder und wieder geliebt. Im Bett, im Bad, vor einem Spiegel, ohne Spiegel. Wir waren wie im Rausch, gefangen in unserer alles übertrumpfenden Lust. In meinem Kopf blieb kein Platz mehr für Angst, Misstrauen oder Nachdenklichkeit. Es gab nur noch Brandon, Liebe, Zuneigung und Verlangen.

Niemals zuvor habe ich Derartiges gefühlt. Womöglich waren diese Emotionen einzig aus unserer hoffnungslosen Situation heraus geboren, ich kann es nicht beurteilen. Doch eine Sache ist mir klar geworden, sollte ich jetzt sterben, hat sich mein Leben gelohnt.

Ich liebe diesen Mann aus tiefstem Herzen. Er ist das Beste und vielleicht auch Zerstörerischste, was mir jemals passiert ist. Denn sollte ich die Zeichen richtig deuten, wird es für uns niemals ein Happy End geben. Als befänden wir uns auf der Titanic, wird das Schiff uns unerbittlich mit in die Tiefe ziehen, uns verschlingen, und mit ein wenig Glück einen von uns wieder ausspucken. Aber unter gar keinen Umständen beide.

Zugegeben, möglicherweise könnte es Brandon gelingen, mich anhand seiner Kontakte aus dem Land zu schaffen, doch ich wäre nicht imstande, jemals wieder in die Staaten zurückzukehren. Und Brandon würde zeit seines Lebens ein Risiko eingehen, falls wir uns heimlich treffen sollten.

Will ich das riskieren? Niemals!

Kurz schießt mir der Gedanke durch den Kopf, mich aus seinen Armen zu lösen und einfach zu verschwinden. Ich könnte untertauchen und würde Brandon nicht ebenfalls in Gefahr bringen. Doch nach wie vor verfüge ich über keine Papiere und komme zudem nicht an mein Geld.

In dieser Sekunde entsinne ich mich seiner Worte: *Wo ein Wille ist, ist auch ein Weg.*

Das wäre zu schön, um wahr zu sein. Vertraulich kuschle ich mich näher an ihn. Die Hoffnung stirbt ja bekanntlich zuletzt.

Er brummt leise und legt seine Arme noch einen Tick fester um mich.

Eng aneinandergeschmiegt rühren wir uns nicht, genießen einfach bloß die Nähe des anderen, da wir beide uns darüber im Klaren sind, dass es unsere letzten gemeinsamen Momente sein könnten.

Bis uns das Läuten eines Handys aufschreckt.

„Verdammt", murmelt Brandon, tastet nach seinem Telefon auf dem Nachttisch und presst es sich ans Ohr. „Ja, Eric, wo brennt es denn jetzt schon wieder?" Der Unmut in seiner Stimme macht deutlich, was er von dieser unliebsamen Störung hält.

Während er angestrengt lauscht, wandert sein Blick zu mir und ich erkenne an seiner Miene, dass ihm nicht behagt, was er soeben hört. „Geht klar, ich kümmere mich darum."

Er lässt das Handy sinken und betrachtet mich sekundenlang wortlos.

Sein Blick macht mir Angst. „Brandon, was ist geschehen?"

„Hast du irgendwelche Informationen an die Presse weitergegeben?"

Ich schnappe nach Luft. Eine Ohrfeige hätte mich nicht stärker verletzen können. „Selbstverständlich nicht!"

Er tippt auf sein Handy ein und hält mir eine Pressemeldung unter die Nase: *Geheimbund aufgeflogen!*

Mir fällt die Kinnlade herunter. „Ich schwöre dir, ich habe nichts damit zu tun."

„Das Dumme ist, dass dir das niemand glauben wird. Du verschwindest aus dieser Anstalt und keine Woche später erscheint dieser Artikel." Er atmet vernehmlich aus. „Teufel noch mal, Cassandra, hast du denn immer noch nicht begriffen, dass du dieses Spiel nicht gewinnen kannst?"

Ich reiße ihm das Handy aus der Hand und überfliege den Text. „Brandon, lies doch mal genauer!

Darin sind keine Namen erwähnt, außer deinem und Erics, alles andere beruht auf Andeutungen. Mir liegen doch inzwischen weitere Informationen vor. Ich hätte Rick Masters erwähnen können, Richter Evans, diesen Politiker aus Pennsylvania, vielleicht sogar den Präsidenten. Derjenige, der das veröffentlicht hat, hat lediglich einen Schuss ins Blaue gewagt."

Er stutzt, nimmt mir das Telefon aus der Hand und widmet sich erneut dem Artikel. „Wem würde das hier nutzen?"

Ich zucke mit den Schultern. „Jedem Reporter, eurer Konkurrenz, einem FBI-Agenten …"

„Dein Ex!", stößt Brandon aus.

Ich öffne den Mund, um zu intervenieren, schließe ihn jedoch wieder. Einen derart billigen Trick hat Liam sich bereits einmal mit mir erlaubt. Bevor ich eine Geldwäschefirma hochgehen lassen konnte, verkaufte er es als seinen Erfolg und informierte unseren Chef sowie die Presse.

Ja, das hier sieht ganz nach seiner Handschrift aus.

„Wäre möglich. Hast du mit ihm gesprochen?"

Brandon nickt.

„Und?"

„Du kannst ihm nicht trauen. Dieser Kerl liebt bloß sich selbst und seinen Job."

„Ich habe es befürchtet. Aber ganz ehrlich, unterscheidet er sich in dieser Hinsicht denn so sehr von dir und deinen mächtigen Freunden?"

Brandon hebt die Augenbrauen an, während ein zorniges Funkeln in seinen Augen Einzug hält. „Das fragst du mich allen Ernstes nach dieser Nacht?"

Abwehrend halte ich eine Hand in die Luft. „Tut

mir leid, aber dein ganzes Leben erscheint mir wie ein einziges Geheimnis. Ich weiß so langsam gar nicht mehr, wem ich noch trauen kann.“

Er gibt ein frustriertes Schnauben von sich. „Das kann unmöglich dein Ernst sein. Wir haben uns die ganze Nacht über ohne jegliche Verhütung geliebt. Glaubst du wirklich, das wäre für mich alltäglich? Dass ich dieses Risiko mit jeder Frau eingehe?“

Wütend feuert er sein Handy auf die Bettdecke, das wie ein Stein auf der Wasseroberfläche über den Stoff hüpft. „Verdammt noch mal, Cassandra, ich habe dir versprochen, immer für dich da zu sein. Vielleicht würde ich dir sogar einen Ring an den Finger stecken, wenn du schwanger wärst, obwohl ich mich seit Jahren nicht mehr mit diesem Thema befasst habe und keinerlei Ahnung habe, was die Zukunft für uns bereithält. Und du bist dir nicht sicher, ob du mir vertrauen kannst. Das ist ein schlechter Witz, oder?“

Ups, jetzt ist es ihm tatsächlich gelungen, mir Gewissensbisse einzujagen.

„Gut gebrüllt, Löwe“, murmle ich leise, in der Hoffnung, ihn mit einem Shakespeare-Zitat zu besänftigen. „Du kannst dich echt daran erinnern, was du mir versprochen hast?“

Er rollt mit den Augen. „Du denkst, ich wäre dermaßen geil gewesen, dass ich dir alles zugesagt hätte, um endlich zum Schuss zu kommen?“

Ich schüttle hektisch den Kopf. „Nein, aber du selbst hast mir erzählt, dass du nichts von der Ehe hältst.“

„Das ist richtig, obwohl ich mir eine gemeinsame Zukunft mit dir eventuell vorstellen könnte.“

Ungläubig starre ich ihn an, denn jetzt bin ich sprachlos. Mit diesen Worten hat er mich überwältigt.

„Du weißt, dass Eric seine jetzige Frau geheiratet hat, um ihr das Leben zu retten“, setzt Brandon wieder an, da von mir kein Konter kommt. „Als seine Gattin darf sie in unsere Geheimnisse eingeweiht werden. Bislang habe ich sein Handeln nicht verstanden, aber so langsam begreife ich die Zwickmühle, in der er sich befand.“

„Wow!“, stoße ich wenig eloquent aus.

„Mehr fällt dir dazu nicht ein?“

„Brandon, es ist wirklich ehrenhaft, dass du darüber nachdenkst, meinen Kopf aus der Schlinge zu ziehen. Aber versetz dich mal in meine Lage. Womöglich würde ich die Katze im Sack kaufen. Was, wenn mir eure Geheimnisse nicht gefallen sollten? Sie gegen all meine Prinzipien verstoßen würden?“

„Du würdest also lieber sterben? Ist das hier wie bei den Capulets und den Montagues oder den Sharks und den Jets?“

Ich unterdrücke ein Seufzen, allein dafür, dass er Romeo und Julia und die West Side Story aus dem Effeff zu kennen scheint, könnte ich ihn gerade küssen.

Soll uns ein ähnliches Schicksal bestimmt sein?

Nein, denn eigentlich sah ich mich bisher nicht als Märtyrer.

„Was für eine Frage! Natürlich will ich am Leben bleiben, aber nicht um jeden Preis. Es muss doch irgendeine Alternative geben.“

Er stößt zischend die Atemluft aus. „Für den Moment bin ich echt ratlos. Ich müsste mit Eric reden, möglicherweise kann er uns ja weiterhelfen.“

„Komm aber ja nicht auf die Idee, mich ebenfalls zu heiraten!“

Er grinst. „Keine Sorge, ich denke, ich werde jetzt erst einmal nach New York fahren, um mich in aller Ruhe mit Eric auszutauschen. Obendrein muss ich eine Gegendarstellung zu diesem vernichtenden Artikel veröffentlichen.“ Er nickt in Richtung seines Handys. „Ich gehe bloß noch schnell duschen.“ Mit einer fließenden Bewegung springt er aus dem Bett und steuert die Ausgangstür an, wo er plötzlich innehält und sich mir wieder zuwendet. „Eine Frage noch, redest du in Ekstase gelegentlich wirres Zeug?“

Ich schmunzle, denn ich weiß haargenau, worauf er anspielt.

Meine Augen wandern über diesen formvollendeten, nackten Männerkörper. Er ist einfach perfekt und ich kann es gar nicht so recht fassen, dass dieses Geschenk an die Damenwelt, an mir interessiert sein soll.

„Nein, Brandon, das war mein voller Ernst. Ich liebe dich. Schon allein deswegen, weil du der erste Mann bist, der mich so akzeptiert, wie ich bin. Aber ich muss dich auch mit all deinen Macken respektieren können. Und das ist unmöglich, solange ich deine dunklen Geheimnisse nicht kenne. Verstehst du das?“

„Cassandra, nur so viel. Wir töten normalerweise keine Menschen oder stecken sie in Gummizellen, das passiert einzig naseweisen FBI-Agentinnen, die jede Warnung in den Wind schießen.“ Er bewegt sich erneut auf mich zu, beugt sich zu mir herab und küsst mich sanft auf den Mund. „Ich verspreche dir, alles

Menschenmögliche zu unternehmen, um die Sache zu unser beider Zufriedenheit zu regeln. Es gibt da nur eine Person, die mir ein wenig Sorge bereitet."

Er richtet sich auf. „Dein höchster Boss: Rick Masters. Ich habe keine Ahnung, wie wir an dem vorbeikommen sollen."

Kapitel 30

Brandon

Zutiefst erleichtert verlasse ich am nächsten Tag Erics schickes Penthouse in Manhattan und steige in meinen Wagen, um schnellstmöglich nach Long Beach zurückzukehren. Da Emilys Sportflitzer auf Dauer nicht für meine Körpergröße ausgelegt ist, bin ich wieder auf den Cadillac umgestiegen, in dem ich mich wesentlich wohler fühle.

Ich denke, wir haben eine Lösung gefunden, die für alle Beteiligten gleichermaßen zufriedenstellend sein sollte. Nach langem Hin und Her haben wir entschieden, den FBI-Boss einzuweihen. Zugegeben, das hätte durchaus nach hinten losgehen können. Aber erstens wusste dieser nicht, wo Cassandra sich derzeit aufhält und zweitens war nicht davon auszugehen, dass er sich gleich gegen drei Mitglieder des Circle stellen würde, denn Catwick haben wir mittlerweile auf unsere Seite gezogen.

Da Rick Masters zudem sehr viel von Cassandras Leistungen hält, hat er schließlich eingewilligt, sie zu verschonen und unter anderem Namen in den Circle aufzunehmen. Ihre Intelligenz in Verbindung mit dem fotografischen Gedächtnis wird eine Bereicherung für unsere Loge sein.

Und nachdem Emily noch ein wenig an Cassandras Aussehen gefeilt hat, werden die restlichen Mitglieder höchstwahrscheinlich gar nicht begreifen, um wen es sich bei der Dame handelt. Wie gut, dass Eric durchgesetzt hat, dass auch Frauen dem Circle angehören dürfen.

Natürlich gibt es eine weitere Hürde zu nehmen: Cassandra.

Was, wenn sie sich weigern sollte, die Verschwiegenheitserklärung und die Statuten des Circle zu akzeptieren, die sie quasi zeitlebens an diese Gemeinschaft binden würden?

Leider traue ich dieser störrischen kleinen Lady durchaus zu, diese Knebelverträge schlichtweg abzulehnen. Ich muss ihr die Sache also extrem vorsichtig verkaufen und am besten nicht gleich alle Details offenbaren.

Fakt ist nun einmal: Ich will diese Frau nicht verlieren. Ich möchte sie besser kennenlernen und ganz tief in den Facettenreichtum ihres Charakters eintauchen.

Meine Gedanken wandern zu unserer ersten gemeinsamen Nacht zurück: Cassandra unter mir zu haben, ihr währenddessen in die Augen zu schauen und zu realisieren, welche Verbundenheit zwischen uns herrscht, hat alles in den Schatten gestellt, was ich bislang erlebt habe.

Doch es geht mir nicht allein ums Körperliche, ferner will ich sie in allen Situationen des täglichen Lebens an meiner Seite haben. Ich möchte sie meiner Mutter vorstellen, zusammen mit Cassandra Artikel für den Observer verfassen, das Theater mit ihr besuchen und die Welt bereisen. Wir könnten Schlittschuh laufen, alle italienischen Restaurants New Yorks unsicher machen und im Winter gemeinsam auf dem Sofa Bücher lesen. Ein Dasein an ihrer Seite würde sich sicher niemals langweilig gestalten.

Leider kann ich für den Moment nicht einmal annähernd einschätzen, was Cassandra sich für die Zukunft wünscht. Fakt ist, dass sie nicht mehr fürs FBI arbeiten kann. Die Menschen dort sind aufs Beobachten geschult und würden sie binnen kürzester Zeit enttarnen.

Auch kann ich nicht beurteilen, ob das mit uns beiden auf Dauer funktionieren wird. Am liebsten wäre es mir natürlich, wir hätten alle Zeit der Welt, um mit uns selbst und unseren Gefühlen ins Reine zu kommen, denn in den letzten Wochen haben sich die Ereignisse ja geradezu überschlagen.

Patricia wiederzusehen und festzustellen, dass ich mich damals zwar gegen die Liebe, aber unbewusst genau fürs Richtige entschieden habe, hat ein zentnerschweres Gewicht von meinen Schultern abfallen lassen und mir endlich erlaubt, mich wieder in vollem Umfang auf eine Frau einzulassen. Und ich vermute mal, Cassandra wird nicht minder aufgewühlt sein. Doch leider erfordert die momentane Situation ein relativ zügiges Handeln.

Inzwischen bin ich auf der belebten Küstenstraße in Long Beach angekommen und parke meinen Wagen. Ehe ich aussteige, atme ich mehrmals tief durch. Mir steht keine leichte Aufgabe bevor. Denn wie zur Hölle kann ich Cassandra von den Vorteilen des Secret Circle überzeugen, ohne dabei allzu viel zu offenbaren?

Meine Süße erwartet mich bereits ungeduldig und stürzt sich prompt in meine Arme, bevor wir in einem langen Kuss versinken.

Einmal mehr bin ich erleichtert, dass sie nicht die Flucht ergriffen hat. Aber genau dieses Unberechenbare ist es, was sie für mich zu der außergewöhnlichsten Frau macht, die ich jemals kennengelernt habe. Cassandra ähnelt einem guten Buch oder Theaterstück. Die überraschenden Wendungen treffen den Leser oder Zuschauer völlig unerwartet und ziehen ihn gnadenlos in die Story hinein. Und dieser Frau gelingt es meisterhaft, mich an sie zu fesseln.

Nach einiger Zeit löst sie sich aus meinen Armen und sucht nach meinem Blick. „Nun rede schon! Was ist dabei herausgekommen? Werdet ihr mich dieses Mal teeren und federn?“ Sie scannt mich geradezu mit ihren blauen Augen, während sie versucht, in meinem Gesicht zu lesen. Ihre Unterlippe zittert leicht, und ich kann für den Moment nicht einschätzen, ob der Kuss oder die Aufregung der Auslöser hierfür ist.

Ich sinke auf das Sofa, greife nach ihrer Hand und ziehe sie auf meinen Schoß.

„Ach, Brandon, nun spann mich doch nicht so lange auf die Folter!“, mault sie.

Ihre Ungeduld lässt mich schmunzeln. „Wir haben eine Lösung gefunden“, verkünde ich nach einigen weiteren schweigsamen Sekunden mit geheimnisvollem Unterton.

Sie stößt ein Schnauben aus. „Ich warne dich, wenn du mir nicht sofort alles erzählst, hole ich meine Knarre!“

„Um was damit zu tun?“

Entnervt verzieht sie das Gesicht. „Brandon, bitte!“

„Also gut, du wirst unter anderem Namen und mit verändertem Aussehen dem Circle beitreten.“

Sie reißt die schönen Augen auf. „Circle nennt sich dieser Verein also. Nie im Leben!“

Ich unterdrücke ein Stöhnen.

Nicht, dass ich eine andere Reaktion erwartet hätte.

Betont belanglos zucke ich mit den Schultern. „Dann eben doch teeren und federn. Und der Verein heißt Secret Circle. Er besteht bereits seit sehr vielen Jahren und hat den Vereinigten Staaten zu Wohlstand verholfen. Aber das ist noch lange nicht alles, wir setzen uns unter anderem massiv für den Frieden ein, verschärfen die Waffengesetze und verhindern Terroranschläge. Du hast bisher leider nur die schlechten Seiten kennengelernt."

Ich küsse sie liebevoll auf den Mund. „Und mehr darf ich dir nicht verraten, denn vorab musst du eine Verschwiegenheitserklärung unterschreiben."

Man kann geradezu sehen, wie alle Rädchen in Cassandras Gehirn sich in Bewegung setzen. Immerhin habe ich sie zum Nachdenken bewogen, das ist schon mal ein kleiner Sieg.

„Wer ist noch mit von der Partie, außer denen, die ich bereits kenne?"

„Das, mein Engel, wirst du erfahren, sobald du uns beigetreten bist."

Versonnen beißt sie sich auf der Unterlippe herum. „Aber was wäre denn überhaupt meine Aufgabe? Ihr seid Millionäre, Politiker, Wirtschaftsbosse …" Sie pikst sich mit einem Finger in die Brust. „Und ich, eine kleine FBI-Agentin …"

„… mit einem fotografischen Gedächtnis, das uns in allen Belangen unterstützen wird", beende ich ihren Satz. „Obendrein dachten wir, du könntest zukünftig Pressemitteilungen für uns verfassen. Momentan ist das nämlich mein Job und recht zeitaufwendig. Auch wäre Eric glücklich, wenn du ihm bei Rechercheaufgaben unter die Arme greifen würdest. Glaube mir, du bist geradezu dafür prädestiniert."

Sanft fahre ich ihr mit einem Daumen über die Wange. „Ich bin mir sicher, der Circle wird seine wahre Freude an dir haben", setze ich hinzu, wobei ich in erster Linie an unsere stockkonservativen Mitglieder denke, die sich immer noch nicht so recht damit anfreunden können, Frauen in ihren Reihen zu haben. Einem Wirbelwind wie Cassandra wird es sicher gelingen, diese alten Säcke aufzurütteln und aus ihren Komfortzonen zu drängen. Erics Gattin hat in dieser Hinsicht schon gute Vorarbeit geleistet und würde sich über weitere Unterstützung selbstverständlich freuen.

Sie legt die Stirn in Falten. „Ihr wollt mich also zur Sekretärin verarbeiten?"

Ich schmunzle. „Ach woher denn! Ich verspreche dir, wenn du dich erst einmal eingearbeitet hast, wirst du niemals wieder einen anderen Job antreten wollen. Überleg doch mal, du dürftest in alle Staats- und Wirtschaftsangelegenheiten deine Nase stecken, womöglich weiterhin Verbrecher jagen, Missstände aufdecken und beheben, und vieles mehr."

„Und wenn ich Nein sage?"

Ich blicke ihr eindringlich in die Augen. „Liebst du mich?"

Sie nickt.

„Dann sag bitte Ja, meinetwegen."

„Einverstanden, ich werde mir den Secret Circle ansehen."

Hat sie allen Ernstes zugestimmt? Ich kann es kaum fassen.

Sie knabbert erneut gedankenverloren an ihrer Unterlippe. „Dieser Zeitungsartikel, der publiziert wurde, hat er dich und Eric in Schwierigkeiten gebracht?“

„Wir haben eine Gegendarstellung herausgebracht und behauptet der Verfasser, wäre ein früherer Mitarbeiter Erics gewesen, der sich an ihm rächen wollte. Damit sollte die Sache fürs Erste erledigt sein. Dummerweise bleiben den Leuten Negativschlagzeilen enorm gut im Gedächtnis haften. Eric und ich werden uns deswegen in nächster Zeit ein wenig aus der Öffentlichkeit zurückziehen, bis die Geschichte in Vergessenheit geraten ist. Auch um nicht weitere Aufmerksamkeit auf dich zu lenken.“

„Denkt ihr, es war Liam?“

„Wir gehen davon aus. Bisher streitet er es jedoch ab. Rick Masters wird sich jetzt persönlich um die Angelegenheit kümmern.“

„Er wird ihn aber nicht ebenfalls in diese Klinik einweisen, oder?“

„Cassandra, sei mir nicht böse, doch wir haben gerade genügend andere Probleme. Ich kann mir wirklich nicht noch den Kopf über die Zukunft deines rachsüchtigen Ex-Freundes zerbrechen.“

Sie nickt leicht. „Ich weiß gar nicht, wie ich dir jemals für all das danken soll.“

„Verlass mich einfach niemals.“ Ich umfasse ihren Nacken und küsse sie. Zuerst zärtlich, doch schnell brechen sich die Emotionen Bahn und wir versinken in einem hungrigen Kuss, der all die Ängste und Sorgen zum Ausdruck bringt, die wir während der letzten Wochen durchstehen mussten. Und irgendwie kann ich es immer noch nicht so recht glauben, dass sich vielleicht alles doch noch zum Guten wenden könnte.

Nach einer weiteren leidenschaftlichen Nacht, in der wir uns erneut geliebt haben, als wäre es unser letztes Mal, fahren wir am nächsten Tag gemeinsam in meinem Cadillac nach New York zurück. Emilys Wagen können wir abholen, sobald wir unserer Mum mal wieder einen Besuch abstatten, da sie nicht weit davon entfernt wohnt.

Mittlerweile habe ich Cassandra auch über das weitere Vorgehen in Kenntnis gesetzt, denn am Vorabend hielt ich einige Fakten zurück, um sie nicht vollends zu verunsichern.

Nachdem sie jetzt die ganze Wahrheit kennt, ist sie schweigsam und scheint ihren Gedanken nachzugehen. Doch ich akzeptiere das. Ihr Leben wird eine entscheidende Wendung nehmen und mit dieser Tatsache muss sie erst einmal klarkommen.

Ich werde sie jetzt zu Emily bringen, damit diese ihr Aussehen verändert. Meine Schwester ist nicht bloß gelernte Schauspielerin, sondern obendrein Kosmetikerin und Visagistin. Und ihr Faible für Perücken kommt uns wie gerufen. Wie gut, dass die Scheiben des Cadillacs dunkel getönt sind, so laufen wir schon nicht Gefahr, von irgendjemandem erkannt zu werden. Denn noch können wir nicht mit Bestimmtheit sagen, wer den Artikel verfasst hat, der Eric und mich an den Pranger stellen sollte.

Als wir vor Emilys Apartmenthaus ankommen, gibt es mal wieder weit und breit keinen freien Parkplatz. Ich stoppe den Wagen mitten auf der Straße, beuge mich zu Cassandra hinüber und hauche ihr einen zärtlichen Kuss auf die Lippen. „Geh schon mal voraus, mein Engel“, flüstere ich ihr zu. „Ich komme nach. Und lauf nicht davon.“

Sie lächelt schwach. „Wo sollte ich schon hingehen? Brandon, ich habe Angst, dass irgendetwas schiefgehen könnte.“

„Mach dir keine Sorgen. Wir schaffen das.“

Sie nickt gedankenverloren und verlässt das Fahrzeug. Mein Blick folgt ihr, bis sie in dem Wohnhaus verschwunden ist.

Ich parke den Wagen ein Stück entfernt und laufe schnellen Schrittes zurück. Gerade will auch ich das Haus betreten, als eine ohrenbetäubende Detonation die Umgebung erschüttert.

Über mir zerbersten Fensterscheiben und Splitter regnen auf mich herab. Ein stechender Schmerz im Ohr signalisiert mir, dass soeben mein Trommelfell geplatzt ist. Intuitiv bücke ich mich und halte mir die Arme über den Kopf, um mich vor durch die Luft fliegenden Teilen zu schützen. Dennoch stürzen Trümmerstücke auf mich herunter, verletzen mich aber glücklicherweise nur leicht.

Im Hintergrund kreischt eine Frau erschrocken auf. Ein Stück von mir entfernt setzen sich zwei Männer in Bewegung, die zu Hilfe eilen wollen. Als ich mich letztendlich aufrichte und nach oben schaue, schlagen aus Emilys Küchenfenster Flammen.

Fieberhaft schnappe ich nach Luft, bevor auch ich losrenne und in das Gebäude stürze.

Kapitel 31

Brandon

Mein Blick ist auf den hölzernen Sarg geheftet, der soeben in den Boden hinabgelassen wird. Ein Strauß weißer Nelken ist darauf befestigt. Ein Vorschlag von Cassandras Eltern, denn ich kenne nicht einmal ihre Lieblingsblumen und könnte mich dafür verfluchen.

Es regnet in Strömen und heftige Sturmböen fegen über den weitläufigen Friedhof in Washington, was die Beerdigung noch unerfreulicher macht. Nur wenige Trauergäste sind anwesend, da alles im kleinen Kreis ablaufen soll. Neben mir stehen Cassandras Eltern, die ich lieber auf angenehmere Weise kennengelernt hätte, sowie Emily, Eric und Ava.

Auch ein paar Vertreter des FBI sind zugegen und die eine oder andere Person, die ich nicht zuordnen kann. Doch ich habe kein gesteigertes Interesse daran, mich mit diesen Menschen auseinanderzusetzen.

Nachdem der Sarg aus unserem Blickfeld verschwunden ist, und die Bestatter Anstalten machen, das Grab zu verschließen, wenden wir uns rasch ab, um dem ungemütlichen Wetter zu entgehen. Stillschweigend marschieren wir auf die schwarzen Limousinen zu, die uns außerhalb des Friedhofs erwarten. Dort angekommen, verabschiede ich mich von den restlichen Trauergästen und beabsichtige, den Wagen zu besteigen.

„Das ist alles bloß Ihre Schuld!“, zischt mir in dieser Sekunde jemand von der Seite her zu.

Ich hebe den Blick und schaue in die hassverzerrte

Visage von Cassandras Ex.

Na, der hat mir heute gerade noch zu meinem Glück gefehlt!

„Das müssen ausgerechnet Sie sagen, wo Ihnen Ihre Karriere doch immer wichtiger war als diese Frau. Sie waren es, der diesen Artikel der Presse zugespielt hat, richtig? Es lag in Ihrer Absicht, mich fertigzumachen, indem Sie meinen Namen preisgaben. Aber dummerweise hat es jetzt die falsche Person erwischt. Gehen Sie mir am besten aus den Augen, bevor ich mich vergesse!"

„Sie haben es gerade nötig!", kontert er prompt. „Würden Sie und Ihre reichen Freunde nicht irgendwelche krummen Dinge drehen, wäre Cassie noch am Leben. Aber ich verspreche Ihnen, das werden Sie mir büßen. Ich werde nicht ruhen, ehe ich den Schuldigen für ihren Tod gefunden habe."

Entnervt rolle ich mit den Augen. „Sie haben immer noch nicht begriffen, dass Rick Masters nicht gerade Ihr bester Freund ist, oder?"

„Sie sind ein kleines arrogantes Arschloch. Wie einen Wurm werde ich Sie unter meinem Schuh zerquetschen." Um seine Worte zu untermalen, stampft er mit einem Fuß auf und dreht ihn auf dem Boden.

Jetzt habe ich die Schnauze endgültig voll. Schon lange habe ich mir keinen Faustkampf mehr mit einem Kerl geliefert. Im Grunde genommen seitdem ich nicht mehr Eishockey spiele, denn dort waren Schlägereien an der Tagesordnung. Mittlerweile regle ich Probleme lieber auf subtilere Art und Weise, doch dieser Wicht hat mich soeben aus der Reserve gelockt.

Ich hole aus und beabsichtige, ihm einen Faustschlag mitten ins Gesicht zu verpassen.

Allerdings verfügt er über unglaubliche Reflexe. Er duckt sich weg und versetzt mir unterdessen einen Hieb gegen die Brust, der mich mehrere Schritte zurücktaumeln lässt. Platschend fällt mein Schirm in eine Pfütze und der Regen prasselt jetzt unerbittlich auf mich herab.

Voller Wut stürze ich mich nun mit meinem ganzen Körpergewicht auf Cassandras Ex, was uns beide zu Boden gehen lässt. Wir verwickeln uns in eine wilde Schlägerei, in der Liam ein paar vernichtende Treffer in meinem Gesicht platziert. Doch das ist mir gerade gleich.

Erst als Eric sich einmischt, der ein herausragender Kämpfer ist, können wir Liam letztendlich überwältigen.

Wütend rappelt sich der FBI-Agent auf und stiefelt davon. „Wir sehen uns!“, droht er uns noch mit erhobener Faust.

Ich wische mir mit der Hand das Blut vom Gesicht.

Kann dieser Tag noch beschissener werden?

Eric, der jetzt genauso durchnässt und voller Schlamm ist wie ich, sitzt neben mir im Dreck und mustert mich. „Alles in Ordnung?“

„Aber sicher doch, könnte nicht besser sein.“ Mit diesen Worten erhebe ich mich und steige in die Limousine.

Schlecht gelaunt betrete ich Stunden später mein Loft. Mein Gesicht ist geschwollen und schmerzt, die Klamotten sind zwar getrocknet, dafür aber blutgetränkt.

Mein Pilot wich erschrocken zurück, als ich in Washington den Jet bestieg. Sein Glück, dass er sich zu keiner unbedarften Äußerung herabgelassen hat. Leider hatte ich keine Kleidung zum Wechseln im Flugzeug, daher wirke ich immer noch, als wäre ich unter eine Schlammlawine geraten.

Während ich mir noch durch den Kopf gehen lasse, wie ich diesen Liam vernichten könnte, fegt mir ein rothaariger Wirbelwind entgegen, hält dann aber inne und starrt mich fassungslos an.

„Brandon, was ist geschehen? Bist du aus Versehen ins Grab gefallen?"

Ich feuere mein Jackett beiseite und löse die Krawatte. „Irgendwie war das heute nicht mein Tag. Dein Ex wollte es unbedingt wissen."

„Liam?" Überrascht reißt sie die Augen auf. „Du hast dir mit Liam eine Schlägerei geliefert? Dir ist schon klar, dass er ein erstklassiger Einzelkämpfer ist, oder?"

„Jetzt schon", brumme ich.

„Setz dich hin, ich werde deine Wunden säubern." Mit einer Hand deutet sie in Richtung Sofa.

Ich werfe auch noch das ruinierte Hemd von mir und kicke die Schuhe in eine Ecke, bevor ich aus meiner Hose steige.

Da geht er hin, mein neuester 2000 Dollar Anzug. Nur mehr ein Haufen Dreck!

Gehorsam sinke ich in Boxershorts aufs Sofa. Cassandra rutscht neben mich und wischt mir mit einem feuchten Tuch sanft das Blut vom Gesicht.

Währenddessen mustere ich sie interessiert. „Ich bin mir immer noch nicht sicher, ob du mir in Rot oder Blond besser gefällst."

Sie fasst sich mit einer Hand in den roten Kurzhaarschnitt. „Emily hat ein wahres Wunder bewirkt. Ich erkenne mich ja selbst kaum wieder. Cassandra Andrews ist also ab sofort tot. Lief die Beerdigung sonst problemlos ab?“

„Bis auf den kleinen Zwischenfall mit diesem Bastard, ja. Er wirkte ziemlich erschüttert.“

Sie zuckt mit den Schultern. „Er hatte seine Chance.“

„Wohl wahr.“ Ich ziehe sie an mich und küsse sie auf den Mund. „Autsch“, entfährt es mir.

„Autsch“, krächzt Valjean, den ich erst jetzt auf dem Wohnzimmertisch ausmache, wo er einmal mehr mit einer glänzenden Schale spielt. Mittlerweile liebt er Cassandra heiß und innig, sodass sie kaum noch einen Schritt ohne ihn machen kann. Ihre rote Haarpracht hat ihn zwar kurzzeitig irritiert, doch recht schnell fand er heraus, dass es sich um ein und dieselbe Frau handelte.

Allerdings vermisst er ihre Uhr und die Ohrringe, die man Cassandra in der Klinik abgenommen hat. Zwar könnte ich die Schmuckstücke für sie beschaffen lassen, doch aus Sicherheitsgründen habe ich entschieden, ihr bei nächster Gelegenheit neuen Schmuck zu kaufen. Der dann sicher auch ein wenig hochwertiger ausfallen wird. Vor allem die alte Uhr hatte ihr Haltbarkeitsdatum längst überschritten. Nichtsdestotrotz bin ich froh, dass Cassandra vollkommen bodenständig ist und Luxusartikel als unnötig ansieht.

„Halt den Schnabel, sonst drehe ich dir den Hals um!“, fauche ich Valjean an.

„Lass doch den Süßen in Frieden, er kann doch

am allerwenigsten etwas dafür“, tadelt Cassandra mich. „In letzter Zeit musst du ganz schön einstecken, erst die Nachwirkungen der Explosion und jetzt das.“

„Nun ja, dein Tod sollte ja wahrheitsgetreu wirken. Dieser Catwick ist wirklich ein Meister der Vertuschung. Die Circle Mitglieder sind jetzt der Meinung, die FBI-Agentin, die sie auffliegen lassen wollte, wäre tot. Gestorben bei dem Versuch, eine Bombe in der Wohnung meiner Schwester zu deponieren, um mir eins auszuwischen. Dein Ex hingegen denkt, *wir* hätten dich auf dem Gewissen. Was aber keine Rolle spielt, da Rick Masters sich um diesen Idioten kümmern wird.“

Ich hole vernehmlich Luft. „Und deine Eltern und Emily haben die Geschichte mit dem Zeugenschutzprogramm problemlos geschluckt. Obendrein bekommt Emily jetzt endlich ihre neue Küche.“ Ich suche nach ihrem Blick. „Weißt du, was mir vorhin klar wurde, als ich dem Sarg nachsah? Ich würde es nicht ertragen, wenn dir wirklich etwas zustoßen sollte.“ Ich schenke ihr einen intensiven Blick. „Ich liebe dich, mein Engel.“

Sie schmunzelt glücklich und küsst mich.

„Ich liebe dich auch, Brandon.“

„Liebe dich, liebe dich“, krächzt Valjean und imitiert ein Kussgeräusch, das uns beide zum Lachen bringt.

Epilog – ein paar Monate später

Cassandra

Mittlerweile heiße ich Claire Quest. Claire ist mein Zweitname. Und Quest: Nun, das ist leicht erklärt. Brandon und ich haben geheiratet, als wir herausfanden, dass der ungeschützte Sex, den wir unablässig praktizieren, nicht ohne Folgen geblieben ist.

Doch das war nicht der einzige Grund. Nachdem ich jetzt Brandons Geheimnisse kenne, liebe ich diesen Mann umso mehr.

Aus Sicherheitsgründen fand unsere Hochzeit in kleinem Kreise statt und es wurde auch nicht in der Presse darüber berichtet. Brandons Mutter vergöttert mich inzwischen wie ihre eigene Tochter und freut sich unsagbar auf ihr erstes Enkelkind. Ich denke, sobald das Baby da ist, kann Emily vielleicht endlich den Schritt nach Hollywood wagen, denn wir werden die Großmama sicher rund um die Uhr beschäftigt bekommen.

Glücklicherweise konnte auch Brandon mit seiner charmanten und belesenen Art auf Anhieb bei meinen Eltern punkten. Doch ich hatte nichts anderes erwartet. Mum und Dad wissen haargenau, dass ich mich niemals auf einen Mann einlassen würde, der mir nicht guttut.

Zugegeben, es hat eine Weile gedauert, bis ich meine FBI-Brille ablegen konnte, um die Welt mit den Augen des Circle zu sehen. Hin und wieder interveniere ich natürlich, wenn mich der Eindruck überkommt, irgendeine Firma oder ein Millionär würden übervorteilt werden, doch oftmals renne ich damit gegen Wände. Glücklicherweise habe ich in Erics Frau, Ava, eine Freundin und tatkräftige Unterstützerin gefunden.

Heute befinden wir uns einmal mehr bei einer Zusammenkunft des Circle unter der alten Kirche. Diese Treffen sind stets hochinteressant und je mehr ich erfahre, desto stärker beeindruckt mich dieser Geheimbund.

Nach und nach begreife ich, dass sie nicht nur eigennützig agieren. Nein, dem früheren Circle-Mitglied Präsident Eisenhower ist es in der Tat gelungen, den Zweiten Weltkrieg in Europa zu beenden, und nach 9/11 ergriff der Circle mit vielen Millionen Sicherheitsmaßnahmen, um etwas derart Grausames zukünftig zu verhindern. Einzig deswegen sind die Staaten in letzter Zeit von größeren Terroranschlägen verschont geblieben.

Gut, die Tortur in der Irrenanstalt trage ich Catwick immer noch nach, aber wahrscheinlich war es wirklich meine eigene Schuld. Doch wenn ich über den Ausgang des Ganzen nachdenke, bin ich rundum zufrieden. Ich habe tatsächlich einen Mann gefunden, der zu mir passt. Etwas, was ich niemals für möglich gehalten hätte.

Brandon besitzt die mentale Stärke, mit meiner Intelligenz umzugehen. Er bewundert mich und seine Liebe lässt all die schlechten Erfahrungen, die ich in meinem Leben gemacht habe, verblassen.

Ebendieser Traummann wirft mir soeben über den Besprechungstisch hinweg einen verliebten Blick zu. Wie automatisch wandert meine Hand zu meinem Bäuchlein, das sich allmählich nicht mehr verstecken lässt.

Wir beide, die uns nie vorstellen konnten, Kinder zu bekommen, freuen uns unsagbar auf die Geburt unserer kleinen Cassandra.

Ich kann bloß hoffen, dass sich ihr IQ irgendwo unter 200 einpendeln wird, denn im Prinzip hätte ich lieber ein ganz normales Kind und keine Intelligenzbestie, die es im Leben schwer haben wird.

Brandon trägt mich mittlerweile auf Händen. Unfassbar, wie sehr sich dieser anfänglich so distanzierte Mann verändert hat. Oftmals flüstert er mir im Bett Romeo und Julia Zitate ins Ohr, und ich weiß genau, was er damit ausdrücken will: Er würde für mich sterben. Ich kann bloß beten, dass das niemals nötig sein wird.

Liam wurde nach Südamerika versetzt. Natürlich hat Rick Masters das veranlasst und ich bin ihm sehr dankbar dafür. Eine Gefahrenquelle weniger, denn Liam würde mich sicher wiedererkennen, sollte ich ihm jemals über den Weg laufen.

Gelegentlich keimt dennoch ein Anflug von Panik in mir auf, da ich nicht einschätzen kann, ob Liam diese Schmach kampflos über sich ergehen lassen wird. Zwar darf mein Ex nie wieder offiziell in die Staaten einreisen, dummerweise kennt dieser gewiefte FBI-Agent jedoch alle Tricks. Aber darüber will ich mir nicht weiter den Kopf zerbrechen, sonst würde ich keine Nacht mehr schlafen, etwas, was dem kleinen Wesen unter meinem Herzen sicher nicht guttun würde.

Ansonsten verläuft unser Leben in geregelten Bahnen. Allerdings vernachlässigt Brandon in letzter Zeit seine Zeitung ein wenig. Nicht allein, weil er seine Liebe zum Eishockey wiederentdeckt hat. Zugegeben, die Altherrenmannschaft nagt an seinem Ego. Aber hallo, er ist jetzt 34 und damit findet sich im Profisport nun mal kein Platz mehr für ihn.

Doch auch ich halte ihn häufig von der Arbeit ab, denn wenn er sich morgens von mir verabschieden will, flüstere ich ihm einfach zu: Es war die Nachtigall und nicht die Lerche, und im Handumdrehen, steigt er wieder zu mir ins Bett.

Ich bin mir sicher, das Quest Imperium wird das verkraften, vor allem, da ich hin und wieder interessante Artikel beisteuere und meiner schriftstellerischen Ader nun endlich ihren freien Lauf lassen kann.

Ich bedauere es keinen Moment, dass das aufregende Leben der FBI-Agentin vorüber ist. Nicht zuletzt, da Eric Carpenter mir gerade beibringt, wie ich jeden mehrfach abgesicherten Computer hacken kann. Eine Sache, die ich längst in Angriff nehmen wollte, mein früherer Chef mir jedoch nie erlaubte.

Mein Ehemann lag richtig, der Secret Circle ist arbeitstechnisch mindestens genauso spannend wie der Job beim FBI. So bin ich an Brandons Seite rundum glücklich und freue mich zudem unvorstellbar auf meine neue Rolle als Mutter.

Secret Circle – Teil 3

Brennende Sehnsucht: Schon bald!

Diese Männer sind reich, mächtig und haben sich zusammengetan, um die Welt zu beherrschen. Kein Außenstehender darf jemals von ihrer Existenz erfahren. Aber was, wenn man sich plötzlich zwischen Liebe und Pflichterfüllung entscheiden muss?

Nachdem Emily Quest ein Millionenangebot für einen Hollywood Blockbuster angenommen hat, erhält sie plötzlich Morddrohungen. Wie gut, dass das neueste Circle-Mitglied, David Stark, nicht nur der Eigentümer einer großen amerikanischen Filmfirma ist, sondern obendrein ein ehemaliger Navy Seal. Sofort erklärt er sich bereit, Emily unter seinen persönlichen Schutz zu stellen.

Bereits nach kurzer Zeit fühlt Emily sich zu ihrem smarten Bodyguard hingezogen. Als sie jedoch herausfindet, wer David in Wirklichkeit ist, taucht sie wutentbrannt unter und begibt sich dadurch in größte Gefahr.

Wird David sie retten können? Und vor allem, will sie überhaupt von einem Mann gerettet werden, der sie vom ersten Tag an belogen hat?

Wenn ihr ab sofort keine Neuveröffentlichung mehr verpassen möchtet, dann registriert euch unter der Rubrik News für meinen Newsletter.

http://www.amandafrost.de/

Weitere Bücher der Autorin:

S.T.A.R.S. – Shadow

Als ob CIA-Agent Ethan Parker nicht schon genug Probleme am Hals hätte, wird der komplette Flugverkehr über dem nordamerikanischen Kontinent aufgrund eines Vulkanausbruchs eingestellt. Da Ethan dringend von San Diego nach Chicago muss, teilt er sich notgedrungen den letzten vorhandenen Mietwagen mit der Polizistin Madison Delano. Eine Odyssee quer durch die Vereinigten Staaten beginnt. Über eine der aufregendsten Straßen der Welt: die Route 66.

Zwei eiskalte Profis, die mehr als einmal in hitzige Situationen geraten, und sich zuerst so gar nichts zu sagen haben. Bis sie in Erfahrung bringen, dass beide etwas voreinander verbergen.

Ein Wettlauf gegen die Zeit, der die Gefühle zweier Menschen ordentlich durcheinanderwirbelt.

S.T.A.R.S. – Summer

Nach einem verheerenden Zwischenfall ist die Karriere der aufstrebenden Secret Service Agentin Keira Summer zerstört. Sie verfällt in eine tiefe Depression. Erst die Sicherheitsfirma S.T.A.R.S. gibt ihr eine zweite Chance.

Als der egozentrische Millionär Christopher Fleming beinahe einem Attentat zum Opfer fällt, übernimmt Keira die Rolle seiner Leibwächterin. Ohne auch nur zu ahnen, dass sie nicht nur gegen skrupellose Gegner kämpft, sondern obendrein gegen die Anziehungskraft ihres Schützlings.

Ein Mann, der alles auf der Welt als käuflich erachtet – bis er Keira kennenlernt.

Liebesromane voller Action und prickelnder Leidenschaft.

Dreams - Zauber einer Nacht (Teil 1)

Diamonds are a girl's best friend? Von wegen! In Wirklichkeit gibt es nichts, was die Heidelbergerin Sophie mehr verabscheut als Juwelen. Und den Schmuckkonzern ihres Vaters übernehmen? Niemals!

So flüchtet sie kurzerhand in die USA, wo sie die Bekanntschaft des unnahbaren Hotelbesitzers Oliver macht. Dummerweise entspricht die liebenswerte Chaotin jedoch so gar nicht seinem bevorzugten Frauenbild. Mehr als eine heiße Affäre ist daher für ihn nicht drin. Ihr bleibt nur eins übrig: Um Olivers Herz zu erobern, muss sie endlich ihr Leben in den Griff bekommen.

Eine aufregende Reise durch Amerikas Westen beginnt – geprägt von Spannung und prickelnder Leidenschaft.

Eine junge Frau auf der Suche nach sich selbst – und der großen Liebe.

Dreams – Eines Nachts in Quebec (Teil 2)

Zwei Menschen - zwei Leben! Getrennt durch einen Ozean ahnen sie nichts voneinander, bis das Schicksal sie zusammenführt. Ryan ist einer der populärsten Eishockeyspieler Kanadas und ein richtiger Bad Boy, Samantha hingegen eine aufstrebende Heidelberger Anwältin.

Ihre erste Begegnung gleicht einem Vulkanausbruch. Heiß und explosiv! Doch schnell holt sie der Alltag ein, denn für beide steht die Karriere im Vordergrund.

So muss zuerst ein Unglück geschehen, und es bedarf eines Richterspruchs, damit die Liebe eine Chance bekommt.

Aber kann eine Romanze über zwei Kontinente hinweg überhaupt funktionieren?

Dreams – Nacht über Miami (Teil 3)

Sie könnten unterschiedlicher nicht sein. Dennoch haben sie eine Gemeinsamkeit: Sie kämpfen beide um die IndyCar-Meisterschaft.

Ginger ist die erfolgreichste Frau im amerikanischen Rennsport und der Liebling der Nation. Aufgewachsen im Sunshine-State Florida, führt sie mit ihrem langjährigen Freund Charly ein zufriedenes Leben.

Nick hingegen hat gerade einen aufsehenerregenden Prozess gegen seine Ex-Frau verloren, woraufhin er Deutschland den Rücken gekehrt hat.

Doch die Faszination und Hitze des Motorsports ist allgegenwärtig, und plötzlich sprühen nicht nur auf der Rennstrecke die Funken.

Eine junge Frau zwischen zwei Männern. Für wen wird sie sich entscheiden?

Endless – In einem anderen Leben (Teil 1)

Mein Name ist Audrey Keen, geboren wurde ich 1766 als Emily Beauchamp im kanadischen Quebec. Ach, was ich noch erwähnen sollte: Ich bin unsterblich!

Alle, die ich je geliebt habe, sind tot. So habe ich mich schweren Herzens entschieden, keinen Menschen mehr an mich heranzulassen. Stattdessen habe ich mein Leben der Forschung gewidmet.

Bei einer Routineüberprüfung tritt eines Tages dieser junge, ehrgeizige FBI-Agent in mein Leben. Er muss wohl von Anfang an geahnt haben, dass ich etwas zu verbergen habe.

Während er nichts unversucht lässt, mein Geheimnis ans Licht zu bringen, vergesse ich in seiner Nähe ab und an, dass ich mich nie wieder verlieben wollte.

Aber kann ich ihm vertrauen?

Endless – Kein Leben ohne dich (Teil 2)

Mein Name ist Kyle Edwards. Mit meinen dreiunddreißig Jahren bin ich einer der jüngsten Special Agents des FBI.

Ein halbes Jahrzehnt ist vergangen, seit mir das Wichtigste genommen wurde, was ich jemals besessen habe: meine geliebte Audrey. Ich habe diesen Verlust nie ganz überwunden. Mein Job war daher während der letzten Jahre mein Ein und Alles. Doch als endlich Frieden in mein Privatleben einzukehren scheint, werde ich auf das Überwachungsfoto einer Kamera in Südafrika aufmerksam. Ich kann nicht glauben, was ich sehe und beschließe, der Sache auf den Grund zu gehen.

Göttliche Verführung

Gott wird mit einem nicht zu unterschätzenden Problem konfrontiert: Ein mächtiges Wesen scheint das Ende der Menschheit heraufzubeschwören. Als er in Erfahrung bringt, dass eine dunkle Göttin hierfür verantwortlich sein könnte, holt er sich gezwungenermaßen Hilfe bei dem Mann, der sich am besten mit teuflischen Machenschaften auskennt: Luzifer.

Wird es diesem außergewöhnlichen Duo gelingen, die Menschheit zu retten? Und warum muss ausgerechnet diese Göttin so unsagbar sexy sein, dass Gott in ihrer Nähe unentwegt in Versuchung gerät?

Packende Fantasy, prickelnde Leidenschaft und eine Liebe, die alle irdischen Grenzen sprengt.

Impressum

E-Book
1. Auflage 2019

c/o Markus Trottnow, Blumenstraße 35,
85774 Unterföhring

Lektorat: MT Books

Umschlaggestaltung: MT Design Cover-Art

Bildnachweis: © ASDF_MEDIA, www.shutterstock.com
©Sean Pavone, www.shutterstock.com
©Zsschreiner, www.shutterstock.com

Print: KDP

E-Mail: Amanda.Frost@aol.com
Homepage: http://amandafrost.de
Twitter: http://twitter.com/frostamanda
Facebook:
https://www.facebook.com/amandafrostautor/?pnref=lhc
Instagram:
https://www.instagram.com/amandafrost2/?hl=de

Printed in Poland
by Amazon Fulfillment
Poland Sp. z o.o., Wrocław

54379633R00160